CONTES
KOSAKS

Paris. — Imprimé chez Bonaventure et Ducessois
55, quai des Augustins.

CONTES

KOSAKS

DE

MICHEL CZAYKOWSKI

AUJOURD'HUI

SADYK-PACHA

Traduit

PAR W. M.....

————— ❦ —————

PARIS

E. DENTU, LIBRAIRE-ÉDITEUR,

Palais-Royal, galerie d'Orléans, 13.

—

1857

PRÉFACE

Après l'insurrection polonaise de 1830 et
notre dernière émigration, un émigré, Michel
Czaykowski s'occupa de tout ce qui concerne
les Kosaks. Il aimait à rappeler qu'il était né
en Ukraine, et que son nom venait du mot
Czayka, qui signifie barque de Kosak. Alors
il publia des contes que l'on s'accorde à regarder comme la peinture exacte des mœurs
de ce peuple.—Ce qui donne à ces contes un
plus grand intérêt encore, c'est que ce n'est
pas simplement une œuvre littéraire; ils ont

r*

été inspirés par un amour réel des populations kosakes. Czaykowski répétait souvent que le démembrement de la Pologne avait commencé par la séparation des Kosaks, irrités contre la Pologne dont les nobles leur refusaient l'égalité politique, dont les prêtres menaçaient la liberté religieuse, et que par conséquent le rétablissement de la Pologne devait être inauguré par le rapprochement des Kosaks dissidents.—On traitait tout cela de rêveries : il consacra sa vie à en faire une réalité. — Il s'était battu courageusement en 1831, comme aide-de-camp du colonel Charles Rozycki.—En 1840, il alla à Constantinople y servir les Turcs, dans l'intérêt de la Pologne.

Après la chute de la Hongrie en 1849, et la dissolution des légions hongro-polonaises, alors que la Russie, l'Autriche et la Prusse demandaient l'extradition ou l'expulsion de tous les Polonais réfugiés, et que l'Angleterre et la France les laissaient sans protection, le sultan, plein de respect pour l'hospitalité qu'il avait accordée aux défenseurs des nations malheureuses, eut la fermeté de résister. Il dit aux Polonais : « Je vous protégerai, mais naturalisez-vous Turcs. » Or, en Turquie, il n'y a nulle séparation du civil et du religieux. Pour devenir Turc, il fallait se faire Mahométan. Czaykowski fit comme Bem. Il crut avec lui que servir sa patrie est pour un Polonais le premier culte envers Dieu. Et le sultan lui dit : « Tu t'appelleras Sadyk, qui veut dire Fidèle. »

Quand éclata la guerre d'Orient, les Polonais montrèrent leur reconnaissance à la Turquie par leur fidélité et leur courage à la défendre. — Dans la Dobroucza, on trouve une colonie de Kosaks qui, lors du partage de la Pologne en 1772, ont passé le Danube pour viij

se soustraire à la domination russe, et depuis ce temps payent tribut au sultan, et lui fournissent plusieurs escadrons en temps de guerre. Sadyk demanda au sultan l'autorisation d'en faire le noyau d'un régiment de Kosaks ottomans. Ce régiment se compléta, sous le feu de Silistrie, de réfugiés, de déserteurs, de prisonniers polonais, bulgares, israélites et kosaks; et la belle conduite de ce régiment lui mérita les éloges du généralissime Omer-Pacha, et un firman du sultan pour la formation d'un nouveau régiment. Ainsi recommençait cette confraternité qu'il avait rêvée entre les diverses races et religions de Pologne. On les vit fraterniser devant l'ennemi; seulement, l'ennemi ce n'était plus le Turc, comme il y a plusieurs siècles; c'était le Russe, et le Russe a été vaincu.

Ce 9 mars 1856.

W..... M.....

NOTICE SUR LE PEUPLE KOSAK

En France, on ne connaît guère les Kosaks que par la retraite de Russie et l'invasion de 1815; souvent même on les confond avec les Russes. Et pourtant, avant d'être employés au service de la Russie, les Kosaks, eux aussi, ont été un peuple libre.

« Entre les Mongols et les Turcs, les Polonais et les Russes, il y a un territoire qui commence vers la partie inférieure du Danube, à la ville de Belgrade; d'un côté, il cotoie les Karpathes; de l'autre côté, le long de la mer Noire, il étend ses plaines au delà du Borysthène et du Don, vers le Caucase. Il est impossible de désigner par un seul nom cette vaste contrée. Autrefois, elle s'appelait Petite-Scythie; elle touche à la Petite-Pologne et à la Petite-Russie.—Une grande partie de ce territoire est formé de l'Ukranie, mot qui signifie pays de frontière. Ce territoire vaste et désert, mais riche en végétation, servait de pâturage aux chevaux des peuples barbares. Il est la grande artère qui rattache l'Europe au plateau de l'Asie centrale. C'est par là que la vie asiatique entrait en Europe ; c'est là que les deux parties du monde se heurtaient l'une contre l'autre. Les peuples qui voulaient arrêter l'invasion des barbares, ou vider leurs querelles par le combat, descendaient dans ces steppes, pays neutre, champ de bataille par excellence. Là, toutes les armées du monde se donnèrent rendez-vous : et les armées de Darius, et les armées de Cyrus, et celles de la Pologne, et celles de la Russie. Là naquit un peuple connu sous le nom de Kosaks. Mélang   , Slaves, de Tartares, de Turcs, ils parlent une langue intermédiaire entre le polonais et le russe ; ils ont passé tour à tour sous la domination de la Pologne et de la Russie [1]. »

Les immenses plaines qui s'étendent depuis l'embouchure du Dniéper dans la mer Noire jusqu'aux monts Ourals, à l'extrémité nord-est de la mer Caspienne, ont été habitées de temps immémorial par des peuplades de race slave. Leur po-

---

[1] Slaves d'Adam Mickiewicz.

sition géographique, qui les mettait en rapport
avec les différentes tribus de l'isthme caucasien et
les Tartares de Crimée, a notamment influé sur le
caractère foncièrement doux et sur les habitudes
agricoles de ces Slaves, et leur a valu le nom de
Kosaks. Kosak est le nom que les Tartares Kaipt-
chaks donnent à tout homme indépendant et vivant de pillage ; il correspond, en tenant compte
de la différence des deux sociétés, au bravo de l'i-
talien. Ainsi, la grande tribu des Kirghiz, dépen-
dante du gouvernement russe d'Orenbourg, se
subdivise en Kirghiz proprement dits, qui s'occupent de l'élevage des bestiaux et payent régulièrement leur tribut, et en Kirghiz Kaisaks et Kosaks[1], dont l'occupation principale est d'enlever le
troupeaux de leurs voisins et des Russes, qu'ils
vendent au Khan de Khiva[2].

[1] L'origine des Kosaks se perd dans la nuit des temps.
L'empereur Constantin Porphyrogénète fait mention, dès
le commencement du ixe siècle, d'un pays de *Kosakia*
situé entre le Pont-Euxin, la mer Caspienne et le pied des
monts Caucase. Les annales russes disent que le prince
russe Witislaw, fils de Wladimir le Grand, qui régnait à
Tmontarakan, fit en 1021 la guerre à une nation appelée
Kosaki.

[2] L'immense khanat de Kiva n'a que 426,000 habitants,
dont au moins 85,000 esclaves ; le commerce des esclaves
y est très-lucratif à cause du petit nombre d'habitants, qui
peuple cette grande étendue de terrain. Un Russe travaille plus qu'un Asiatique; aussi, s'il est robuste, se
paie-t-il quelquefois jusqu'à six cents francs.

Quelques exemples historiques feront bien voir cette activité dévorante et ce caractère entreprenant qui leur mérita leur nom de Kosaks.

Dès le moyen âge, l'on voit les Kosaks de l'Oural, montés sur de frêles embarcations, aller occuper Astrakhan, Bakou, Recht, Sari, et les autres villes du littoral de la mer Caspienne.

En 1577, une troupe de six à sept mille Kosaks, sous la conduite de leur attaman Yermark Timoleief, escaladèrent les montagnes de l'Oural. De là, Yermark aperçut devant lui cette immense étendue de territoire que nous appelons maintenant la Sibérie. Yermark ne craignit pas de s'aventurer dans ces contrées inconnues, au milieu de tribus féroces. Il descendit les montagnes de l'Oural, défit le Khan tartare Koutschoum, marcha sur le Tobol, l'Irtich et l'Oby, et subjugua, dans cette étonnante expédition, les Tartares, les Yakouls et les Ostiaks. Sa petite armée, épuisée par les fatigues et les combats, ne pouvait conserver un pays d'une aussi énorme étendue. — En 1581, il céda ses conquêtes au czar Ivan. Si jamais un grand projet fut effectué avec des moyens faibles et insignifiants, ce fut certainement cette conquête de la Sibérie, et la postérité doit son admiration à l'homme qui fut capable d'en concevoir l'idée et l'accomplit avec si peu de ressources. Yermark mourut en 1584. — Après sa mort, les régiments kosaks poursuivirent ses découvertes et ses conquêtes jusqu'à la mer Orientale et les montagnes de la Chine.

En 1612, un chef kosak, nommé Zarucki, prétendit au trône de Russie. Maria Mniszek, la veuve du premier faux Dmitri, et qui avait été couronnée solennellement impératrice de Russie, consentit à l'épouser. Il ravagea quelques provinces, fut pris et empalé.

Un autre de ces intrépides Kosaks, Stenko-Razin, faillit s'ériger en prince indépendant de tous les pays riverains au nord de la mer Caspienne en 1669.—Il remporta de nombreuses victoires, pilla et ravagea quelques provinces de la Perse. Il sévissait contre les nobles, appelant à la liberté les serfs et les paysans. Il s'empara d'Astrakhan; mais il fut enfin vaincu par le prince Dolgorouki, envoyé à Moscou et exécuté publiquement.

Le Kosak Temelian Pougatchef, né en 1726, se fit passer en 1773 pour Pierre III, mort assassiné depuis dix ans, fut suivi d'un grand nombre de ses compatriotes, prit des forts, traversa plusieurs provinces, signala son passage par le massacre des nobles et l'incendie de leurs châteaux; il fut sur le point de s'emparer de Moscou; mais, ayant manqué de résolution, il vit diminuer son parti et finit par être livré par ses lieutenants, moyennant 100,000 roubles; il fut alors mis dans une cage de

fer, conduit à Moscou et condamné à avoir les
mains et les pieds coupés, et à être écartelé après
cette mutilation. On raconte que le bourreau prit
sur lui de terminer promptement les souffrances
de ce héros de l'insurrection populaire, et que,
pour cela, il reçut le knout et fut envoyé en Sibérie.

Les Kosaks, habitants des steppes au nord de
l'isthme caucasien, mis en contact journalier avec
les Leszgh, les Cabardiens et les Circassiens, en
ont emprunté la tactique, les habitudes guerrières, le costume. Aujourd'hui, désignés par la
Russie sous la dénomination de Kosaks de la Ligne, de Kosaks d'Azof, et de Kosaks du Pont-
Euxin, ils lui servent à tenir en respect les monta-
gnards indépendants du Caucase.

Les villages (stanitza) habités par ces trois cor-
porations de Kosaks bordent au nord les Kosaks
du Don. — Plus nombreux que leurs compatriotes
de l'Oural, de la Ligne, du Caucase et du Dnieper,
les Kosaks du Don sont aussi plus riches et mieux
organisés. C'est dans leur colonie, placée sur les
deux bords du Don, au milieu de vignobles, de
pâturages, de champs bien cultivés, que se recrute
toute la cavalerie irrégulière de l'empire.—Je dis
irrégulière, parce que leur organisation est diffé-
rente de celle de tous les autres corps de cavalerie de l'empire. C'est presque une république; le

Kosak du Don, après avoir servi pendant un certain nombre d'années, revient dans son village natal et, dès ce moment, n'est soumis ni à la corvée, ni au recrutement, ni aux autres charges enfin dont sont passibles tous les serfs en Russie. Malgré les priviléges que le gouvernement leur a accordés, ils ont pour la Russie aussi peu de sympathie que les autres Kosaks.

Au commencement du xvie siècle, aux embouchures du Dnieper, il se forma une confédération puissante, connue sous le nom de Kosaks Zaporogues. Leur histoire est intimement liée à l'histoire de Pologne. De même que leurs compatriotes et coreligionnaires de l'Oural, ils allaient, tantôt en corsaires ravager les faubourgs de Constantinople, Sinope et Trébizonde, tantôt, montés sur les chevaux des haras de l'Ukraine, piller les Tartares de Crimée et les paysans de la Pologne méridionale.

Les cataractes du Dnieper, les rochers inaccessibles dont ses îles sont bordées leur en rendaient la défense facile. Les Zaporogues s'augmentèrent bientôt de paysans polonais et russes qui s'enfuyaient devant les Tartares, ou voulaient se soustraire à la dureté de leurs seigneurs; il s'y joignit plus tard de pauvres gentilshommes qui ne pouvaient supporter ni l'intolérance de l'Église, ni l'orgueil des magnats.

La constitution des Zaporogues était purement démocratique. Chaque Kosak jouissait de droits égaux. Leur attaman était élu chaque année; l'exercice de sa charge rempli, il redevenait simple Kosak. Ils ne connaissaient aucune loi écrite, mais ils avaient des usages qui tenaient lieu de lois et qui décidaient de tout avec une exactitude et une impartialité extraordinaires. Un Kosak qui en tuait un autre était enseveli vivant avec le corps de celui qu'il avait tué. Un voleur restait trois jours au pilori, était passé par les verges et mourait souvent sous les coups. Ils étaient généralement attachés à l'Église grecque, mais l'on ne faisait aucune attention à la diversité d'opinions en matière de foi. Le célibat était prescrit comme loi fondamentale de l'État. Ils enlevaient quelquefois les femmes de leurs voisins, mais étaient alors obligés de les garder à quelques lieues de la Sicz; ils volaient les enfants partout où ils pouvaient les attraper, pour être toujours le même nombre, et adoptaient les vagabonds et les fugitifs de toutes les nations voisines. On y parlait presque toutes les langues de l'Europe.

Le gros des Zaporogues habitait la Sicz, leur capitale. La Sicz avait des fortifications de bois. La citadelle renfermait l'artillerie, les armes et les magasins militaires. On voyait peu de maisons de bois dans la Sicz. La majorité des Zaporogues demeurait dans des cabanes de terre couvertes de chaume. La Sicz était divisée en trente-huit compartiments, où habitaient les trente-huit régiments kosaks. Chaque régiment avait ses officiers et un attaman. Tous ces attamans obéissaient à un attaman chef. Ce dernier était revêtu d'une grande autorité : il jouissait d'un revenu considérable, qui provenait des péages sur les charrois des marchandises et leur vente, de l'eau-de-vie, etc. L'attaman chef n'avait été souvent que simple Kosak, à moins que sa prudence et son courage ne lui eussent mérité déjà quelque titre, et qu'au moment de son élection comme Attaman, il ne fut Sotnik on Yessaoul. Le titre de Kosak était pour eux la première dignité. C'est pour cette raison qu'ils avaient coutume d'adopter les étrangers, et ceux même d'un rang très-élevé, qui voyageaient parmi eux : ils leur en expédiaient une patente, dans laquelle on certifiait qu'ils avaient été trouvés dignes d'être décorés de cette haute distinction. Libres et égaux, chaque Kosak pouvait sans permission aller où il voulait. La plus grande partie des Zaporogues habitait la Sicz ; plusieurs demeuraient dans un faubourg adjacent ; un plus grand nombre dans leurs étables à vaches ou dans les petits villages de leur territoire.

Il y avait, au milieu de la Sicz, une place sur laquelle était toujours une paire de timbales, qui étaient touchées par le maître timbalier toutes les fois que le peuple devait être rassemblé en

II*

conseil. Les assemblées publiques, rada, se tenaient sur la place. L'attaman chef y paraissait avec les attributs de sa dignité, et le secrétaire d'État avec une écritoire. Ils y délibéraient sur les prétextes à employer pour faire leurs expéditions déprédatrices, et sur les meilleurs moyens de les conduire avec succès.

En temps de paix, ils recevaient tous une petite paye du trésor public ; la pêche sur le Dnieper était aussi pour eux d'un grand secours.

Leur habillement, noble et martial, ressemblait à celui des houlans polonais. Chacun portait l'étoffe et la couleur qui lui plaisait. Chaque compagnie formait un ordinaire séparé qui avait deux Kosaks pour cuisiniers. Leur nourriture habituelle consistait en un potage fait avec de la farine ou de l'avoine concassée, et des kwas, ou soupes de poisson avec de la farine, qu'ils mangeaient avec des cuillers dans des espèces de longues auges. Ils mangeaient rarement de la viande, encore plus rarement du pain, mais ils buvaient de l'eau-de-vie tant qu'ils avaient de l'argent pour s'en procurer ; ils étaient ensuite forcés d'être sobres pendant quelques semaines.

Les Zaporogues, dont l'alliance était recherchée par les Khans de Crimée et les sultans de Turquie, restèrent longtemps les fidèles alliés de la république de Pologne. L'histoire des services qu'ils lui ont rendus est en partie consignée dans ces contes. Mais les Jésuites menaçaient leur liberté religieuse, les Polonais leur refusaient l'égalité politique ; les Zaporogues se soulevèrent en masse et, vaincus, passèrent à la Russie. Ce fut le premier empiétement de la Russie ; la Pologne, par leur défection, perdit également toute influence sur les Khans de Crimée et sur les Turcs. Pierre Ier détruisit leur Sicz, pour les punir de ce que leur attaman Mazeppa avait secouru Charles XII. Ils se mirent alors sous la protection du Khan de Crimée, et en 1737, quand cet appui leur manqua, ils retombèrent sous le joug des Russes. On créa alors une chancellerie afin de les surveiller. Elle n'eut cependant que peu ou point d'influence sur leur gouvernement intérieur. Ils sentirent pourtant qu'avec le temps ils seraient écrasés par la Russie, et en 1774, pendant la guerre de Turquie, ils se soulevèrent, reprirent la contrée du Dnieper, nommée alors Nouvelle Servie, déclarèrent ce pays leur propriété, et réduisirent à leur obéissance 50,000 Malo-Russes. En 1775, un corps les cerna et en désarma une partie. Les autres se retirèrent par bandes nombreuses chez les Turcs et les Tartares, ou menèrent une vie errante sur les frontières de la Russie [1].

[1] Un Polonais fugitif rencontra, en 183.., une bande de ces Kosaks, et en fut élu attaman. Ces Kosaks, l'hiver, pil-

Ce qu'on appelle aujourd'hui Kosaks de l'empire ottoman ne sont que des débris des Kosaks du Don et des Kosaks d'Azof.

Ces derniers, en 1775, s'étaient révoltés contre Catherine II. Catherine envoya contre eux le frère de son favori Zoubof, qui y fut tué. Une seconde armée ayant réussi, après une lutte acharnée à apaiser la révolte, un certain nombre de familles kosakes, sous la conduite d'un des leurs, nommé Niekrasowiec, trouvèrent le moyen d'équiper une flottille et de traverser la mer Noire, pour s'établir à Dobroucza et dans les localités riveraines du Danube, près de l'embouchure de ce fleuve, où ils sont restés depuis, vivant du produit de leur pêche et, en guise de redevance, envoyant au sultan de la cavalerie dont l'attaman est toujours élu par les Niekrasowcy eux-mêmes. Les Niekrasowcy sont tous des staro-wiercy

laient les Russes sous le drapeau turc, et, l'été, pillaient les Turcs sous le drapeau russe.

Au bout de la première année, ses compagnons trouvèrent qu'il avait mal géré leurs affaires : le butin avait été plus considérable l'année d'avant, sous son prédécesseur. Il rejeta la faute sur le juif économe, qui fut pendu. Cinq années de suite, sous le coup de la même accusation, il échappa par le même subterfuge, et chaque fois se trouva facilement un juif pour remplir cette place, où il savait que son prédécesseur avait laissé la vie.

La sixième année, le Polonais, craignant que ses juges ne se contentassent pas de l'économe, s'échappa et vint en France.

(vieux croyants), espèce de puritains, secte fana-
tique assez nombreuse et très-hostile à l'orthodoxie ou religion officielle de l'empire russe. Ce
sont eux qui, dans toutes les guerres de la Turquie
et de la Russie, ont le plus nui aux Russes.

Aussi, le général Diebitch, qui commanda en
chef dans la mémorable campagne de 1828, avant
d'opérer son fameux passage à travers les monts
Balkans, résolut d'abord de se débarrasser des
Niekrasowcy. Une nuit, quelques détachements
de l'armée russe tombèrent sur les villages des
Kosaks rebelles, passèrent au fil de l'épée tout
ce qui osa résister. Le reste, hommes, femmes et
enfants, fut envoyé à Anapa et dans d'autres
villes et villages, sur la rive orientale de la
mer d'Azof, à bord de bâtiments préparés à cet
effet.

On n'avait pu ni tuer, ni expatrier tous les Niekrasowcy. Quoique décimés, après le traité d'An-
drinople ils se rallièrent et se constituèrent de
nouveau Comme par le passé, ils habitent des
villages sur la droite du Danube, et reconnaissent
la suzeraineté du sultan. Leur nombre s'accroît
chaque année par l'arrivée de staro-wiercy et
d'autres Kosaks, qui s'enfuient d'Anapa et de tous
les points de la Russie. Actuellement, Czaykowski
est leur attaman, et son élection n'a été facile et
même possible qu'en raison de la grande bien-

veillance et affection que les Kosaks ont gardées pour les Polonais.

Les Kosaks jouissent en Russie d'une grande liberté, comparativement aux autres citoyens de l'empire; aussi dit-on en Russie : « libre comme un Kosak. » Ils contribueront beaucoup, sans aucun doute, au rétablissement des nationalités que la Russie opprime.

Ce 1er mai 1856.

J'ai cru devoir garder l'orthographe polonaise pour tous les noms propres : toute autre orthographe aurait été purement arbitraire. Pour pouvoir lire ces noms propres, si souvent d'une prononciation difficile, il faut savoir qu'en polonais :

rz se prononce	j.	
c	,	ts.
sz		ch (dans cheval)
cz		tch.
j		y.
w		v simple.
g		. gué.
u		ou.

I

LES FIANÇAILLES DU ZAPOROGUE.

I

Dans le lac le petit poisson s'amuse, tantôt plonge jusqu'au roc, tantôt élève sa tête à la surface, et son œil joue avec la lumière, ou bien il fend l'eau de ses nageoires, et son écaille argentée lutte d'éclat avec le rayon doré du soleil. Au-dessus du lac l'hirondelle trace ses zigzags ; de son aile elle effleure l'eau transparente, puis s'envole dans les airs, disparaît sous un nuage, et descend de nouveau ; partout son œil cherche avidement comme s'il voulait percer et la voûte des cieux et l'abîme des eaux.

Sur le bord court une jeune fille aux sourcils noirs ; elle file d'un pied rapide, et lance son regard au loin, bien loin dans la plaine. « Arrête,

1

jeune fille, un instant seulement; regarde le lac, comme son eau se plisse pour te sourire; regarde le soleil, comme ses rayons se réjouissent à ton aspect. »

Le petit poisson s'est arrêté dans son élan, car la jeune fille pour lui est plus charmante que la blanche fleur du lotus, plus fine que la flexible tige du jonc; l'hirondelle est restée en suspens dans les airs, le cou tendu vers la jeune fille qui court comme le vent, et elle a jeté un cri d'admiration, car elle est pour elle plus brillante que la surface de l'eau immobile, plus aimable que la lumière du jour.

La jeune fille n'écoute point, ni ne détourne les yeux, elle court plus loin. Que lui importe de plaire au lac, de plaire au soleil? Qu'est pour elle le petit poisson? Un être plus beau attire son regard. Que lui fait l'hirondelle? Un autre chant charme son oreille.

Elle a gravi la colline et frappé du pied, considéré le steppe et battu des mains. Sous une blanche chemise, toute brodée de rouge, son sein, par une respiration pressée, s'élève et s'abaisse; ses joues, blanches comme le lait, se sont couvertes de rougeur; son œil jette des éclairs, brille comme le diamant, et sur son front pur une goutte de sueur a coulé. Sur sa tête il n'y a ni fleurs d'or, ni plumes de paon, ni bandelettes aux diverses couleurs, seulement un ruban d'un rouge éclatant,

qui s'enlace à des tresses de cheveux d'un noir de
corbeau et entoure sa tête ; elle porte un jupon de
laine rayé et un tablier bordé d'un fil amarante ;
une ceinture rouge serre sa taille, si fine qu'un coup
de fouet la couperait ; une ganse à son cou ferme
sa chemise et fait le désespoir de l'œil curieux des
jeunes gens. Elle a plusieurs colliers de corail, et
ses pieds nus, blancs comme neige, sont petits,
délicats et agiles. Elle se tient debout sur la colline, son œil plonge vers le midi, et là-bas, vers le
midi, un cheval blanc, au galop, de son sabot bat
le steppe : sur son cou un Kosak est tellement
penché que le kolpak rouge se joue avec les nattes
de la blanche crinière ; le cheval s'allonge tellement que les étriers et les bottes du Kosak gémissent, et son sabre à chaque saut touche le sol,
rebondit et résonne ;—il vole, car il est pressé,—
d'un seul bond il voudrait atteindre la colline,
car déjà il a aperçu la jeune fille qu'il aime, qui
vers lui étend les bras, agite sa petite main, et lui
fait signe de l'œil.—Et le cœur du Kosak bat
comme un marteau dans sa poitrine, le sang
bouillonne dans ses veines.—Déjà le cheval, au
pied de la colline, s'est de lui-même arrêté.

La jeune fille descend en toute hâte, le Kosak
accourt au-devant d'elle, déjà leurs mains se sont
pressées, et un baiser brûlant, passionné, a collé
leurs lèvres.—A quoi servent les préliminaires,

les vaines paroles, là où un pur amour brûle dans les cœurs, où la sincérité, la simplicité domine les âmes ? Malheur à la jeune fille dont la beauté a besoin de l'enjolivement de l'art! malheur à l'amour dont les sensations ont besoin d'être dépeintes par des mots savamment arrangés! Une longue file d'expressions colorées ne parviendra jamais à rendre aussi fortement la passion qu'un seul petit baiser, un serrement de mains. Le Kosak et la jeune fille se sont dit plus de choses en serrements de mains et en baisers que les amoureux du monde civilisé n'arriveraient à en exprimer, même s'ils vivaient l'âge de Mathusalem. Le premier moment passé, le Kosak regarde la jeune fille dans les yeux, de sa rude main caresse son doux visage, lui sourit, et la soulève dans ses bras.

« Oh! ce n'est pas inutilement, dit le Kosak, que mon blanc cheval m'a ramené du combat la tête sur les épaules, il n'est pas triste de vivre sur cette terre quand Marusienka est aussi jolie que l'obier, aussi vive que l'eau du ruisseau

— Oh! Ostap, répond la jeune fille, si ce n'étaient les combats, ta Marusienka serait encore plus belle; comme la fleur du cassis sans eau se fane, de même l'âme d'une jeune fille sans son amoureux se dessèche de chagrin.

— Déjà tout est fini, ma bien-aimée, le Kosak

a fait ses adieux à ses compagnons, il a vidé plus d'une coupe, pleuré un peu, et en avant vers Marusienka... Il a abandonné les Zaporogues et la mer pour toujours. »

Quoique près de sa bien-aimée, le Kosak regarde tristement; il a baissé ses moustaches sur ses lèvres, et fermé ses paupières sur ses yeux ; Marusienka se presse contre son épaule, caresse de sa main la tresse de cheveux qui sort de dessous son kolpak, mais Ostap est toujours triste; enfin, comme s'éveillant d'un rêve, il rajusta son bonnet, frisa sa moustache.

« Ce qui est fait est fait; allons saluer tes parents et les prier de nous bénir; il faut suspendre mon épée et ma lance, et me mettre à la charrue et au râteau. »

Et ils allaient ainsi vers le village avec un front serein, de joyeuses pensées, et le cheval blanc derrière eux courait comme un chien et faisait sonner son frein.

II

Devant la cabane, sur le seuil, sont assis le vieux père et la vieille mère de Marusienka ; les plus âgés des enfants et les serviteurs sont allés aux champs, et les plus jeunes, sur des bâtons,

1.

chevauchent à travers la cour. Le vieux hoche la tête et parle ainsi à sa femme :

« Le mauvais esprit nous a-t-il donc amené ce Zaporogue? maintenant elle n'a de cœur ni pour le travail ni pour le plaisir; elle ne fait que courir sur la colline, comme si elle pouvait réussir à attirer de son regard, à arracher de sa main un Kosak vagabond aux joies de Voloszczyzna [1]. »

La vieille voudrait défendre sa fille, mais elle ne sait par où commencer, il vaut donc mieux tout rejeter sur Dieu.

« Dieu saint a fait que le Zaporogue *lui a donné dans l'œil*, j'ai bon espoir en Dieu que tout cela finira bien. »

Pendant que ces vieilles gens causent ainsi, tout à coup s'arrêtent devant la porte Marusienka, Ostap, et le blanc cheval du Zaporogue. Ostap s'incline profondément devant le maître et la maîtresse de la maison. Marusienka est rouge de joie comme une framboise, les enfants ont jeté leurs bâtons et se sont précipités en cercle autour du cheval blanc, tantôt le tirent par la queue, tantôt se pendent à sa crinière, et lui demeure immobile comme une enseigne d'auberge; il se laisse par eux traiter à leur guise comme s'il avait

---

[1] Pays moldo-valaques; de *Vloch*, nom que les Slaves donnent aux Italiens.   (*Note du Traducteur.*)

quelque pressentiment et qu'il comptât sur l'avenir des jeunes Kosaks.

Les parents invitent le voyageur à entrer dans la cabane, et quand ils eurent vidé quelques gourdes d'eau-de-vie et mangé à leur appétit, Ostap prit la parole.

« Père et mère vénérés, ce n'est pas pour un plat de gruau que je suis venu, mais pour votre fille ; donnez-la-moi, et je suspendrai mon épée et ma lance, je me mettrai au labourage et m'asseoirai à votre foyer jusqu'à ce que je me sois construit une cabane ; si vous me la refusez je pleurerai un peu, monterai sur mon blanc cheval, et irai mettre ma tête sous le glaive tartare ; mais Dieu sait ce qu'il adviendra de Marusienka, car je jure que la jeune fille m'aime. »

Le vieux père délibère avec sa femme dans un coin de la salle, et Marusienka, derrière le poêle, de son doigt détache l'argile de la muraille [1] ; après avoir réfléchi un instant le vieux dit :

« Allons, Ostap, puisque tu es las de courir le monde et que la jeune fille est de ton goût, envoie-nous des fianceurs, et après tu la prendras comme tienne. »

---

[1] Presque toutes les jeunes filles de campagne ont coutume d'agir ainsi, pendant que les parents se consultent sur la réponse à donner au jeune homme qui demande la main de leur fille.

Ostap s'inclina et sortit pour aller chercher chez les voisins des fianceurs.

III

Ivan s'avance, et Mykita avec lui, vers le vieux Chwedko comme fianceurs; ils sont vêtus d'une casaque noire, coiffés d'un bonnet gris, et chacun sous son bras tient un poulet vivant et un gâteau de froment; ils sont entrés dans la chambre, ils ont salué, déposé les présents sur la table, et Ivan commence ainsi à parler :

« Voisin, un gendre s'est rencontré pour vous, habile à manier le cheval et la lance, il sera probablement aussi bon pour le labourage; il aime votre Marusienka autant qu'une rencontre avec l'ennemi, et peut-être davantage; car il a abandonné les Zaporogues pour se préparer en paix avec nous un morceau de pain pour sa vieillesse; il est franc, sincère, en un mot c'est un brave garçon, il fera prospérer son bien, sera homme à la maison et hors la maison, certainement il ne portera pas de jupons. »

Chwedko se mit à sourire, fit prendre place aux fianceurs à table, en face de lui, et répondit :

« Ce n'est pas moi qui dois vivre avec lui, il dépend de Marusienka de l'accepter ou de le refuser pour mari. » Il se tourna vers sa femme. « Ma femme, que Marusienka vienne avec une réponse pour les flanceurs. »

La vieille sortit, et, en attendant une réponse, les compères se mirent à table ; tout en causant et buvant ils parlaient, et du gendre futur, et des sourdes rumeurs qui se répandaient à travers l'Ukraine : comme quoi le roi Étienne préparait une expédition contre la Russie, et avait déjà invité Bohdan Rózynski[1], par ordre de la république, à rassembler les Kosaks. Les vieillards regrettaient que leurs forces ne leur permissent plus d'aller au secours de leurs frères Lach[2], ils

---

[1] Bohdan Rózynski, attaman des Kosaks sous le règne d'Etienne Batóry en Pologne, fameux par son expédition à Oczakowa, qu'il fit en descendant le Dnieper en czajka (bateaux kosaks). Quand les Tartares envahirent la Podolie, il les força à abandonner cette province par une incursion en Crimée. En l'an 1572, le roi Etienne donna à l'attaman le bâton de général, et aux Kosaks un étendard rouge, et pour armes un Kosak en argent, la tête couverte d'un kolpak de peau de mouton, avec une plume de héron, le sabre nu et élevé au-dessus de la tête. Le roi Etienne forma dix régiments de Kosaks ; il accorda à l'armée zaporogue le privilége d'occuper l'aile droite de l'armée polonaise, et donna pour capitale aux attamans kosaks la ville de Trechtymirow, sur le Dnieper. Bohdan fut appelé à faire partie de l'expédition contre la Russie. Il put dans un besoin pressant réunir et armer jusqu'à quarante mille hommes.

[2] Lach est le nom qu'aujourd'hui encore les paysans de l'Ukraine donnent aux Polonais.

discouraient sur les combats qu'ils avaient livrés sous les attamans Wenzyk[1] et Swiergowski, et se rappelaient avoir entendu parler dans leur enfance de la défense célèbre de Czerkask par Ostaff Daszkiewicz[2], de glorieuse mémoire.

Tandis qu'ils discouraient ainsi, Marusienka sortit de l'alcôve, les yeux timidement baissés; elle glissait par terre, elle voulait et ne voulait pas mettre un pied devant l'autre; sa mère la poussait en avant, enfin elle reprit courage, et d'une main agitée comme la feuille du tremble, elle remit aux fianceurs une serviette[3] (en signe de consentement), et ensuite, comme une jeune chatte, courut se cacher derrière le poêle. Les fianceurs caressè-

[1] Wenzyk, cinquième attaman des Kosaks, fameux par sa victoire sur les Tartares, à Zaslaw. Swiergowski, sixième attaman, alla au secours de George, hospodar de Moldavie, contre les Turcs, gagna quatorze batailles, succomba dans la quinzième, avec deux mille hommes; c'est à lui que succéda Bohdan Rózynski.

[2] Ostafi Daszkiewicz, second attaman des Kosaks, a été choisi après Przeclaw Lanckoronski, fameux par sa défense de Czerkask contre les Tartares. Il apporta à Sigismond I les pierres lancées par les Tartares contre la ville. Le roi Sigismond donna Czerkask pour capitale aux attamans, et les immenses steppes de l'Ukraine, le long du Dnieper, en toute propriété au peuple kosak; et la diète de Petrykow, en l'année 1518, fixa une solde pour les Kosaks à cause du soin et de la valeur qu'ils avaient déployés dans la défense des frontières de la république.

[3] Cette coutume est encore observée aux fiançailles en Ukraine.

rent leur barbe pour témoigner leur satisfaction,
sortirent, et un instant après revinrent avec Ostap
qui les attendait à l'entrée de la cabane. Ostap
étendit par terre de riches ceintures prises sur les
Turcs, des étoffes de soie, des franges d'or, des
pierres précieuses, des kindjar de Damas, présents
pour les père et mère, pour les frères, sœurs
et parents de sa fiancée. Il retira Narusienka de
derrière le poêle, et elle se rendit facilement à son
désir, comme une fleur de bruyère cède au doux
souffle du vent. Ils tombèrent aux pieds de leurs
parents, remercièrent les fianceurs et la compagnie.

IV

Vers le soir, dans la petite cour de la cabane,
une troupe d'hommes se rassemble. Les vieilles
gens s'asseoient autour de tables largement servies de viande de porc, de poisson salé et de
gâteaux de seigle.

La jeunesse entoure les joueurs de violons et de
cymbales établis commodément sur un banc de
gazon, et les fianceurs portent partout dans des cru-
ches de l'eau-de-vie et de l'hydromel, servent les
hôtes et assaisonnent le boire de propos joyeux.
Les violons donnent le signal, les cymbales résonnent : Ostap place sa main gauche sur la hanche,

de la droite prend un fichu dont Marusienka tient l'autre bout, et ouvre la danse par la gensie[1], le kolpak sur l'oreille ; tantôt il retrousse sa moustache, tantôt frappe du pied, glisse sur la terre, d'un saut est près de sa danseuse, tourne sur lui-même, et d'un autre saut s'en éloigne. Derrière lui suivent les couples de jeunes garçons et de jeunes filles. Cette longue file ondule comme un serpent, elle tourne la tête, se dispose en forme d'S, rejette sa queue en arrière, et se roule de nouveau le long de la cour, s'arrête devant la musique, frappe du pied, s'arrête devant les vieillards, salue respectueusement et pousse plus loin. Après la gensie on se lance dans la kosake ; les jeunes filles se placent sur une seule ligne, baissent les yeux vers la terre, rougissent comme des fraises sauvages, et sourient ; les jeunes garçons aussi se placent sur une seule ligne, rejettent leurs cheveux en arrière, et regardent hardiment leurs belles dans les yeux, puis ils frappent des pieds si fort que la terre en tremble ; les jeunes garçons et les jeunes filles se rapprochent en sautant si près que peu s'en faut qu'ils ne s'embrassent ; ils s'écartent d'un bond, s'arrêtent, frappent des pieds, par bonds et par sauts courent les uns

[1] Gensie, danse tout à fait semblable à la polonaise, avec cette différence qu'il faut frapper du pied, et qu'un fichu sépare le jeune homme de la jeune fille.

vers les autres, leurs mains se touchent, leurs cheveux s'effleurent, et ils prennent de nouveau la fuite ; les garçons alors entonnent une chanson en chœur, les jeunes filles y répondent en chœur, le violon se tait, les cymbales font pianissimo, tout à coup la musique éclate, la danse reprend : cessaient-elles un instant, aussitôt arrivaient les chansons, et l'on jouait de telle sorte que la sueur coulait à en tordre les chemises.

Et voilà que de nouveaux hôtes arrivent, les chiens aboient avec violence, on entend un bruit de chevaux et de chants guerriers. La musique se tait, la danse cesse, et tous s'élancent hors les portes, dans la rue. Ce bruit a été produit par les cavaliers zaporogues dont les sotnias [1] quittent Czerkask pour se rendre à Bialacerkiew. Chwedko et les fianceurs invitent les chefs et les plus vieux au repas des fiançailles. Le vieux sotnik [2] qui, marchait en avant, comme la grue qui dirige la bande, ôta sa czapka [3], salua, et parla ainsi :

« Merci, amis et frères, de votre offre hospitalière, mais temps de voyages, temps bien employé. Le roi Étienne et la république nous appellent à d'autres banquets. Notre père l'atta-

[1] Sotnia, corps de cent kosaks. (*N. du T.*)
[2] Sotnik, chef de sotnia. (*N. du T.*)
[3] Czapka, bonnet militaire. (*N. du T.*)

2

man nous attend avec les régiments réguliers à
Bialacerkiew, et quand nous serons réunis à nos
frères les Lach et que nous aurons franchi la
Russie Blanche, nous boirons à flots, en guise de
bière, le sang impur de nos ennemis; je vous souhaite la joie et le bonheur, comme à nous la gloire
et le butin. » Il vide un grand verre d'eau-de-vie
sans descendre de cheval, prend une bouchée de
pain, fait ses adieux et part; les autres Kosaks en
font autant : plus d'un, se penchant sur son cheval, dérobe un baiser à une vierge aux sourcils
noirs.

Ostap regarde tantôt Marusienka, tantôt les jeunes
Kosaks; il reconnaît des camarades et n'ose les
saluer, son cœur se serre, aussi tourmenté qu'une
barre de fer rouge entre le marteau et l'enclume ;
il se tint longtemps immobile, retenant les larmes
qui se pressaient sous sa paupière ; mais quand
il vit disparaître les dernières sotnias, il ne put
se contenir davantage, une larme lui échappa,
il lança à Marusienka un regard où se peignait la
plus affreuse douleur, et disparut derrière la
cabane. Marusienka frissonna comme dans la
fièvre et demeura à la même place, indécise si elle
devait essayer de soulager la douleur de son bien-
aimé ou le laisser seul. Les sotnias sont déjà loin
du village, la musique s'est de nouveau fait
entendre; les garçons se disposent à la danse,

mais où est Ostap? Marusienka le cherche derrière la cabane, et tout en larmes appelle à grands
cris son bien-aimé ; l'écho répète ses sanglots et
personne ne répond ; les jeunes gens se dispersent
en vain pour chercher son fiancé. Le Zaporogue
a disparu : le cheval blanc a disparu du pâturage,
la selle et la lance du hangar, et le glaive étincelant de la cabane. De petits garçons en jouant
dans le pré ont vu Ostap seller son cheval ; il
avait longtemps pleuré comme un enfant, agité
les bras, puis était sauté sur son blanc cheval,
avait pressé la lance et serré les genoux ; le cheval blanc avait franchi quatre barrières, sauté
quatre fossés et galopé vers la plaine où avait
passé l'armée kosake. La jeune fille sanglote, se
tord les bras, ses parents la consolent comme ils
peuvent, quoique eux-même aient les larmes aux
yeux. Les fianceurs promettent de ramener en
peu d'instants le Zaporogue fugitif, les musiciens
et les invités retournent tristes en leurs maisons ;
les tables sont couvertes de mets, les outres sont
pleines, et personne n'y touche ; quand la douleur
emplit l'âme, l'esprit ne peut se réjouir, et la douleur d'une jeune et belle fille a quelque chose de
si touchant, que le cœur le plus insensible finit
par la partager.

V

Combien tout est changé dans la chaumière de Chwedko! le vieillard soucieux a le front assombri, la mère ne fait que soupirer, les enfants même s'attristent en voyant Marusienka dépérir de jour en jour; cet œil qui naguère lançait des flammes, maintenant est toujours noyé de larmes qui en coulant ont creusé son beau visage; ses couleurs se sont éteintes, et la pâleur du linge s'est répandue sur ses joues; elle est blême, desséchée, son corps charmant n'a plus que la peau et les os, et son pauvre cœur est dévoré de chagrin. Elle ne peut pendant le jour ni travailler ni se distraire, elle prie, elle pleure, puis va trouver la devineresse, écoute ce qu'elle lui dit des combats, de la gloire et de la mort, puis retourne à la maison, se cache derrière le poêle et y renfonce ses larmes : quoiqu'elle dissimule son chagrin devant ses parents, ses précautions sont inutiles, car en dépit de la volonté on ne peut rien cacher aux yeux d'une mère attentive. En rêve, d'étranges visions la troublent; elle voit Ostap qui plein de gloire et enrichi de butin revient au village, conduit son blanc cheval à l'écurie, embrasse sa fiancée, la presse contre son cœur... Sa czapka tombe, et un cadavre se présente à ses yeux. Marusienka se réveille en gémissant, et comme une folle s'agite sur sa couche ; ses parents s'attristent, mais ne disent rien ; ils espèrent par la douceur et avec le temps guérir les peines de son âme.

L'automne a passé, et l'hiver aussi, et du retour des Zaporogues on n'entend point parler ; seulement dans la contrée a pénétré la nouvelle que le roi Étienne, à la tête des Polonais, des Kosaks et des Lithuaniens, poursuit de place en place le czar Ivan, comme un lièvre ; que les palatinats de la Russie Blanche ont revu de nouveau l'aigle blanc de Pologne ; on répète comme on s'est rassasié de carnage sous les murs de Wielkie-Luki et au siége de Pskow. Batory, content des exploits des chefs kosaks, les a gratifiés d'un blason, d'un cachet, et placé les Zaporogues à la droite de son armée. Il paye leur solde, il consulte l'attaman comme un frère, cause avec lui, et les Polonais et les Kosaks s'aiment autant que s'ils avaient été élevés sous un même toit, que s'ils avaient sucé le lait de la même mère.

De nouvelles sotnias quittent leur rochers [1] du

---

[1] Des rochers au nombre de treize, nommés *porohy*, coupent transversalement le lit du Dnieper, et pour la plupart s'élèvent au-dessus du niveau du fleuve. Les Kosaks qui demeuraient dans des îles, derrière ces rochers, ont reçu le nom de Zaporogues (c'est-à-dire derrière les rochers).

Dnieper pour remplir les vides que la guerre a faits dans leurs régiments[1]. La jeune fille arrête chaque Kosak, et prie chacun d'eux de saluer Ostap et de lui dire qu'elle l'aime tant, qu'elle le regrette tant, que toute sa vie, tout son bonheur, elle les sacrifierait pour l'apercevoir, pour passer avec lui un instant seulement ; qu'il trouve un moyen, n'importe lequel, de lui faire dire au moins un mot, s'il vit, s'il l'aime toujours.

Les jours s'écoulent et les semaines, et les mois, et personne ne revient de Russie, pays de malédiction où l'on ne trouve ni les diamants et l'or de Turquie, ni les armes circassiennes, ni le cuir de Tartarie, ni les riches troupeaux de la Valachie ; là-bas il n'y a que du froid et de la neige, des hommes forts comme des chênes, des boyards fiers comme des sangliers, et un czar impitoyable : en veut-il à quelqu'un, jamais il ne pardonne ; des villes de bois pauvres et désertes, ses champs incultes : on y manque de tout, et le Kosak cependant y reste volontiers, car s'il n'a pas de butin à espérer, sa lance verse largement le sang des ennemis.

On est au milieu du printemps, Marusienka est triste et morne comme un jour sans soleil ;

[1] Les Zaporogues vivaient en communauté, mais sans femmes, et se recrutaient d'enfants enlevés en bas âge dans leurs expéditions.

seulement aucune larme ne s'échappe plus de son œil sec et sans vie, sa douleur n'éclate plus avec violence, elle s'est renfermée dans son cœur, a empoisonné ses pensées et l'a jetée dans un engourdissement plus dangereux cent fois que toutes les maladies de l'âme et du corps.

Chaque jour, sur le bord du lac, elle se traîne d'un pas chancelant; la pauvre fille gravit péniblement la colline, noie son regard dans le steppe, non plus vers le midi, mais vers le couchant, et elle y reste des journées entières jusqu'à ce que son frère ou sa sœur la ramène de force à la maison; et au-dessus de sa tête le vanneau bat sans cesse l'air de son aile, et fait entendre des cris lugubres comme pour présager des malheurs. Les vieux parents ont fait venir un sorcier pour briser son charme; les femmes qui s'y connaissent lui donnent des herbes, le pope récite des prières, mais rien n'y fait; le cœur est fermé aux remèdes, et pour le guérir il faut un cœur qui soit capable de le comprendre, de se rassasier de la flamme vivifiante du sentiment, pour qu'ils puissent mutuellement soutenir leurs pas dans la route épineuse de la vie.

VI

Un jour, selon son habitude, Marusienka se rendit dès le matin sur la colline : le soleil brillait, les eaux du lac étaient calmes, le petit poisson s'agitait dans l'eau, l'hirondelle en effleurait la surface de son aile, et les gouttes de la rosée qui tombait étincelaient comme autant de diamants. Nul changement, tout était comme par le passé, seulement un lièvre [1] effarouché, quittant les mau-

[1] La rencontre d'un lièvre, d'un chien qui hurle, d'une corneille qui prend son vol à votre gauche, d'un pope ou d'une vieille femme, sont regardés dans les pays du Nord comme autant de mauvais présages.

D'après les idées du peuple en Ukraine, il est aussi de mauvais augure qu'un vanneau crie au-dessus de votre tête. Cela provient peut-être de ce que, du temps des incursions des Tartares, les vanneaux, en s'abattant dans les blés et les broussailles sur la tête des hommes qui s'y cachaient contre la fureur de ces barbares, les découvraient et les livraient ainsi à la mort.

— On trouve des détails analogues dans les *Slaves* d'Adam Mickiewicz. Il faudrait, dit-il, entendre un réfractaire, un soldat, un prisonnier politique qui s'enfuit dans les steppes. Il a observé ces oiseaux de mauvais augure, le corbeau et la pie, parce que ces espèces d'oiseaux s'attachent à un homme qui traverse les steppes, ils tournent autour de lui et trahissent ainsi sa cachette. Ceux qui poursuivent les fuyards n'ont qu'à observer ces oiseaux pour retrouver la trace du fugitif, comme le chasseur,

vaises herbes d'un étang desséché, traversa la route que suivait la jeune fille; à sa gauche les corneilles croassèrent, un chien hurla dans une ferme éloignée, et le vanneau traça en volant comme une couronne autour de sa tête, et cria plus lugubrement qu'à l'ordinaire.

Marusienka monte sur la colline, s'y assied, et longtemps y demeure, jusqu'à ce qu'enfin elle aperçoit, du côté du nord, un nuage de poussière. Elle se lève, elle fixe, elle attache son regard, et reconnaît les sotnias des kosaks. Ils

par exemple, observe le vol des hirondelles pour retrouver le loup cervier dans la forêt.

Le pic, au contraire, est un oiseau chéri, car dans ces steppes peu boisés, il se dirige toujours vers les arbres; en le suivant on trouve un ravin pour se cacher, puis des sources, enfin on descend vers le fleuve; on peut ainsi s'orienter et reconnaître son chemin. Mais tous ces détails, il est difficile de les comprendre dans des pays aussi éloignés de cette nature, et surtout de ce genre de vie.

—Le grand poète russe Pouchkine échappa aux conséquences de la révolution de 1825 d'une manière miraculeuse. A la nouvelle de la mort de l'empereur, se trouvant à la campagne, il accourait vers la capitale, lorsque tout à coup il rencontra un lièvre. Chez les Slaves c'est un mauvais signe. Pouchkine, quoique superstitieux, continua néanmoins son chemin. Il rencontra bientôt après une vieille femme, et un peu plus loin un pope ou prêtre russe. Alors son cocher, quittant son siége, le conjura à genoux de retourner sur ses pas. Pouchkine se rendit à sa prière, et lui dut son salut; autrement il serait mort avec Rileieff, ou aurait fini sa carrière dans les mines de Sibérie.   (*N. du T.*)

vont doucement, aucun cheval ne quitte les rangs pour galoper vers la colline, ils marchent en silence, tristement, les jeunes gens ne brandissent pas leurs lances, ne font pas cabrer leurs chevaux. Ils s'approchent de la colline, la jeune fille voit rouler un chariot derrière les rangs des cavaliers, et après le chariot un cheval blanc marche la tête basse, et sur sa selle est suspendue en croix une longue lance et un sabre étincelant, le tout couvert d'une housse rouge, récompense kosake. Marusienka regarde, soupire, sourit, tombe et expire.

Les sotnias passèrent au pied de la colline, et aucun n'en regarda le sommet, car tous avaient les yeux baissés; ils côtoyèrent le lac, entrèrent dans le village, et s'arrêtèrent devant la cabane de Chwedko. Le vieux sotnik qui marchait en tête des Zaporogues le jour des fiançailles, descendit de cheval et entra dans la cour. Le père et la mère de Marusienka étaient assis dans le vestibule, le sotnik s'inclina et dit :

« Une seule fois notre mère nous enfante, et une seule fois l'on meurt; il y a deux ans nous passions ici dans un jour de joie, et comme des esprits du mal nous emmenâmes la joie avec nous. Notre Ostap aimait votre Marusienka plus que la vie. Dieu sait quels combats se livrèrent en son âme quand il vit nos régiments partant pour la guerre; et la pitié nous prenait quand il les racontait; mais que faire? L'ivrogne ne se déshabitue pas de l'eau-de-vie; la nature du loup le pousse dans les bois : lui, il quitta sa fiancée, renonça au bonheur, et vola sur les lances des Kosaks quand il vit les lances et les chevaux; il versa plus d'une larme,—mais les morts ne ressuscitent pas,—et quand on a fait un pas en avant il n'est plus temps de reculer. Longtemps il fit des prodiges de valeur et évita la mort; sous Pskow il tailla en pièces deux dizaines de Russes, et à la troisième il y laissa la vie. En mourant il nous recommanda d'amener son corps dans ce village, de remettre à Marusienka ce cheval blanc harnaché, sa lance et son sabre, toute la richesse d'un Kosak, de lui dire qu'il avait pensé à elle en mourant, et, si tel était son désir, de la dégager du lien des fiançailles. »

Chwedko branla tristement la tête, sa femme courut vers la colline chercher sa fille; elle fut longtemps avant de revenir; enfin elle arriva tout en larmes et dit : « Elle le savait déjà mieux que nous, car son corps sans vie est étendu sur la colline, et son âme s'est envolée vers son bienaimé. O mon enfant, mon enfant, combien est plus triste maintenant ma destinée! » Et elle fondit en pleurs. La figure du vieillard se contracta; il versa quelques larmes. Tous les Kosaks furent profondément affligés. Ils entrèrent dans la cour, prirent dans le hangar six planches de platane, deux de sapin [1], et firent un cercueil ; ils sortirent de sa petite bière le corps d'Ostap et l'y déposèrent, puis le portèrent sur leurs épaules au sommet de la colline. Alors arrivèrent un pope avec l'Évangile, un chantre avec de l'eau bénite ; ils déposèrent le corps de Marusienka dans un cercueil près de celui de son fiancé, et quoiqu'elle fût morte sans confession, le pope aspergea les deux corps d'eau bénite ; on cloua le couvercle, le pope lut l'Évangile, les Zaporogues firent une fosse avec leurs sabres, descendirent les cercueils et les recouvrirent de terre. Les larmes inondaient le visage du père, de la mère, de toute la famille. Les Zaporogues, après avoir rendu les derniers devoirs à leur frère d'armes, se dirigèrent vers le Dnieper, vainqueurs et cependant désolés, et le cheval blanc, libre de suivre les sotnias, resta comme cloué sur la colline : il y broutait l'herbe desséchée, et rien ne put l'en éloigner jusqu'à ce qu'un jour on le trouva mort sur le sommet de la colline [2].

[1] La coutume de faire ainsi les cercueils provient de ce qu'on croit en Ukraine que les planches de platane ont le pouvoir d'éloigner les mauvais esprits, et que celles de sapin ne permettent pas au défunt de sortir de son tombeau et d'errer après sa mort.

[2] Les chevaux kosaks sont très-attachés à leurs maîtres, et les traditions ont conservé beaucoup de traits de ce

Dans le village on fut longtemps triste, car on aimait le vieux Chwedko et toute sa famille; et depuis cette époque il passa en proverbe q ind des fiance: 's venaient demander à ses parents la main d'une jeune fille, de dire : « Dieu veuille que nos fiançailles ne ressemblent pas à celles du Zaporogue[1]! »

genre. J'ai entendu moi-même dire à un officier des Kosaks du Don, qu'au passage de la Bérézina il n'avait pu éloigner un cheval du corps d'un Kosak tué.

[1] Jusqu'à présent ce proverbe est usité dans beaucoup de villages au-dessus de Teterow. C'est ce proverbe et les traditions populaires qui m'ont donné l'idée de cette histoire.

3

II

LE TERTRE TUMULAIRE.

I

Près du village d'Halczyniec[1] s'élevait un tertre;
à sa base, le chemin se bifurquait en croix et revenait sur lui-même. A son sommet croissaient
quelques plantes, des mauvaises herbes, et il renfermait peut-être des souvenirs du passé. La tradition du peuple, dont l'imagination est si riche
en fantômes, rapportait sur ce lieu d'étonnantes
histoires. Plus d'une fois, les garçons, au milieu
de la nuit, en faisant la chasse aux lucioles, voient
sortir des herbes du tertre des apparitions de formes diverses qui se réunissent et, comme un mur
de feu, descendent doucement vers le village. Les
enfants, effrayés, se jettent, comme des lièvres,

---

[1] Halczyniec, petit village non loin de Berdyczew, et
sur la route de Zytomirz.

dans les broussailles; mais quand ils relèvent la
tête, l'apparition se tient immobile comme un feu
resplendissant; ils se remettent sur leurs jambes,
reprennent confiance, s'élancent en avant tous
ensemble, la clarté pâlit, se voile, se dissout dans
l'air et disparaît. Les jeunes vainqueurs s'en reviennent en sautillant de joie; mais l'apparition tire
de la terre de nouveaux secours de lumière et suit
les enfants comme leur ombre; ils se retournent,
ils l'attaquent et la chassent de nouveau; de cette
manière, des heures se passent dans ces rencontres
avec l'apparition, et quand ils sont de retour à la
maison, à combien de récits étrangement ampli-
fiés cela ne donne-t-il pas lieu! Les vieilles femmes des fermes et des villages voisins marmottent
quelques mots d'une voix mystérieuse sur les sorciers et les devins; et les vieillards, si dans la
conversation on parle du tertre, hochent la tête,
font signe de la main, et ne disent rien parce
qu'ils savent peu de chose. Personne n'aurait le
courage de monter la nuit au sommet du tertre;
quand on passe au-dessous, le sang se glace dans
les veines, les cheveux se dressent sur la tête
comme les soies d'un sanglier, tellement c'est
effrayant. Dans tout le village, le seul vieillard
Lewko y demeurait comme dans sa propre cabane, mais longtemps il ne parla à personne du
tertre ni de l'apparition.

Une nuit, la veille de la Saint-Michel¹, Lewko s'assied sur le tertre : il regarde, tantôt portant ses yeux sur Halczyniec, tantôt baissant le front vers la terre; avec un gros bâton il creuse sans cesse comme s'il voulait ouvrir à sa pensée une issue jusqu'aux abîmes, et des temps passés augurer les événements à venir. Le vent souffle dans les fentes des rocs, sonne au travers des chardons desséchés, touche parfois les cordes d'une balabajka² jetée à terre, et les sons qu'il en tire résonnent comme s'ils voulaient, par une harmonie plus qu'humaine, ranimer le mouvement ralenti des pensées du vieillard. Les nuages se suivent rapidement et semblent aussi pressés que des colonnes serrées de cavaliers aux yeux d'un spectateur éloigné; parfois brillent d'un éclat fugitif les

¹ Saint Michel, comme archange guerrier du ciel et vainqueur du démon, est particulièrement honoré par le peuple guerrier de l'Ukraine, et la veille de ce jour a en soi quelque chose de mystérieux; tous les sorciers, les magiciens et les magiciennes sortent le soir dans la plaine et ne rentrent que le matin; les voyageurs qui, cette nuit-là, voient errer des hommes dans les champs évitent avec soin de les rencontrer.

² La balabajka, instrument à quatre cordes connu en Ukraine. On joue de la balabajka comme du teorban, auquel elle ressemble assez; le son en est simple, mais agréable à l'oreille; on s'en sert le plus souvent pour accompagner des chansons.

Souvent dans les fêtes de village, au fond de l'Ukraine, on voit les Kosaks monter à cheval avec des balabajka, et chanter en s'accompagnant de cet instrument.

casques et le tranchant d'acier des glaives; de même au milieu des nuages parfois brillent la lune, les étoiles qui se cachent et disparaissent aussitôt dans l'obscurité profonde. Aux pieds du vieillard est couché un lévrier blanc comme le lait[1]; il ploye sous lui ses pattes de derrière, étend les deux autres en avant, appuye contre terre son museau de couleuvre; il saisit le moindre bruit, car il ne cesse d'agiter ses oreilles à moitié dressées et qui, comme des franges de soie emmêlées, retombent sur son cou allongé; il regarde tendrement le vieillard et remue la queue. Déjà dans une ferme, vers le nord, les poules ont chanté; dans Halczyniec, un chien a hurlé, puis un second, un troisième, et le bruit, grossissant toujours, se répand du village dans la plaine. Par une porte débouchent deux cavaliers, l'un sur un cheval bai foncé, l'autre sur une jument noire, et ils galopent comme s'ils couraient chercher la tête du khan de Tartarie ou les trésors du sultan de Carogrod. Le vieillard entend l'écho qui apporte à son oreille le tintement des chevaux au galop; ils approchent toujours,

[1] Le peuple en Ukraine aime beaucoup la chasse aux lévriers; il est rare de voir un vieillard qui ne nourrisse un lévrier dans sa cabane, ou au moins un métis de dogue et de lévrier, et si son seigneur lui défend de chasser, toujours cependant il conduit son lévrier aux champs et dans toutes ses pérégrinations.

3.

toujours; enfin, ils s'arrêtent, un léger bruit se fait comme si quelque chose tombait à terre; le lévrier se lève et fait un saut, mais le vieillard siffle et il s'arrête comme cloué en place, et tend le cou vers le côté d'où le bruit était venu.

Lewko regarde et voit deux chevaux arrêtés non loin de la bifurcation des routes, et deux hommes qui se dirigeaient vers le tertre; il roule la main en trompette et crie : Ho hop! les cavaliers répondent : Ho hop! et le retentissement des voix qui se mêlaient se répand dans l'espace.

Les cavaliers arrivent sur le tertre et saluent le vieillard; celui-ci leur rend leur salut; alors l'un d'eux parle ainsi : « Père Lewko, nous venons pour que tu accomplisses tes promesses. » Le vieillard remue la tête : « Ce qui a été dit doit s'accomplir; asseyez-vous, mes enfants; mais pour écouter l'histoire que je vais vous raconter, il ne faut pas douter, même en son âme, de sa vérité; car si la vieille se met en colère et vous jette un sort[1], c'est une triste affaire : si l'on touché au diable, on ne peut si vite échapper de ses griffes; et maintenant passons à notre sujet.

---

[1] Cette croyance est tellement enracinée en Ukraine, qu'à un inconnu les mères évitent de montrer leurs enfants, les propriétaires leurs maisons, les chasseurs leurs chiens, les cavaliers leurs chevaux, les ouvriers leurs ustensiles, de peur que le mauvais œil ne les ensorcelle.

Dans ces temps heureux ou Bohdan Rózynski [1], septième attaman, commandait à son tour les Kosaks et où le Kosak, le Lach et le Tartare, en signe d'alliance, faisaient banquet à la table des attamans à Trechtymirow dont le roi Étienne avait fait présent aux Kosaks pour leur servir de capitale; dans ces temps saints où trois puissantes et valeureuses nations s'étaient réunies pour réprimer et contenir dans la crainte les princes et les peuples voisins; en ces temps-là, sur la Kodenka [2] non loin d'Halczyniec, près de ce sombre bois d'aunes aux petites feuilles se trouvait une ferme

[1] Voici la succession des attamans kosaks : le premier fut Przeclaw Lanckoronski, le second Ostafi Daszkiewicz, le troisième Dmitri Wiszniowiecki, le quatrième Eustache Rózynski, le ciquième Wenzyk, le sixième Swiergowski, le prédécesseur de Bohdan.

[2] La Kodenka, petite rivière qui coule près d'Halczyniec et tombe dans la rivière d'Hujwy, doit son nom à la petite ville de Kodni, fameuse dans le pays, car c'est dans ses murs qu'on décapita et empala les Kosaks, après la défaite de Gonty et de Zalesniak, et c'est là aussi que se tint le conseil de guerre sous le régimentaire Stenpowski. Il existe encore aujourd'hui d'affreux cachots où l'on emprisonnait les prévenus, et d'énormes tertres tumulaires à la place où l'on enterra les cadavres.—Glenbocki, alors propriétaire de Kodni, en arracha un grand nombre à la mort, et les dissémina dans les villages voisins; dans beaucoup d'endroits ces familles de Zaporogues se sont perpétuées jusqu'à nos jours, et un juron du peuple pour souhaiter du mal à quelqu'un est: Dieu veuille que tu n'échappes pas à la sainte Kodni!

appelée ferme de Dudar[1], maintenant encore le
fossé n'est point comblé, il y avait une cabane ; et
dans cette cabane demeurait une femme nommée
Sukurycha [2] : les uns l'appelaient sorcière, les autres devineresse ; c'est elle qui guérissait les maladies, désensorcelait, amenait les pluies, précipi-
tait la grêle sur de fertiles moissons, versant d'une
main le bonheur, de l'autre le malheur sur les
habitations voisines. Près d'elle étaient ses trois
filles, vives comme la *ploteczka* dans l'eau, agiles
comme des écureuils, et leurs joues avaient les
couleurs des zurachwina [3] au milieu de la blanche neige quand le soleil les éclaire. Si elles chantaient des ballades, les rossignols étonnés se tai-
saient et écoutaient leurs voix ; puis, quand elles
avaient cessé, essayaient de moduler la même
note ; et si, en dansant elles frappaient du talon,
la terre tremblait de joie sous ces petits pieds

[1] Ou du joueur de cornemuse.   (*N. du T.*)

[2] Ce nom est encore très-connu dans Halczyniec, et les
enfants savent mille anecdotes sur le compte de cette
femme.

[3] Les zurachwina, espèce de framboise d'un rouge pon-
ceau, poussent sous la neige et la percent, et c'est alors
qu'on les récolte. Rien de plus beau que de voir une surface toute blanche, couverte de ces fruits couleur de sang,
et quand le soleil vient à briller, la neige semble rougir.

Aux environs de la petite ville de Czudowa, dans le village de Bykowka, j'ai vu un immense marais appelé Pro-
pastyszcze, couvert de neige et de zurachwina.

parés de jolies bottines rouges. Elles menaient
une vie sans peines ni ennuis ; les jeunes gens des
villages voisins se précipitaient sur leurs pas
comme les mouches sur le miel. C'était à qui avec
elles ouvrirait la danse, c'était à qui se verrait par
elles accrocher une fleur dorée à sa czapka ou attacher une agrafe à son cou[1] ; mais leur cœur et leurs
pensées étaient libres, comme le vol d'un oiseau
dans les airs. Elles ne jouirent pas longtemps de
leur indépendance ; elles jetaient en cet instant
le même éclat que le soleil avant l'orage, qui envoie
ses plus beaux, ses plus magnifiques rayons quand
les nuages gris sont déjà suspendus au-dessous de
lui, et vont d'un moment à l'autre voiler sa face
dorée.

Un jour, dans l'après-midi, toutes trois étaient
assises sur un banc de gazon : elles filaient en
causant des danses du dimanche. Tout à coup voilà
qu'elles aperçurent trois cavaliers courant à toute
vitesse vers la ferme : les portes étaient ouvertes ;
rapide comme un trait, et par un saut de biche,
tomba au milieu de la cour un cheval de steppe
que montait un Kosak. La plus jeune regarda

---

[1] C'est un usage en Ukraine, quand un garçon plaît à une
jeune fille, qu'elle attache une fleur, un ruban à sa czapka
ou lie le cordon de son col. On se dispute terriblement ce
bonheur, et l'on en vient souvent à des luttes où le sang
coule quand un jeune homme obtient sur ses rivaux les
faveurs d'une jeune fille.

cette figure bronzée, ce kolpak agité : son cœur
tremblota et une telle rougeur se répandit sur son
visage que ses oreilles en prirent la teinte écarlate
du *burak* [1]. Derrière lui arriva au galop un Mirza
tartare, et son cheval roux semblait glisser tant
il rasait légèrement la terre de ses pieds nerveux.
La sœur cadette regarda ses yeux noirs, sa pelisse
de peau de mouton d'un gris d'argent, son cœur
tremblota, et elle baissa le front vers la terre.

Après eux s'élança tête baissée un cheval monté
par un Lach [2]; de la queue il touchait la terre et
levait en l'air ses pieds de devant. L'aînée regarda
ses armes brillantes et son panache déployé, son
cœur tremblota et elle lui lança un regard d'a-
mour. Que faire? Leur mère était absente et l'hospitalité est un devoir que l'humanité prescrit;
elles prièrent les nouveaux venus d'attacher leurs
chevaux à la haie, et elles-mêmes se démenèrent
vivement, apportant pour rafraîchissement du
lait, de la crème et des concombres marinés. Les
hôtes étaient polis, bien élevés; chacune dans son
préféré découvrait mille qualités; la conversation
d'abord peu animée, car elle se bornait à de courtes demandes et à de courtes réponses, prit son
vol; tous parlaient et riaient quoiqu'il n'y eût rien

[1] Burak, espèce de betterave.　　(*N. du T.*)
[2] Lach, nom que l'on donne aux Polonais dans beaucoup de dialectes slaves.

de risible, sinon que dans tout ce bavardage, il n'y avait pas pour deux sous de suite et de bon sens; puis succédèrent les douces paroles, les œillades enflammées, enfin d'innocents baisers soi-disant arrachés par force, soi-disant accordés en cachette. Les mauvaises langues causaient de tout cela dans le village; mais les mauvais propos ne méritent pas qu'on les écoute, à plus forte raison qu'on les croie. Quoi qu'il en soit, les hôtes remirent au soir leur départ; « par le frais, il est plus agréable d'aller à cheval, » dirent les jeunes filles; un mot d'une bouche jolie est un ordre pour un guerrier; tous étaient joyeux et se rassasiaient d'un bonheur aussi grand que s'ils s'étaient trouvés en paradis. En ce moment, comme par un coup de foudre, leur joie fut interrompue par l'arrivée de la vieille Sukurycha; elle salua d'une manière contrainte ses hôtes; et, quand elle eut regardé de côté ses filles, aperçu le vif éclat de leurs yeux, l'éclatante rougeur de leurs joues, son front se rida, et elle lança un regard aussi haineux que la vipère quand elle va sauter sur l'homme qui a troublé son repos. Les cavaliers ne restèrent pas et déguerpirent promptement; et en courant, ils ne disaient rien, mais chacun était plongé dans ses méditations, car la douleur leur serrait le cœur; comme l'aiguille aimantée attire le fer, ainsi leurs désirs les ramenaient de nouveau dans la cabane. Le Kosak pour la première fois pensait aux délices et à la gravité du mariage [1], et il résolut à la prochaine assemblée d'élever la voix pour l'abolition du célibat. Le Mirza, comme un pope, comparait dans son esprit Jésus et Mahomet, et en tira la conséquence que tous adorent un même Dieu, et que la différence de religion ne doit pas être un obstacle à l'union des hommes.

Le Polonais désira en cet instant l'égalité des rangs et, chose étonnante, considéra comme un jouet d'enfant son engoulevent [2] d'or sur un champ bleu; il remonta jusqu'à Adam et Ève, et dit : Nous descendons tous des mêmes parents, nous sommes tous frères, il doit y avoir égalité entre nous : Vive l'égalité et la liberté. Arrivés à Berdyczew, chacun d'eux alla de son côté, et on n'entendit plus parler d'eux.

A partir de ce moment il n'y eut plus dans la ferme que chagrin et ennui; les querelles de la mère, les sanglots des filles, les firent régner au loin; les joies s'envolèrent comme des pigeons

---

[1] Chez les Zaporogues les lois défendent aux Kosaks de se marier; elles interdisent également aux femmes de demeurer dans leurs villages et dans un rayon de deux lieues; si un jeune homme voulait se marier, il fallait qu'il effaçât son nom du registre des Zaporogues.

[2] Engoulevent, espèce de passereaux fissirostres. Cet oiseau sert de blason à la famille Topezewska.

d'un bâtiment incendié, et les charmes des jeunes filles se fanaient comme des fleurs sous la gelée d'automne. Bientôt la mort les compta du doigt l'une après l'autre, toutes trois elles moururent, mais moururent sans confession ; le cimetière resta fermé pour elles, et leurs restes, ici, à cette place, leur mère les enterra elle-même et les recouvrit de terre par petites poignées en marmotant des mots incompréhensibles. Aucune fleur, aucune herbe ne poussa sur ces tombes ; elles étaient aussi fraîches que si on les avait creusées la veille ; elles attendaient quelqu'un, et cela dura six ans. Chaque nuit l'on voyait Sukurycha, les cheveux roulés en corde comme des serpents, la figure desséchée tellement que ses os saillants semblaient à chaque instant devoir percer sa peau ; on la voyait se promener autour du tombeau de ses filles et lancer une espèce de graine vers le nord, vers le couchant et vers le midi ; au mouvement convulsif de ses lèvres on comprenait qu'elle prononçait quelques mots, des enchantements ; mais personne n'osait approcher pour entendre ce qu'elle disait et voir ce qu'elle faisait.

Tout change en ce monde : un rien lie les hommes, un rien les sépare. L'alliance des trois peuples se rompit comme si elle n'avait tenu qu'à une toile d'araignée. Les hordes de Pérékop, après avoir ravagé la Russie, poussèrent leurs incursions jusqu'en Pologne. La diète décida un armement général; on envoya convoquer la noblesse, qui monta à cheval. L'attaman reçut une lettre de la diète et du roi; il siffla, et les Kosaks firent volontiers résonner les anneaux du mors. Tous s'élancèrent dans la plaine; la terreur et l'effroi leur frayaient le chemin; le meurtre et l'incendie suivaient leurs pas.

Soit par une aveugle décision du hasard, soit aussi par la puissance d'une force surnaturelle, à la même place où avaient été ensevelies les trois sœurs, une horde de Tartares allait établir son camp; ils n'étaient pas encore descendus de cheval, quand; du bois de Solotwienski, un escadron de hussards, dont le drapeau flottait au-dessus de leurs ailes déployées [1], fondit sur eux. Le choc fut terrible; il y eut beaucoup de sang de répandu, et la lutte continuait sans que la victoire se décidât, quand arrivèrent de Zurbiniec des sotnias de Kosaks; ils se précipitèrent comme une grêle de lances dans les yeux des renégats. Les Tartares reculèrent vers Berdyczew, pour aller se noyer dans les eaux du Hnylopiat [2]; et sur le champ de bataille, il resta tant de cadavres qu'ils ressemblaient aux gerbes d'une campagne fertile quand

[1] Les anciens Polonais portaient des ailes à leurs armures.
[2] Petite rivière qui coule près de Berdyczew, et tombe dans le Teterow.

la récolte a été abondante; mais personne ne se
réjouissait de la victoire, car les trois chefs avaient
succombé dans le combat.

Sukurycha ne se montra qu'à la nuit, parée
comme pour un repas de noce; elle regarda le
carnage d'un œil indifférent, et lorsqu'elle reconnut dans les traits du chef kosak, étendu sans vie
sur le tombeau de sa plus jeune fille, un des trois
hôtes, elle sourit cruellement et frappa du pied le
cadavre comme si elle voulait l'enfoncer dans la
terre. Ensuite, ayant aperçu le mirza tartare, son
ancienne connaissance, elle saisit de la main ses
cheveux crépus, collés avec son sang mêlé de
poussière, elle le traîna sur la tombe de sa fille
cadette, et avant de le jeter à terre elle secoua
longtemps sa tête, arrosant le terrain de gouttes
de sang mahométan comme si elle voulait ferti-
liser ce champ; enfin elle retourna les corps des
Polonais, et quand elle trouva ce bien-aimé capitaine qui était autrefois arrivé au galop de son
cheval à la ferme, elle le saisit aussi fortement
dans ses serres qu'un vautour saisit un moineau,
elle emporta ce corps pendant et hideusement
courbé, le jeta sur la tombe de sa fille aînée, puis
sauta en l'air et frappa des mains comme un
enfant dont les désirs ont été satisfaits; ensuite,
si elle s'est engloutie au fond de la terre, si elle
s'est enlevée dans les airs, on n'en sait rien,

car depuis on n'a plus entendu parler d'elle.

Un vieillard caché dans un fossé a tout vu, et quand la première crainte fut passée il a tout raconté aux hommes des villages non encore détruits. Tous se réunirent, hommes et femmes, avec des bêches et des pelles : ils déposèrent tous les corps près de ceux des chefs, et ne faisant aucune différence entre les trois peuples, ils élevèrent le tertre qu'on appelle tertre des Trois-Sœurs ou tertre de Sukurycha.

Les ans suivaient les ans et ne revenaient pas, les hommes mouraient après les hommes et ne ressuscitaient pas; seulement le souvenir, riche de traditions populaires, errait par le passé, et ayant réuni une ample moisson d'histoires, les livrait oralement à la génération qui vivait, et de cette manière le trésor du souvenir, comme une page écrite, s'est conservé pour les âges futurs. Mais pour saisir la simple vérité dans les contes populaires, le plus souvent il la faut chercher, comme l'or, sous d'épaisses couches de terre; car de même que, par la force du temps, les mines jadis ouvertes se comblent et cachent sous le sable l'éclat naturel du métal; ainsi, par la force du temps et des faits récents, s'effacent les anciennes traditions; mais Dieu, par des événements imprévus, soutient les efforts de l'homme; s'il ne veut pas qu'une chose périsse elle ne périra pas. Nous

voyons souvent que les tremblements de terre
découvrent des mines riches, nous voyons un
hasard découvrir les contes du peuple; c'est ce
qui m'est arrivé. Dans notre village demeurait
l'ancienne famille de Sukurycha, mais devant la
foule elle cachait son origine. C'était une malheureuse époque : la mortalité régnait sur les
hommes, la peste affligeait la contrée, et dans
Halczyniec on tremblait d'effroi. Moi, j'étais alors
garde-forestier avec défunt Bajda; un jour, je
m'en souviens comme si c'était hier, sur les
minuit nous passions près du tertre, la lune nous
éclairait de ses froids rayons, le vent sifflait, nos
chevaux reniflaient, la crainte nous glaçait jusqu'à la moelle des os, je me signais et disais mes
prières. Bajda riait de moi, car c'était un maudit
incrédule. Voilà que tout à coup nous aperçûmes
un être surnaturel sur le tertre; je voulais m'en-
fuir aussitôt, mais Bajda lança son cheval au
galop vers le tertre, et le mien, sans que je le
voulusse, fit la même chose. Et quand la nécessité me rendit mon courage je reconnus que cet
être humain était une jeune femme d'Halczyniec,
de la famille des Sukurycha, et appelée elle-même
Sukurycha par les enfants.

Il y avait près d'elle une pelle et un coq noir,
et elle ramassait dans un sac des graines d'une
forme étrange et qui ressemblaient à du millet.

4.

Elle ne s'épouvanta point, ne pâlit point, nous fit asseoir et raconta l'événement dont vous venez d'entendre le récit; elle nous fit seulement jurer par nos père et mère qu'à partir de ce jour, pendant cinquante années, nous ne dirions rien à personne ni sur cet événement ni sur ce que nous avions vu sur ce tertre; puis elle descendit vers le village, monta sur sa pelle comme sur un cheval, et fit le tour du village semant des graines à droite et à gauche et excitant le coq à chanter; elle laissa seulement deux chaumières[1] hors de la

[1] Le vieillard Lewko m'a assuré par les plus grands serments que, après que Sukurycha eut fait le tour du village, bien des fois, assis au pas de sa porte, il voyait une calèche blanche, traînée par six chevaux blancs, avec des cochers blancs et des laquais blancs, claquant leurs fouets, se diriger au grand trot vers Zurbiniec; mais à peine s'était-elle approchée du cercle tracé par la Sukurycha, elle s'arrêtait comme clouée en place; les hommes riaient méchamment, les appelaient de la main et jetaient des pièces d'argent; puis la calèche disparaissait, et à sa place on voyait un taureau, derrière lui un cavalier, et enfin une blanche jeune fille, la peste elle-même, mais elle ne pouvait franchir le cercle. Dans tout le village personne ne mourut de la peste, et dans les deux chaumières des Petryczuk, laissées hors du cercle, tout le monde mourut. Cette croyance était si profondément enracinée dans l'âme du peuple, que tous les habitants du village étaient persuadés qu'aucune maladie pestilentielle ne pouvait les atteindre. En l'année 1830, quand le choléra parcourait et décimait la contrée, les habitants d'Halczyniec, confiants dans les enchantements de la Sukurycha, ne furent pas atteints du fléau. C'était bien le cas de dire : votre foi vous a sauvé la vie.

limite de son cercle; chose étonnante, la peste
sévissait dans les villages environnants, et à Halczyniec, sauf les deux habitants des deux chaumières, personne ne mourut; les calèches et les
cavaliers de la vierge fatale volaient au grand trot
vers le village; mais arrivés au cercle enchanté
un rire strident contractait leur visage et ils re-
tournaient au galop d'où ils étaient venus; aujourd'hui justement les cinquante ans se sont
écoulés, l'enchantement est fini, et je suis maître
de ma langue. »

Lewko cessa de parler et revint au village avec
ses deux compagnons. Il y a quelque temps le
prêtre Paul Niemiotowski[1] a enterré au cimetière
les restes du vieux Lewko, et les cavaliers sont
partis d'Halczyniec pour goûter les plaisirs de la
guerre, et, maintenant, ils errent quelque part
bien loin dans les pays étrangers; et le tertre est

[1] Le prêtre Paul Niemolowski, vieillard de plus de
quatre-vingt-dix ans, autrefois Uniate en l'an 1774, était
aumônier des Zaporogues; après la destruction du dernier
village kosak il passa au rite greco-russe et devint pope
d'Halczyniec. C'était la chronique vivante des exploits
des Kosaks, des contes, des chansons du peuple d'Ukraine.
Il avait des mémoires manuscrits d'un grand mérite, et
un livre imprimé en caractères cyrilliques et portant le
titre de la Mer Noire. Là étaient consignées toutes les
expéditions des Kosaks zaporogues et les vies des attamans en chef. Les vertus de ce vieillard et sa science
sont restés profondément gravées dans ma mémoire.

debout, comme autrefois, et les hommes marchent sur son sommet et content sur lui des histoires. Des siècles passeront, et encore à Halczyniec, les vieillards, les enfants, les jeunes filles, les jeunes garçons parleront du tertre aux Trois-Sœurs et des enchantements de la Sukurycha, comme si cela s'était passé la veille; car la tradition du peuple est grande comme le monde, immortelle comme l'âme humaine.

III

L'ÉGLISE DE GRUZYNIEC.

I

En Podolie, non loin de Winnica, demeurait Sosenka, échanson de Wyszogzod, staroste de Wenden, possesseur du village de Gruzyniec, noble de sang et de race. Dès le temps de Wladyslas Jagellon, un des ancêtres de la famille des Sosenka, préposé au chenil royal, ayant dans les plaines de Niepotomieck bellement et vigoureusement sonné l'appel du cor sur un sanglier qu'avait tué Wla-

------

¹ Staroste, gentilhomme polonais jouissant d'une starostie. Starostie (du mot polonais stary, vieux, ancien dignitaire), sorte de fief polonais, cédé par les rois à des gentilshommes pour les aider à soutenir les frais des expéditions militaires. Les rois se réservaient le droit de nommer aux starosties, et obligeaient les chefs à payer le quart de leur revenu pour entretenir plusieurs cavaliers. Les starosties étaient avec ou sans juridiction.   (*N. du T.*)

dyslas, reçut des mains du roi le titre de noble, et
pour blason trois trompettes en argent sur champ
de gueule; et depuis ce temps, le blason des Sosenka fut imprimé en compagnie des antiques
blasons des Saryusz, des Habdanko, des Jastrze-
biec, etc. Personne ne recherchait si sa noblesse
avait grandi dans le chenil ou dans la cuisine,
c'était assez qu'on l'imprimât; et dans ces temps
heureux où vivait monsieur l'échanson, on croyait
autant à l'imprimerie que si elle était un onzième
commandement de Dieu, un huitième sacrement
de l'Eglise. Sosenka allait entamer la sixième dou-
zaine de ses ans; il était pourtant alègre, se tenait droit et militairement; il avait la moustache
blanche et sur la tête des cheveux blancs, mais
son visage était d'un rouge de betterave et son
œil brillait encore d'un vif éclat; il ressemblait à
une matinée du commencement de l'automne où
la gelée du matin couvre d'une poussière argentée
l'été encore vert. La femme de l'échanson, Salomée Kawecka, frisait la cinquantaine; sèche comme
un hareng saur, obéissante comme un chien bien
dressé, quoiqu'elle eût apporté en dot un village[1],

[1] Ce conte est tiré d'une tradition populaire du village
de Gruzyniec, situé aux environs de Winnica : là où jadis
s'élevait l'église, qui selon cette tradition, fut détruite du
temps de la guerre des Kosaks et des Polonais, s'étend
aujourd'hui un marais immense. La famille des Sosenka est
peut-être éteinte, mais le souvenir de l'horrible événe-

elle n'avait jamais ni volonté ni désir à elle; ou toutefois si elle en avait, Dieu seul ou son confesseur en savait quelque chose. Si M. l'échanson crie noir, elle dit noir; si M. l'échanson dit blanc, elle répète blanc, comme un enfant quand sa mère lui fait dire sa prière. Son mari ordonne-t-il de passer par les verges un paysan, de confisquer son dernier avoir, de jeter à la porte de l'auberge le juif hôtelier avec ses meubles et sa marmaille, d'empiéter en labourant sur le champ voisin, de juger d'après le droit d'aubaine le bétail près de faire du dommage, aussitôt elle vient et dit : « Mon cher, » puis réfléchit et ajoute : « Quel est ton avis? » Et l'échanson crie durement : « Eh! ma femme, que fais-tu là? va à tes fuseaux. » Elle se réfugie dans un coin, tousse d'une toux sèche, et dit aux domestiques : « Tout ce que Monsieur fait est bien fait. »

Ils avaient deux fils déjà assez avancés en âge. M. Ignace était porte-drapeau dans le corps de hussards de M. l'hetman [1] Koniecpolski, et M. Adal-

ment survit dans les récits des vieillards et des enfants du hameau de Gruzyniec. Si ma faible plume a réussi à donner quelque prix à cet événement, il m'est doux d'avouer que je dois tout le fond de cette histoire à M¹¹ᵉ Constance Sarnecka, dont la famille possède aujourd'hui le village de Gruzyniec.

[1] Hetman (mot polonais qui se dit en Bohême heytman, et en russe attaman, dérivé de l'allemand hauptmann).

bert, remplaçant dans l'ordre militaire de Potocki, staroste de Kamieniec. M. l'échanson, ancien militaire (car sous Gonsiewski, il avait fait toute la campagne de Russie, et sous Chodkiewicz celles de Suède et de Turquie), voulait que ses fils servissent leur patrie par les armes et essayassent sur le champ de bataille d'acquérir par leur courage des starosties et des emplois civils pour leur vieillesse. Leur troisième enfant était une fille unique adorée et comblée de caresses par ses père et mère. Mlle Anne a dix-neuf ans, est vive comme l'eau d'un ruisseau, fraîche comme le zéphyr au printemps, sa peau est blanche comme la fleur de l'aubépine ; et près d'elle, quand elle rougit, la framboise et la surachwina pâlissent; son œil noir brille comme une étoile, son sourcil se veloute comme un ruban de velours, ses cheveux d'un blond clair sont roulés en tresses, et elle a une taille si flexible et si svelte qu'on la dirait artistement moulée. Annette ne tremble pas devant son père ; quand l'échanson se met en colère, elle frappe de son petit pied, lève le nez et fait la moue;

Dans le royaume de Pologne, il y eut d'abord deux grands hetmans, le grand hetman de la couronne et le grand hetman de Lithuanie. Au xvie siècle, on leur adjoignit deux vice-hetman. Les dignitaires parvinrent à une très-grande autorité par la constitution de 1768, ils prirent place parmi les ministres d'État, et l'un d'eux devait toujours avoir le portefeuille de la guerre. (N. du T.)

le vieillard aussitôt la caresse de la main, la flatte, et, s'il pouvait, lui donnerait la lune pour joujou. La mère saute autour de sa fille comme pour la réchauffer de son haleine; l'aumônier fait l'aimable près de cette enfant gâtée, la dispense des prières et des jeûnes, et pour toute pénitence après la confession ne lui impose qu'une litanie. M. le porte-drapeau Strzemecki, le vieil ami de Madame, supporte en riant les méchancetés de Mlle Anne; les domestiques et les suivantes remplissent ses ordres avec la rapidité de l'éclair, car ils savent que c'est le premier échelon pour arriver à la faveur de leurs maîtres, pour éviter le fouet et la prison. Les vieilles femmes, les jeunes gens, les jeunes filles apportent des cadeaux, racontent des fables à Mlle Anne, car elle est l'intermédiaire le meilleur entre les pauvres paysans et le sévère échanson.

Chez M. l'échanson la cave s'était remplie de plusieurs générations d'oxhoft [1], de tonnes, de demi-tonnes et de barils : depuis les trisaïeuls jusqu'aux plus petits arrière-neveux, par âge et par grandeur, suivait une longue file de descen-

---

[1] Grande mesure de capacité pour les liquides, en usage dans l'Allemagne du Nord, en Hollande, en Suède, en Pologne et en Russie. La contenance de l'oxhoft varie selon les localités, mais elle dépasse le plus souvent deux hectolitres. (N. du T.)

5

dants. Là reposaient emprisonnés le hongrois, le picard, le madère, le miel des capucins, les sirops de framboise, de cerise, le malvoisie, la bière anglaise, le rhum de la Jamaïque, quelques foudres de vieil hydromel; il y avait aussi force bouteilles de vin de Hongrie couvertes d'une moisissure séculaire. Chez la femme de l'échanson se trouvait toute une petite pharmacie parfaitement fournie en pains d'épice, croquets et friandises de toute espèce, et, qui plus est, il y avait en ligne, dressées comme des bataillons de soldats, d'énormes bouteilles de calmus, de verte absinthe, de rose angélique, d'eau-de-vie de chêne, de rouge trifolium, etc., etc.; et le buffet plein de verres avec et sans pieds, et polis et taillés; enfin il y avait de quoi choisir. Pour le cellier, on égorgeait chaque mois une paire de porcs, et on fournissait de la viande de bœuf fraîche régulièrement quatre fois par semaine. Chaque jour un cuisinier et deux marmitons se démenaient dans la cuisine; et les jours de fête, le petit jardinier, le piqueur, le postillon et le maître de la garde-robe accouraient à leur aide; en outre, chaque jour un des paysans du village venait à tour de rôle pour le service de la cuisine. A la cour du seigneur, il y avait un garde-vaisselle, un valet de chambre pour Madame, deux haïduk [1] et deux marmitons, vau-

[1] Haïduk (de l'allemand *heiducken*). Nom d'une milice

riens et gibiers de potence, tous en habit gris d'une
étoffe grossière ; mais à peine criait-on : Voici des
hôtes ! qu'ils couraient tous chez Madame, et alors
on tirait des armoires une livrée blanche à revers
rouges et aux boutons blasonnés. Près de Madame,
il y avait des suivantes en foule : les jeunes filles
élevées par elle, puis les demoiselles pour la table,
pour la garde-robe, pour le café, et les brodeuses,
et les blanchisseuses, et les couturières, etc., etc.
A cela, il faut ajouter que M. l'échanson, chez
lui ne refusait rien aux chevaux, aux hommes,
aux chiens ni aux hôtes; il faisait donner de
la paille, de l'avoine, des mets et de l'orge à sa-
tiété. Par derrière, Dieu sait ce que ses voisins
contaient de lui. Le sous-écuyer de bouche disait:
Sosenka est un tyran, il se déchaîne contre ses
hommes, leur fait appliquer jusqu'à cent coups de
bâton; et moi, je n'ai jamais permis d'en donner
aux miens plus de cinquante. Le chambellan ré-

toujours armée, qui occupe en partie quelques districts de
la Hongrie, voisins de la frontière, et qui est préposée à
leur défense. Les haïduks sont cavaliers, comme les autres
milices hongroises, ils sont armés et costumés en hussards, et se font remarquer par leur grande taille. — A
l'exemple des magnats hongrois qui ont des haïduks dans
leur suite, les seigneurs en Pologne, et en d'autres pays,
ont pris à leur service des domestiques d'une grande taille,
vêtus comme les miliciens hongrois, et les ont appelés de
même. En Pologne, on nommait quelquefois ainsi des
domestiques kosaks ou autres.   (N. du T.)

pétait à sa femme : Ce petit échanson est un animal qui, parce que les paysans ne pouvaient payer, a saisi leur bétail et l'a vendu au marché; pourquoi n'a-t-il pas employé ma méthode de prendre les ornements et les bekiesza [1] des femmes? c'est agir en homme humain, en bon propriétaire; car ces breloques ne donneraient pas à manger aux paysans, et les corvées qu'ils nous doivent iront leur chemin. Monsieur l'officier crie surtout contre l'échanson, parce qu'il gagnait par chaque tête de bétail, pris à causer du dommage, douze pièces d'argent, quand lui se contentait de dix pièces avec cinq coups de bâton donnés au propriétaire du bétail, si c'était un paysan; il fallait qu'un noble payât cinq pièces, un juif dix d'avance.

Enfin on était coalisé contre l'échanson; les femmes, les mères, jusqu'aux petits enfants, tous criaient comme des choucas, contre Sosenka. Mais quand le dimanche, dans l'église de la paroisse, à la messe, l'échanson se montrait en grand costume, sa carabelle [2] au côté et frisait sa moustache, tous s'inclinaient profondément de-

[1] Bekiesza, robe de dessus, espèce de czamaza, que portent les femmes en Ukraine. Elle est généralement écarlate, doublée en amarante et ornée de galons d'or ou d'argent.
[2] Carabelle, sorte de sabre, sorte de cimeterre ; c'est ce qu'un guerrier aimait (cara) et qu'il trouvait de plus beau (bella). (N. du T.)

vant, lui, et au déjeuner chez l'officiant, on se disputait à qui lui donnerait une poignée de main, on saluait le cher voisin, on s'informait près de lui de la santé de Mlle Anne. A sa fête, à tous les anniversaires, les parents, tout le voisinage, arrivaient avec femmes et enfants à Gruzyniec, comme pour des indulgences ; car le vin de l'échanson sentait le musc, le cuisinier épiçait suffisamment ses plats, et les palais agréablement chatouillés, les gosiers rincés de boisson, interrompaient pour un instant les bavardages comme les paroxysmes d'une fièvre intermittente.

En ce temps s'arrêta à Winnica un régiment de Kosaks appelé Korsunski [1] ; il était commandé par

[1] Outre la siez zaporogue partagée en régiments, les Kosaks des deux rives du Dniéper se divisaient en régiments inégaux quant au nombre d'hommes qui les composaient. Ces régiments étaient formés en majeure partie d'infanterie, à laquelle étaient adjoints des bataillons de cavalerie ; plus tard il y en eut qui étaient tout entiers de cavalerie. Étienne Batory divisa l'Ukraine en dix régiments, et assigna à chaque régiment une portion de pays ; les habitants devaient s'assembler au premier appel de l'attaman ; le régiment tirait son nom de la ville où étaient son point de réunion et la chancellerie du régiment, et ainsi les dix premiers régiments s'appelèrent : Stazodubowski, Czernigowski, Nizynski, Kijowski, Perejaslawski, Przylucki, Lubnianski, Hadycki, Mirgorodzki, Pultawski. La cavalerie sous Étienne comptait deux mille hommes entretenus aux frais de la république. Plus tard leur nombre augmenta. Chmielnicki, en l'année 1654, se donna à la Russie avec quinze régiments, ce qui faisait 37,519 hommes.

5.

le colonel Bohun, jeune homme d'une trentaine d'années, hardi auprès des femmes et des chevaux, à la danse comme au combat; en un mot, n'importe le côté par où on le prenait, il était Kosak.

Bohun poussait souvent jusqu'à Gruzyniec; il était dangereux de mal parler devant lui de monsieur l'échanson ou de sa femme, et si l'on prononçait le nom de Mlle Anne, il tournait sa moustache dans ses doigts et caressait ses cheveux. Sosenka le recevait avec politesse; car à chaque fois qu'il se rappelait son blason de noble, il lui revenait dans l'esprit que le régiment de Korzunski comptait trois mille hommes armés. L'aumônier donna une fois pour toutes l'absolution à la femme de l'échanson du péché qu'elle commettait en causant avec un schismatique; car depuis le traité de Zborow, conclu entre le roi Jean Kasimir et M. l'attaman Chmielnicki, les Polonais et les prêtres vivaient en bonne intelligence avec les Kosaks, alors très-redoutables, et il y avait à peine trois mois que ce traité avait été fait. Mille bruits couraient dans les environs : les uns disaient que la fille de l'échanson avait donné dans l'œil du Kosak; les autres, que le vin de Gruzyniec plaisait au colonel; et quand Bohun entendit ces propos, il ne se fâcha pas, mais dit qu'il aimait l'une et n'abandonnerait pas l'autre, et cita la vieille histoire de la trinité kosake : l'eau-de-vie, le tabac et la jeune fille. La jeune fille Annette, je l'aimerai; le tabac, je le fumerai, et l'eau-de-vie, je la boirai à pleine gorge.

II

Arriva le quatrième jour de mai, jour de la naissance de la fille de l'échanson. Quoique, d'après la rubrique, la vraie patrone de ce jour fût sainte Monique, cependant monsieur l'échanson, pour beaucoup de raisons, avait donné à sa fille le nom d'Anne : la première, c'est que du temps de Kasimir Jagellon, la femme de monsieur le veneur Sosenka avait le nom d'Anne; la seconde, c'est qu'en l'année 1545, d'après le calendrier romain, Mlle Anne Kmicianka, fille d'un palatin confident de la reine Bonne, fut unie par les liens du mariage à Sylvestre Sosenka, alors écuyer tranchant de la couronne; en troisième lieu, qu'Anne d'Autriche, femme, de sainte mémoire, du roi Sigismond III, avait, en se faisant remplacer par Mme Bogurayka, femme du pannetier, tenu sur les fonts de baptême Mlle Salomée Kawecka, aujourd'hui femme de l'échanson de Wyszogrod, trois points importants pour l'orgueil nobiliaire; et toute la famille Sosenka était de cet avis que le nom d'Anne était comme cloué

à la gloire du blason des trois trompettes en argent sur champ de gueule.

Le ciel était serein, le soleil brillait de ses plus
beaux rayons, le zéphyr de mai, ce voleur, cet
escamoteur, avait dérobé les parfums des fleurs, des
arbres, les avait mêlés et répandus dans l'air, les
distribuait comme sa marchandise, tout autour de
Gruzyniec ; les bouleaux, encore humides de rosée,
semblent revêtus d'un blanc linceul, et sur leur
sommet, des guirlandes de feuilles d'un vert éclatant resplendissent comme des émeraudes sous
des flots de lumière. M. l'échanson a donné ordre de n'envoyer les paysans aux champs qu'à
neuf heures, après la messe, et de les en faire
également revenir au coucher du soleil, et bien
plus, pour ce jour, il interdit à son économe
d'user du fouet, et ne lui permet de les stimuler
au travail qu'à coups de trique. L'aumônier a ordonné à l'organiste d'orner l'autel de pivoines, de
préparer sa chasuble rouge, et de mettre les cloches
en branle ; la corde grince dans le clocher, des
tintements d'une harmonie étrange bourdonnent
dans l'air, un cœur de fer bat dans une poitrine de
fer, l'organiste tantôt s'assied presque à terre, tantôt s'élance en haut, et ses cheveux, comme en dé-
mence, fouettent ses épaules. La foule marche à
l'église comme à une corvée nécessaire ; car l'économe, qui écrit les revenus, et préposé à la sous-

starostie et aux forêts, compte avec soin de l'œil
les assistants : malheur à qui s'est mis en retard
ou n'est pas venu ! à l'occasion on lui tannera parfaitement la peau pour son indocilité et son manque de mémoire à l'égard de l'enfant du seigneur.

Annette s'est levée [matin, s'est lavée, peignée,
a souri et s'est regardée au moins trois cents fois
dans son miroir, a appelé ses suivantes et a vite
terminé les embarras de sa toilette. Elle avait une
robe de mousseline blanche, pour ceinture un
ruban bleu, dans ses cheveux une guirlande de
bluets, ses petits pieds étaient chaussés de sou-
liers, ouvrage d'un cordonnier de Winnica. Puis
elle demanda à Catherine : Suis-je bien ainsi? —
Oh ! Mademoiselle, vous acheverez de tourner la
tête à monsieur le chambellan et au neveu de
monsieur l'officier. — Annette fit la grimace, et la
suivante, fine matoise, ajouta : Et aussi à ce colonel kosak, avec sa noire moustache et son œil
brillant. La figure de la fille de l'échanson prit la
couleur d'une écrevisse cuite ; elle tira de sa com-
mode un mouchoir tout neuf en soie : C'est pour
toi, Catherine, ajouta-t-elle, et elle s'élança hors
de sa chambre. M. l'échanson et sa femme
allaient prendre leur café ; sur une table était un
livre de messe encore ouvert à la page où se trouve
la prière pour attendrir un père en faveur de sa
fille ; la femme de l'échanson venait de la termi-

ner, et monsieur l'échanson, ses lunettes sur le nez, avait les yeux fixés sur l'armorial.

Quand Annette entra, elle embrassa ses parents; la femme de l'échanson, en serrant sa fille dans ses mains défaillantes, dit : « Mon petit cœur, que Dieu te donne tout ce qui est bon et raisonnable. » Ici, elle regarda son mari, et termina en disant : « Et tout ce que Monsieur peut te souhaiter. » L'échanson, à son tour, embrassa sa fille au front et dit : « Annette, tu as grandi pour le bonheur de tes parents : déjà tu as entamé ta dix-neuvième année, tu as de la beauté et une bonne dot de fille noble, bien des jeunes gens papillonnent autour de toi, il y a de quoi choisir. Je te souhaite, ma fille, du discernement et un mari, qui, par sa naissance, ne fasse pas honte aux nobles armoiries de la famille des Sosenka, et ce n'est pas une bagatelle. » Sur ce, il se mit à lire dans l'Armorial : « Trois trompettes de chasse en argent sur champ de gueule, blason donné par Wladyslas Jagellon, roi de Pologne, grand-duc de Lithuanie, à la famille des Sosenka, en l'an de grâce 1390... » Une dissertation généalogique aurait immédiatement suivi le blason, mais M. le porte-drapeau Strzemecki entra avec deux roses à la main ; ayant baisé la main de la fille de l'échanson, et s'étant souhaité réciproquement le bonjour avec Sosenka, il se plaça debout devant

Mlle Anne, et parla en ces termes : « A la fête de ce jour, veuille Mlle Anne accepter mon souhait : que le ciel la préserve de mauvaises alternatives, et que la fortune tourne pour elle sa roue favorablement. Vous êtes belle comme une rose; je vous souhaite un mari frais comme cette rose, et que tous deux vous ressembliez à ces deux roses que je vous prie d'accepter de votre serviteur. » Et il les remit aux mains de Mlle Anne, puis il ajouta avec un certain orgueil : « L'aumônier attend pour la messe. » Et tous se rendirent à l'église.

A l'église l'aumônier entonne le *Dominus vobiscum*, et l'organiste accompagne sa voix sur l'orgue. La femme de l'échanson et sa fille sont agenouillées sur un banc recouvert de velours; M. l'échanson et le porte-drapeau se sont placés en tête de la foule; devant l'église on entend le sifflement des fouets, le retentissement des roues, le piaffement des chevaux. Les voisins sont arrivés à la messe. L'échanson salue, prie de s'asseoir; Madame indique des places à ses voisines et salue; Annette, tout bas, reçoit des félicitations; enfin, le prêtre dit l'*Ite, missa est*. Les voisins retroussent leurs moustaches, les carabelles résonnent, et les femmes, après avoir embrassé la patène, se préparent à sortir. Alors, au dehors, commencèrent les courbettes, les saluts, les souhaits. M. l'échanson prit la parole : « Messieurs mes voisins, vous

ne me refuserez pas de venir dîner avec nous à
Gruzyniec, et d'honorer de votre présence le jour
de naissance de mon Annette : que les chevaux
soient rentrés à l'écurie, et nous retournerons en
nous promenant à la maison. » Plus d'un faisait
semblant de s'excuser, mais on lisait dans leurs
yeux que leur langue mentait par politesse : tous
consentirent. L'échanson offrit le bras à la femme
du chambellan, le chambellan à la femme de l'officier, l'officier à la femme de l'écuyer de bouche,
l'écuyer de bouche à la femme de l'échanson, le
fils du staroste à la femme du chambellan, le juge
à la femme de l'écuyer de bouche, le fils du chambellan et l'huissier du tribunal, neveu de M. l'officier, s'élancèrent vers Mlle Annette, mais Annette
saisit vivement le bras de Strzemecki ; les deux
soupirants suivaient de près, causant tour à tour
du beau temps et de la poussière du chemin, et
la fille de l'échanson répondait oui, non, et ils
vinrent dans cet ordre à la maison.

Là-bas, dans la salle à manger, sur une longue
table, étaient rangés tout autour, sur des assiettes,
des oies fumées d'un rouge foncé coupées en
tranches et entourées d'une graisse transparente
comme d'un anneau d'ambre jaune, de gras jam-
bons, des langues fumées et des boudins lardés avec
profusion ; au milieu de la table des saucissons
avec un ragoût de porc, nageant dans la graisse

sur un plat, et sur l'autre, un boyau farci, du foie sauté et un hachis dit de paresseux[1]; sur les côtés, de l'eau-de-vie, de l'hydromel et de la bière anglaise, des verres, des fourchettes, des cuillers, des couteaux et des assiettes en piles. M. l'échanson offrit au chambellan un verre d'eau-de-vie de cumin, et le verre circula ·de main en main, les assiettes résonnèrent et on se mit à déjeuner. Pendant quelque temps on n'entendit pas un mot, seulement les couteaux grinçaient, les bouches mâchaient, les dents brisaient. Au milieu du déjeuner survinrent MM. Adalbert et Ignace, venant de Kamieniec, où campait alors l'armée de la couronne. Ils saluèrent leurs parents, leurs voisins, embrassèrent leur sœur; ceux qui étaient presque rassasiés demandaient des nouvelles des frontières de Turquie; mais les réponses des jeunes soldats ne leur tenaient pas plus de temps qu'il n'en faut pour donner un coup de sabre; ils se mettaient à manger au plus vite, et travaillaient à qui mieux mieux des dents et du palais.

Déjà les convives en étaient à la bière et à l'hydromel, les femmes se mettaient aux embrasures des fenêtres, quand un nuage de poussière apparut sur la route, et bientôt quatre cavaliers

[1] Bigos hultajski. Ce mets national est appelé ainsi parce qu'étant haché menu, il dispense de la peine de couper la viande.   (N. du T.)

6

arrivèrent au galop devant les portes. Annette
rougit et s'écria : « Papa, c'est M. Bohun et les
sotniks Mozyra, Paley et Wyhowski. » Le cheval
de Bohun, d'un noir de corbeau, sautait comme
un brochet sous lui, et ses larges szarawary [1] ne
s'écartaient pas à un pouce de la selle ; les figures
du fils du chambellan et de l'huissier du tribunal
s'allongèrent comme s'ils avaient prisé de la rhu-
barbe, car ce n'est pas d'aujourd'hui qu'on sait
que la fille de l'échanson ne voit pas le Kosak
d'un mauvais œil. Le fils du chambellan dit tout
bas à l'écuyer de bouche : « Nous sommes arrivés
à de beaux temps, où un gentilhomme blasonné
doit fraterniser avec des Kosaks !—C'est vrai, voisin, répondit l'écuyer de bouche, mais le régiment Korzunski compte trois mille soldats, et
pour le bien et la paix de la patrie, il faut sacrifier un peu de nos priviléges; un noble Polonais
n'a jamais demandé quand il devait faire des
sacrifices pour la patrie, mais seulement de quelle
manière cela serait le plus utile. » Le chambellan
voyant que l'échanson allait au-devant de ses
hôtes se mordit les lèvres, car l'affaire de son fils
lui tenait à cœur. En ce moment entrèrent Bohun
et les sotniks; ils saluèrent les Lachs comme des
frères, baisèrent tour à tour les mains de chaque

[1] Pantalons comme en ont les Turcs, les Kosaks en portent encore aujourd'hui de tout-à-fait semblables. (N. du T.)

femme[1] comme s'ils cassaient des *oplatki*,[2] la veille
de Noël. MM. les gentilshommes saluèrent gra-
cieusement, en apparence, les nouveaux venus,
mais leur sincérité, cette fois, n'était pas tout à
fait d'accord avec leur extérieur. M. l'échanson
lui-même, quoique bon Polonais, mais enflé de
son blason, nourrissait d'autres sentiments dans
son cœur que ceux qu'il essayait de peindre sur
sa figure. Les deux militaires seulement reçurent
sincèrement en frères les Kosaks; l'estime s'ac-
quiert le plus vite sur un champ de bataille, la
sincérité est sœur du camp, un soldat brave
reconnaîtra un brave et l'aimera, soit dans un
ennemi, soit dans un allié. On n'entendit pas ce
que M. Bohun disait à Mlle Anne, on voyait seulement que la jeune fille souriait tendrement, et
que le colonel remuait les sourcils, frisait sa
moustache. Les convives ne cessaient de vider
leurs verres; MM. Ignace et Adalbert parlaient
d'armes et de chevaux avec l'écuyer de bouche;
les vieillards bavardaient des soins de leurs mai-

[1] On saluait et on salue encore les dames, en Pologne,
en leur baisant la main. Le plus grand seigneur, en entrant dans un salon, ne pouvait se dispenser de baiser la
main de chaque dame, à moins qu'il y en eût qui ne fussent
point de sang noble. *(N. du T.)*

[2] Oublies dont on fait les hosties. L'usage en Pologne
est de rompre ensemble des oplatki la veille de Noël en
signe de bon accord. *(N. du T.)*

sons et de la chasse ; le fils du juge, le fils du staroste et Bohun contaient mille historiettes aux
dames ; et celles-ci riaient et caquetaient comme
des pies. Bohun avait les yeux fixés sur Annette,
Annette rougissait légèrement, un sourire de bonheur se jouait sur ses lèvres, sur sa figure ; le fils
du chambellan et l'huissier remuaient comme
s'il étaient assis sur des épingles, et tout cela dura
jusqu'à deux heures de l'après-midi.

Les deux battants de la porte s'ouvrirent, un
domestique entra et dit : On est servi. L'échanson
donna le bras à la femme du chambellan, la
femme de l'échanson au colonel, qui n'était pas
très-heureux de cet honneur, et tous défilè-
rent deux à deux. Pour mettre le comble aux
malheurs du fils du chambellan et du neveu
de l'échevin, Mlle Anne donna le bras au sotnik Wyhowski. Dans la salle à manger commencèrent les disputes pour savoir où chacun
devait prendre place, et quoique l'échanson répé-
tât toujours : Point de cérémonie, point de cérémonie, il n'y aurait point eu de fin à tout cela si
l'on n'avait pas craint de laisser refroidir le bars-
zcz [1]. On s'assit enfin; les domestiques apportèrent
des petits pâtés en forme de champignon, et aus-

---

[1] Potage très-populaire en Pologne, composé de betteraves aigries. (N. du T.)

sitôt le chambellan, remplissant un verre de vieux vin de Hongrie, porta un toast : A la santé de celle dont on célèbre la fête, colonel Bohun! dit-il au colonel. Cela ne lui plaisait pas beaucoup ; mais ainsi le voulait la politesse, et dans ces diables de choses l'homme tient à se dire : Je sais comment il faut vivre en compagnie. Le chambellan vida le verre d'un trait et le remit au Kosak ; celui-ci but à la santé et passa le verre à l'écuyer de bouche, et le verre circula ainsi des mains aux lèvres tout autour de la table, et à chaque fois la fille de l'échanson se levait, saluait et rougissait. Puis, l'on porta la santé des maîtres de la maison et, l'un après l'autre, celle de chaque convive, dans les intervalles, entre une étuvée aux pruneaux, un brochet au safran, un coq de bruyère aux betteraves, un ragoût de porc, du riz à la turque, des champignons aux œufs, des légumes, un rôti de chevreuil, des bécassines, et beaucoup d'autres chefs-d'œuvre, avec des sauces longues ou courtes, blanches ou rouges, préparées par Mathieu, cuisinier de l'échanson, qui avait été deux ans à Lublin, au service de Mécènes Aloises Wyzykowski, et quatre ans à Warsowie, attaché à la cuisine de Kazanowski, et s'y était perfectionné dans l'art culinaire. Mathieu est un artiste ; il n'épargne pas à ses marmitons le beurre, les épices ni les coups ; aussi les convives se lèchent le palais en signe

de contentement. On s'attaqua enfin au blanc-
manger, aux quatre-mendiants, aux confitures,
aux gâteaux rangés en pyramide, et sur lesquels
brillait en lettres de sucre de couleur variée les
chiffres d'Anne et la date de sa naissance, et un
fil en sucre jaune entourait le gâteau comme une
toile d'araignée. Quand on apporta la coupe avec
le blason des Sosenka, qui contenait un bon quart
de litre, et des bouteilles de vin de Hongrie dont
on ne distinguait plus la forme sous la moisissure
qui les couvrait, l'échanson dit : Buvons et aimons-
nous! Le vin avait déjà suffisamment échauffé les
convives ; le chambellan, qui ne se possédait plus
beaucoup, dit tout bas à l'échanson : Frère, cache
cette image de la noblesse, que des lèvres non
blasonnées ne la touchent pas. Quoiqu'il parlât
bas, les Kosaks soupçonneux rougirent, les Lachs
étaient prêts à se battre ; mais Bohun prit la coupe
des mains de l'échanson et dit : Messieurs les
Lachs, nous ne voulons pas nous quereller avec
vous! comme des frères, vivent les nations polonaise et kosake! Il remit la coupe à M. le chambellan, et tous burent; on porta des toasts jusqu'au
soir : Aimons-nous, puissions-nous être préservés
de tout mal, avoir un champ à labourer, renaissons
dans nos enfants, notre consolation future ! Plus
d'un s'enivra et s'alla coucher, plus d'un marmotant des mots incompréhensibles, traça des

zigzags à travers les chambres, mais la bonne harmonie régna jusqu'à la fin [1].

Après le souper, les hôtes retournèrent chez eux, c'est-à-dire qu'on emporta messieurs les juges, que leurs femmes firent emballer dans des voitures, et alors elles commandaient évidemment leurs maris; les Kosaks sautèrent sur leurs chevaux et partirent pour Winnica, et les maîtres de la maison se disposèrent au sommeil.

M. l'échanson, comme de coutume, se fait apporter l'Armorial, feuillette le livre, hoche la tête et se parle à lui-même. Ce Bohun est un brave garçon; mais quel malheur qu'il ne soit pas gentilhomme! tout cela n'aboutira à rien; — et en rougissant, il ajoute : « Le blason des trois couronnes se mêlerait à une selle kosake! jamais! Mon corps sera déposé dans la bière avant que ma fille se marie à quelqu'un qui n'est pas gentilhomme, qui n'a pas de blason. » Il se lève et ordonne qu'on le déshabille. Madame tremble, regarde tantôt son mari, tantôt sa fille, et Annette gratte le bout de son petit nez en disant : « Cela

---

[1] Ce sont des toasts en usage dans les provinces russiennes. Il y a des personnes si habiles à inventer de nouveaux toasts, que le vin manquerait plutôt dans la cave la mieux garnie que les idées nouvelles ne leur feraient défaut. Ces personnes sont très-estimées dans les banquets.

se fera n'importe comment, » et tous se couchèrent.
L'échanson rêve blason et noblesse; sa femme ne
peut fermer l'œil, Annette se complaît dans de
douces pensées et s'endort tout heureuse; car la
jeunesse est le meilleur bouclier contre les soucis,
le meilleur rayon d'espérance.

III

Bohdan Chmielnicki [1] est attaman des Kosaks;

[1] Je n'ai point l'intention de raconter l'histoire de Bohdan Chmielnicki; sa vie est plus connue dans le monde
que celle de tous les autres attamans qui, ayant beaucoup
mieux servi la patrie, avaient beaucoup plus de droits de
passer à la postérité des historiens; les uns en font un
grand criminel, les autres un grand homme. Selon moi, il
n'y avait pas en lui l'étoffe d'un grand homme. Fier, rusé,
ambitieux, mais n'ayant point l'âme fortement trempée, il
hésitait à prendre une résolution vigoureuse, reculait à
faire le pas décisif. Comme Kosak, il ne voulut jamais le
bien de sa patrie; il la passait de mains en mains, des
Polonais aux Russes, l'offrait à l'empereur d'Allemagne,
au sultan, au khan des Tartares, pourvu que quelqu'un
voulût en faire un royaume pour lui et sa famille. Le bien-
être des Kosaks était pour lui la chose secondaire, et la
fortune de sa famille la chose principale. Et comme
Chmielnicki, qui voulait le pouvoir, le sceptre, était très-
petit; il voulait qu'un plus fort les lui donnât. Dans le
malheur il ne manquait pas d'habileté, mais il manquait
de hardiesse une fois victorieux, et de bonne foi dans les
deux cas; il n'avait ni les vertus et les grands talents de
Konaszewicz, ni l'heureuse imprudence de Szach, ni la fer-

chez lui l'esprit est fort, le langage poli comme
un cuir de Russie; il manie la plume comme un
bachelier, le sabre comme un Kosak, il sait donner le change comme un renard, et le meilleur li-
mier ne saurait suivre sa piste.

Le peuple kosak ne peut supporter le joug, et
les traités avec la Pologne déplaisent à l'attaman. La noblesse polonaise tourmente ses paysans, et garde ses priviléges comme la prunelle
de ses yeux. Le roi de Pologne ressemble plus à
un esclave qu'à un maître. Chmielnicki voit tout
cela, et, quoiqu'il ne pense plus à sa vengeance
sur Czaplinski[1], quoique Mme Czaplinska partage le

meté d'âme de Skalozub. La nature lui avait donné tout
ce qu'il faut à un fourbe diplomate qui travaille sous l'aile
du maître, et l'aveugle destin le fit mal à propos attaman
d'un peuple fier et héroïque. Les événements voulaient
de force faire de lui un Napoléon, mais il ne le fut pas,
parce que la nature l'avait créé un Talleyrand.

[1] Czaplinski, sous-staroste de Czehryn, chargé d'affaires des Koniecpolski, envahit le moulin et les dépen-
dances de Sobotow, village héréditaire de Chmielnicki.
De là des querelles de voisinage qui finirent par une des-
cente en la maison de Chmielnicki, le viol de sa femme, le
meurtre de son fils Tymofée et l'emprisonnement de Bohdan. Avec l'aide de Mme Czaplinska, Chmielnicki s'échappa
de prison et se réfugia chez les Zaporogues. N'ayant pu
obtenir justice des tribunaux polonais, il jura de venger
sur la république les offenses d'un seul Polonais, ou plutôt
saisit l'occasion d'accomplir ses ambitieux projets de
domination sur les Kosaks. Après la mort de sa première
femme il épousa la veuve du sous-staroste Czaplinski.

lit de l'attaman, que le traité de Zborow [1] ait réparé les injustices et assuré honnêtement l'existence des Kosaks, l'orgueil de l'attaman souffle toujours à son oreille : Tant que tu seras uni aux Lachs, tu ne pourras monter sur le trône. L'attaman feint d'aimer la Pologne, promet obéissance au roi et au sénat, et il inspire aux Kosaks la haine des Lachs, leur dit que la république s'arme et n'attend qu'un moment favorable pour écraser le peuple kosak ; et pendant ce temps, il aspire sous main aux bonnes grâces du tsar Alexis et négocie

[1] Voici les conditions du traité de Zborow conclu en 1649 :

1o Le roi Jean Kasimir accorde un pardon général aux Kosaks et aux paysans révoltés, et promet solennellement d'oublier tout le passé.

2o Chmielnicki implorera à genoux le pardon du roi.

3o Chmielnicki restera attaman comme par le passé, l'armée kosake sera portée à quarante mille hommes ; elle ne dépendra pas du roi seul ; pourtant Chmielnicki, comme gentilhomme polonais, payera tribut à la république.

4o Le roi aura le registre des noms et adresses des hommes composant l'armée kosake. Après la mort de Chmielnicki, les Kosaks éliront un nouvel attaman du rite grec.

5o L'armée polonaise assiégée dans Zborow sera délivrée du siége.

6o La religion grecque peut être professée dans toutes les villes, même à Kracovie. La réunion des deux Églises grecque et latine n'aura pas lieu.

7o La woyewodie de Kiow aura toujours un woyewode du rite grec.

8o Le métropolitain grec aura une neuvième place au sénat, au milieu des évêques latins.

un traité d'alliance avec le sultan; il accuse de trahison l'hospodar de Walachie. Le sultan promet de donner les terres russiennes en fief à lui et à sa famille. Il s'allie au khan de Pérékop, et continue de parcourir en tous sens et de piller la Walachie. Jean Kasimir réclame, l'attaman le trompe par ses protestations et lève une armée contre la Pologne. C'est ainsi que l'orgueil et la mauvaise foi d'un seul homme allaient en même temps porter le coup mortel, et au peuple polonais et au peuple kosak.

9° Les Kosaks, dans tous les endroits où ils séjourneront, auront la liberté de faire de l'eau-de-vie à leur usage, mais non d'en vendre.

10° La république fournira du drap pour habiller les corps kosaks et complétera à chaque soldat 10 florins (złoty) pour ses armes.

11° La noblesse n'aura pas le droit ni de rechercher, ni de persécuter ses sujets pour s'être unis aux Kosaks et avoir pris part à la guerre contre la Pologne : elle n'exigera pas non plus de dédommagement pour les ravages que la guerre a faits dans ses domaines.

12° Les nobles du rite grec et latin qui sont restés près de l'attaman pendant la guerre et au service des Kosaks ne seront nullement persécutés, mais aussitôt amnistiés de tous délits.

Après le traité de Zborow survint une paix apparente, mais ni l'un ni l'autre des deux partis n'exécuta les conditions du traité. La noblesse polonaise, excitée par le jésuites, inquiétait autant que possible les Kosaks et les paysans, attaquait le rite grec, et le sénat ne voulait pas même entendre parler d'admettre le métropolitain dans son sein;—de son côté Chmielnicki armait et traitait avec le khan de Pérekop et le sultan.—Une mauvaise foi réciproque amena une sanglante et funeste guerre.

La guerre éclate terrible, acharnée. Ulczaj avec le régiment de Braclaw entre en Podolie, et Bohun va le rejoindre. L'armée de la couronne et celle de la Lithuanie entrent en campagne, on décrète la levée en masse de la noblesse, M. l'échanson est nommé régimentaire de la force armée de la wojewodie [1] de Braclaw, et se dirige vers Bar à la tête des nobles et des paysans.

A Gruzyniec tout est triste et silencieux. Madame marmotte neuvaine sur neuvaine, jeûne et se dessèche pour obtenir de Dieu la santé de son mari et de ses fils; le chapelain ne cesse de dire des messes à leur intention, Mlle Anne est inondée de larmes; elle tremble pour son père, ses frères et son bien-aimé; pauvre enfant! elle désire la victoire des Polonais et ne veut pas la défaite des Kosaks. M. Strzemecki est resté pour toute garnison; il est toujours en dispute avec le forgeron, le charron, le sellier; ils raccommodent les harnais, ferrent les chevaux.

M. le commandant parcourt en dryndula [2] les villages des environs, console les femmes et

[1] Wojewodie division administrative du royaume de Pologne. Le gouverneur d'une wojewodie s'appelait wojewode. (Voï, troupe, vodzic, commander; littéralement chef de guerre.) C'est le nom que portaient d'abord les princes de Valachie et de Moldavie. et qui fut depuis remplacé par celui d'hospodar. (Hospod, seigneur.)   (*N. du T.*)

[2] Sorte de cabriolet.   (*N. du T.*)

les filles délaissées. Le défenseur et le protecteur des femmes est bouffi, enflé de sa dignité comme une vessie; pour l'aider, il a appelé à lui quatre adjudants, vieux militaires de soixante-dix ans; il a créé une chancellerie composée de l'organiste de Gruzyniec et de deux chantres; et comme l'organiste ne savait que compter par graines les baptêmes, les mariages, les plus récentes ordinations, etc., etc., et que les chantres ne savaient pour tout grimoire que marquer sur la taille les débiteurs, on résolut d'appeler le chapelain pour les actes plus importants, et en attendant, afin de faciliter les communications, d'envoyer verbalement les ordres par l'aubergiste juif et deux gardes forestiers, toujours prêts à exécuter les ordres de M. le commandant. M. le porte-étendard Strzemecki est nommé chef de la force armée sédentaire; dans les villages et les prairies, on élève des poteaux entourés de paille; à l'apparition d'un Kosak armé ou d'un Tartare, les gardiens de ruches et les gardes forestiers avaient ordre d'y mettre le feu, et de cette manière de donner l'alarme aux environs; les jeunes filles et les jeunes femmes devaient alors se diriger vers la Russie Rouge sur Lwow[1]. M. le commandant

---

[1] Lemberg, en polonais Lwow, et en latin Leopolis. (Tous ces noms viennent de celui du fondateur qui était un prince Léon.) Grande et belle ville, autrefois capitale

ayant ainsi sagement réglé les moyens d'échapper à l'ennemi, réfléchissait si l'on ne pouvait en trouver pour retarder sa marche. Il se promenait à grands pas et disait à l'organiste : « Si vous envoyiez, Monsieur, les juifs avec de l'eau-de-vie pour griser les Kosaks, et, quand ils seront gris, si nous envoyions sur eux M. Strzemecki avec la force sédentaire? » L'organiste répondit : « Votre Excellence a raison, mais que ferons-nous des Tartares? » Le commandant réfléchit un instant, et dit : « Voilà le nœud de la question! » En ce moment arriva un des adjudants : « Monsieur le commandant, dit-il, les Kosaks sont à huit lieues.» Le commandant cria d'allumer les feux d'alarme : tout le monde en route! Mathieu, qu'on attelle les chariots, les carrosses! Élisabeth, que madame se dépêche, faites promptement vos paquets.

Gruzyniec est aussi tout en désordre, les hajduks chargent les voitures ; les femmes de chambre et toutes les suivantes courent çà et là, avec quantité de cartons, de coffres, de bottes, on dirait le jour du jugement dernier. Madame fait des signes de croix sur les murs et dans tous les coins de la maison; elle allume deux cierges devant le por-

de la Russie Rouge ou Lodomerie, aujourd'hui de toute la Galicie orientale. Sa population est de 38,378 individus, parmi lesquels il y a 13,232 juifs, un autre tiers de la population consiste en Arméniens et Grecs. (N. du T.)

trait de la sainte Vierge, et parle ainsi à Strzemecki : « N'est-il pas temps, Monsieur le porte-
étendard, que je parte pour Bar[1]? » Le porte-étendard répondit : « La route de Bar est dangereuse;
du reste lisez, Madame, ce billet de M. l'é-
chanson.» Madame l'épela : « Salomée! tout ce que
M. le porte-étendard Strzemecki décidera, tu
l'accompliras scrupuleusement, telle est ma volonté. Je te recommande à Dieu et t'embrasse
ainsi qu'Annette; ton mari affectueux, Joseph
Sosenka[2], régimentaire de Braclaw, échanson de

---

[1] Bar, ville de Podolie, sur la Ros, à 37 kilomètres S. O.
de Litin; 2,400 habitants, citadelle bâtie sur un roc. C'est
dans cette ville que Pulawski, Krasinski et plusieurs
autres patriotes polonais proclamèrent, le 21 février 1788,
la fameuse *confédération* dite de *Bar*, qui fut le signal des
guerres de la Pologne pour l'indépendance. (*N. du T.*)

[2] Il y avait un grand nombre de charges dans l'ancienne
république, mais dans les derniers temps, plusieurs
d'entre elles, comme celles du grand échanson, du grand
veneur et autres semblables, ne donnaient qu'un titre
distingué, mais n'ayant plus d'exercice, elles ne produi-
saient rien, ou du moins n'étaient qu'un acheminement à
d'autres bienfaits royaux plus solides et plus utiles. Quel-
ques-unes gardèrent jusqu'au bout toute leur importance,
la charge de régimentaire, par exemple. Un régimentaire
n'était qu'un commandant de place; son grade, qui n'a pas
d'équivalent dans la constitution des armées européennes
actuelles, était intermédiaire entre celui de colonel et
celui de général. Mais si les deux bâtons de commandement venaient à vaquer à la fois, le roi nommait un généralissime, qu'on appelait régimentaire-général, et qui
commandait souverainement l'armée, soit en Pologne,
soit en Lithuanie.   (*N. du T.*)

Wyszogrod, staroste de Wenden, au quartier-général de Bar. » Elle lut et dit : « Annette, partons pour Lwow, telle est la volonté de Monsieur.» Mlle Anne répondit : « Mais, maman, les Kosaks ne nous mangeront pas, M. Bohun nous défendra, et elle rougit. » Madame répéta : « Partons ; puisque Monsieur l'a ordonné ainsi, cela doit être bien. » Strzemecki les conduisit au plus vite à leur voiture, les fit monter, leur dit adieu, cria : En avant! et une longue file de voitures suivit leur calèche qui précédait et indiquait la route. Madame se signait et marmottait des prières; Annette ne mettait pas la tête à la portière, elle soupirait, une larme humectait sa paupière et brillait comme une goutte de rosée sur une fleur de bruyère.

Après leur départ, M. Strzemecki se démène vivement; tous les objets de prix qu'on n'a pu emporter, il les enterre ou les cache dans les combles, et il ne reste à la maison que les murailles nues, la désolation et le vieux militaire. Et dans tous les environs, châteaux, auberges, tout est désert; les fenêtres et les portes grandes ouvertes attendent l'arrivée des Tartares et des Kosaks. Pendant ce temps, M. le porte-étendard ayant réuni toute une armée de couleuvrines, d'obusiers, d'ambulances, de fourgons, de calèches, de charrettes et chariots, les devance dans un phaéton, et se dirige vers Lwow ; on eût dit une reine d'oies conduisant son troupeau qui fuit l'hiver.

IV

Comme au carnaval, ce sont des caravanes de nobles qui défilent ; seulement au carnaval la joie brille sous les masques, la joie s'échappe des lèvres et retentit dans de brillantes chansons ; aujourd'hui l'épouvante et la douleur ont couvert d'un même masque toutes les figures, ont envahi tous les cœurs. La famille du commandant arriva la première, il voulait avoir le temps de trouver où loger toute cette bande ; et M. le commandant de Winnica, Simon Grudzinski, avec une tour pour blason, s'établit à Lwow dans le faubourg de Cracovie ; quoique souvent des disputes de voisins, quand ils se prenaient quelque chose ou envahissaient la terre l'un de l'autre, eussent ébranlé la bonne harmonie entre le commandant et Sosenka, cependant, en ce moment, par un calcul quelconque, M. Simon témoignait un grand empressement à servir la femme et la fille de l'échanson, et avait loué une seule maison pour lui et pour elles. Les uns disent qu'il désirait les bonnes grâces de l'échanson élevé au grade de régimentaire et chef des levées en masse, dignité de premier ordre

7.

dans la wojewodie; d'autres avancent, et avec plus de vraisemblance que M. le porte-étendard Strzemecki avait largement approvisionné le cellier de sa maîtresse; il y avait entassé moitié des comestibles de Gruzyniec et le vieux tokai des caves : rien n'avait été oublié pour que madame pût soutenir honorablement l'éclat de la famille Sosenka; et M. le commandant aimait les friandises, les ingrédients préparés par la main de maître Mathieu. A peine furent-ils descendus dans la maison de Lanery, habitant de Lwow, jadis horloger du roi Sigismond, et maintenant échevin, qu'on organisa le système de direction pour la maison. La femme du commandant, une virago, prit tout sur elle. Monsieur est l'humble serviteur de Madame; la femme de l'échanson, douce et timide, subit sans résistance la loi du plus fort. Mlle Anne se mettait parfois en révolte, mais sa mère et M. le commandant essayaient d'y remédier comme à un mal, et adoucissaient la sévérité de dame Simone. Par anticipation, la commandante menaçait du fouet les gens indociles, et par ce moyen assurait le maintien de l'obéissance; elle répétait toujours : Si j'étais née pour porter pantalon, les Kosaks n'auraient jamais relevé la tête, j'aurais appris à ces fils de Cham [1] ce qu'est

1 Pour comprendre ces paroles, il faut savoir que les nobles croyaient qu'eux-mêmes ils descendaient de Sem,

un noble Polonais. Et ainsi s'écoulaient les jours
et les semaines. La femme du commandant criait
et tourmentait tout le monde ; le cômmandant se
rassasiait, et chaque jour pour sa digestion avalait
du vieux vin de Hongrie.

La femme de l'échanson priait dans un coin et
tremblait à chaque mot de la femme du commandant. Mlle Anne pensait, pensée antinoble, à un
enfant de Cham, à un Kosak ; mais que faire
quand Dieu l'a voulu ainsi? Pour obtenir d'heureux succès à M. l'échanson, à ses fils et à
la république polonaise, on donnait chaque jour
deux florins pour la messe et l'on distribuait d'a-
bondantes aumônes parmi les pauvres. M. Lanery
venait souvent avec des nouvelles; mais l'on
voyait qu'il les arrangeait pour les chroniqueurs et
les historiens futurs, car il racontait catégorique-
ment des faussetés et des fables.

Les premières nouvelles furent que Neczaj avait
été complètement battu près de la petite ville de
Krasn par l'hetman Kalinowski, que trois mille
Kosaks étaient restés sur le champ de bataille, que
Beijbusz, gentilhomme polonais, avait d'un seul
coup pourfendu Neczaj de l'épaule gauche à la
hanche droite : « Bohun entra alors à Winnica à
la tête de son régiment; mais voyant l'attitude

les paysans de Japhet et, plus ou moins, le reste des
hommes de Cham. (N. du T.)

menaçante de M. l'échanson de Wyszogrod, régimentaire de Braclaw, campé à Bar, le Kosak effrayé se sauva au fond de l'Ukraine, et Kalinowski entra dans la ville. Bohun revint au bout de trois jours avec les régiments de Hladki, de Jakubowski, de Lubnianski et de Przylucki, et le débris de Braclaw, ce qui faisait environ 4,000 hommes. M. l'hetman jugea bon d'abandonner la ville. L'armée [1] de la Couronne, l'armée lithuanienne et la Pospolite se hâtèrent d'aller prendre position sous Bar; la perte de quatre mille cinq cents hommes qu'avait faite le Polonais serait largement compensée. Deux partis de Kosaks avaient péri; il n'y avait pas de Polonais qui n'eût tué cinq Kosaks de sa main : M. l'échanson avait fait des prodiges de valeur, et donné autant de coups de lance à ces enfants de Cham que Saint-Georges à son dragon. M. Ignace avait balayé cent Kosaks de son sabre, et M. Adalbert en avait abattu deux tas de sa pique; partout les nôtres avaient le dessus, et quoiqu'ils semblent abandonner du pays, on verra bientôt pourquoi ils le font; ces maudits hadjdamaks [2] périront, car un seigneur polonais

[1] On appelait armée de la Couronne l'armée composée de levées faites dans les terres qui formaient la Pologne, avant sa réunion avec la Lithuanie; armée lithuanienne les troupes levées en Lithuanie, et pospolite la levée en masse de la noblesse. (N. du T.)

[2] Ancien nom des Kosaks.   (N. du T.)

n'est pas un enfant de Cham, et un vrai catholique n'est ni un orthodoxe ni un uniate. Chmielnicki arrive, dit-on, avec les Kosaks et la multitude tartare, mais Jean Kasimir et tout ce qu'il y a de grands seigneurs vont contre les Kosaks comme à une chasse. Avant un mois, on ne pourra pas trouver un Kosak, en eût-on besoin comme médicament. »Cette rumeurse répand follement dans Lwow, et partout grossit comme si elle était pétrie de levain; tous se réjouissent, et, en imagination, battent, taillent, hachent les sauvages enfants des steppes. Seule Mlle Anne se désole, verse des larmes en cachette, car c'est une terrible chose quand un cœur opiniâtre marche au rebours de l'opinion publique. On ne peut le guérir de l'amour; tout le monde crie : un tel est un diable! un diable! et lui répète toujours : C'est mon ange.

Un jour, pendant que tout le monde déjeunait, arriva tout à coup M. Lanery tout essoufflé; de sa chevelure découlaient de grosses gouttes de sueur comme au dégel tombent les glaçons des gouttières d'un toit gelé; il n'avait pas encore fermé la porte que sa langue tournait comme un fuseau : « Bonjour, Monsieur le commandant, bonjour, Mesdames, et bonjour, Mademoiselle Anne; » il faisait de profonds saluts. Le commandant dit : « Vous boirez bien un coup, Monsieur, » et il remplit un verre. Lanery salua, prit le verre et dit : « Une grande nouvelle : tout est fini, les Kosaks ont été tous tués jusqu'au dernier. » Mlle Anne pâlit, se leva et sortit. Sa mère dit : « Ma fille ne peut entendre parler de massacre, le cœur lui fait mal, excusez-moi si je sors, » et elle partit aussitôt ; la commandante lui jeta bien un regard de colère, mais cette fois la tendresse maternelle surmonta l'obéissance et la frayeur. Mme la commandante laissa aller sa langue : « En voilà une éducation ! elle ne pourrait voir tordre le cou à un poulet ; moi, je larderais moi-même et Kosak et Tartare ; si j'avais des enfants ils n'auraient peur de rien. M. l'huissier, le neveu de Madame Sozenka, quand il annonce la pendaison d'un enfant de Cham ou d'un juif, c'est avec autant de tranquillité que s'il vous priait de vous mettre à table. Voilà au moins un garçon bien élevé. » Le commandant, pour amadouer un peu sa femme, dit : « Aussi, une perle comme toi n'est pas facile à trouver. » Sa femme s'écria : « Tais-toi, mon ami ; Monsieur Lanery, nous vous prions de continuer. » Le gentilhomme qui avait la tour pour blason se tut, et l'échevin de Lwòw reprit la parole : « Dès que le roi Kasimir, notre miséricordieux seigneur, arriva au camp, il divisa en dix parties ses cent mille hommes, les mit sous les ordres du grand hetman Potocki, de l'hetman Kalinowski, de Szczawinski, wojewode de Brzesk, du prince Wiszniowiecki, wojewode des terres russiennes, de Stanislas Potocki, wojewode de Podolie, du grand maréchal-prince Lubomirski, de Lanckoronski wojewode de Braclaw, où se trouvait l'échanson de Wyszogrod, du trésorier de Lithuanie, prince Sapieha, et de Koniecpolski, porte-étendard de la Couronne, et il garda près de sa personne un corps d'élite. L'armée ainsi divisée arriva à Wygnanka, et de là s'avança jusqu'à Beresteczko. Il faut que vous sachiez que c'est un pays plein de marais et d'étroits défilés : et par exemple (il commença à ranger les bouteilles et les assiettes le long de la table), voici les marais, voici les défilés; on se connaît bien un peu dans l'art militaire. » Mme la commandante dit : « Nous vous dispensons, Monsieur, de la géographie, et vous prions de passer au fait. » M. Lanery s'essuya le front de son mouchoir et continua ainsi : « L'on voulait déjà marcher sur Dubna, mais le prince Wiszniowiecki fit savoir que trois cent mille Kosaks et Tartares avaient passé sous le commandement de Chmielnicki, ce chien qui ne croit à rien, ne respecte rien, et du musulman Giraj, khan de Perekop, et qu'ils avaient établi leur campement sous le village de Picozarynami. M. Czarniecki [1], quartier-maître de

---

[1] Czarniecki Étienne, grand capitaine polonais, né en 1599, fit ses premières armes contre Chmielnicki, attaman des Kosaks, et contre les Russes ; fut nommé général

la Couronne [1], s'avança presqu'aux portes de leur camp, ne perdit que quelques hommes et ramena prisonniers deux mille Tartares; ce succès n'arrêta cependant pas les Kosaks. Le lendemain on vit avancer près de Beresteczko [2] leurs innombrables bataillons. Le roi fit ranger l'armée en bataille. M. Przyjemski, général de l'artillerie, pointa ses canons contre l'ennemi; les Tartares s'échelonnèrent en croissant; les Kosaks se formèrent en tabors [3]; les trompettes donnèrent le

en 1643, et castellan de Kiew, 1651; il défendit pendant deux mois Cracovie contre Gustave-Adolphe, roi de Suède. Le roi Kasimir le récompensa en lui donnant le comté de Tykoczin, avec le titre de palatin et celui de *libérateur de la Pologne.* Il mourut au milieu d'une campagne glorieuse contre les Kosaks, 1664.   (N. du T.)

[1] Grade correspondant à celui de maréchal des logis.
(N. du T.)

[2] C'est à Beresteczko qu'eut lieu cette bataille, la dernière grande bataille de cavalerie des temps modernes. Il y avait deux ou trois cent mille cavaliers de chaque côté.
—Le combat s'engagea le 28 juin 1651, il dura dix jours: à la fin les Polonais l'emportèrent. D'après les récits les plus modérés, trente mille Kosaks et Tartares y perdirent la vie, mais, comme cela s'était déjà vu maintes fois, on ne mit point à profit le succès. L'armée triomphante se débanda, et Chmielnicki, non poursuivi dans sa retraite, obtint la paix, presque aux mêmes conditions qu'avant la lutte, excepté toutefois que l'on réduisit de moitié son armée.   (N. du T.)

[3] Comme ils traînaient beaucoup de charriots à leur suite, ils s'en servaient, dans les occasions péfilleuses, pour fortifier une enceinte qu'ils appelaient Tabor. Charles XII, qui savait assurément connaître les gens de guerre, observa que ceux-ci tiraient promptement sans précipita-

signal de l'attaque, notre armée se précipita en
avant, et nos canons tonnèrent. Les Tartares prirent la fuite. L'attaman Chmielnicki suivit leur
exemple, et les drapeaux du khan, sa musique,
ses trésors, tout fut pris par les nôtres; ils tuèrent
cent mille hommes sur place, et en firent cent mille
autres prisonniers. Des Polonais trois cents gentilshommes périrent et deux mille manants. Les Kosaks passèrent la nuit cachés dans les marais; le
lendemain, Kresa, colonel du régiment de
Czehrynski, et Hladki, colonel du régiment de
Perejeslawski, furent envoyés au roi par Dziadzel,
élu député des Kosaks, pour implorer leur pardon.
Le roi y consentait, mais la noblesse ne le permit
pas, disant que le roi et la république leur par-
donneraient si les Kosaks voulaient bien ou être
pendus, ou être esclaves. Les envoyés s'en retournèrent. Les enfants de Cham n'acceptèrent pas
les conditions, et un certain Bohun, se mettant à
leur tête, déclara qu'ils se battraient tant qu'ils
auraient un souffle de vie. » La commandante
l'interrompit : « Oh! c'est un charmant oiseau
que ce Bohun; M. l'échanson le recevait chez lui,
cet enfant de Cham! moi, je lui aurais fait don-

tion, et juste sans lenteur; il était persuadé qu'aucune
infanterie ne les surpassait à cet égard. Aussi on les a souvent vus derrière ces retranchements faire tête à des
armées supérieures, et sortir heureusement des plus
grands embarras. (N. du T.)

8

ner cent coups de bâton, » et le commandant
ajouta : « L'échanson est un enfant; l'idée lui
avait passé par la tête de réunir les Kosaks et les
Polonais, et quoiqu'il fût un seigneur plein d'orgueil, il s'abaissait jusqu'à recevoir ces enfants de
Cham dans sa maison. » Et la commandante dit de
nouveau : « Oui, oui, l'échanson mérite aussi d'être
tancé d'importance; voilà les suites de sa manie de
fraterniser avec les Kosaks, mais finissez, Monsieur
l'échevin. » Lanery, qui avait repris haleine pendant ce temps-là, continua son récit : « Mais cette
tentative de Bohun n'était que les convulsions de
l'agonie; notre armée tomba sur leurs régiments,
massacra et dispersa ce ramassis de coquins. Le roi
revint à Warsowie, et les chefs poursuivirent les
fuyards en Ukraine, ordonnant d'exterminer tout
ce qui portait le nom de Kosak. M. Czarniecki en
extermina cent mille pour son propre compte. Il
n'y a plus maintenant à craindre ni Kosaks, ni
Tartares, car ils n'en peuvent plus. » Le commandant remplit un verre de vieux vin de Hongrie :
« Monsieur Lanery! Vive le roi! la république! la
valeureuse armée de la couronne et de la Lithuanie! » Lanery s'inclina en disant : « Vous me
faites trop d'honneur, » mais n'en vida pas moins
le verre en portant le toast proposé par M. le commandant[1].

[1] Le récit de Lanery, quant au fond, est tiré en entier,

Le lendemain le commandant et sa femme donnent leurs ordres pour le départ, et il se fait dans
la ville un grand mouvement et un grand vacarme.
Les cochers mettent des mèches à leurs fouets et
les font claquer pour essai ; les cuisiniers chargent leurs vénérables batteries sur les voitures ;
les juifs, au moment du compte, crient et s'escri-
ment de la langue comme s'ils étaient payés pour
cela ; les domestiques les tirent par les cheveux,
ces maudits infidèles, et les maîtres, en signe de
bon accord, frappent les juifs et les manants à
tour de bras.

Au moment du départ, en dépit de la véracité
de M. Lanery et de son calcul mathématique
qu'on ne pourrait trouver de Kosaks même pour
en semer, la nouvelle arriva que Chmielnicki, à
la tête de ses Zaporogues, tenait bloqué dans
Biala-Cerkiew M. l'hetman Potocki, et, quoique
M. Czarniecki, pour l'exemple et la plus grande
union des Kosaks et des Polonais, eût fait tuer
jusqu'au dernier dans Stawiczach, tous les habi-

de la *Guerre des Kosaks*, par Chevalier. Amplifier ses victoires est chose si naturelle, que nous en voyons chaque
jour des exemples non-seulement chez les particuliers
mais même dans les rapports officiels. Le zéro, est un
chiffre insignifiant, qu'on ajoute toujours aux pertes de
l'ennemi et qu'on enlève pour les pertes des siens. Les
cruautés de Czarniecki en Ukraine ont gravement terni
l'éclat de son nom.

tants, armés où non, cependant les habitants de
l'Ukraine, au premier bruit de l'arrivée de l'attaman, avaient couru aux armes, et cette malheureuse guerre recommençait. Les soldats de M. le
commandant se blottirent chacun dans son trou
comme des renards en entendant le cor des chasseurs, mais cela ne dura pas longtemps ; bientôt
arriva la nouvelle officielle : « Que Michel Potocki,
grand hetman de la Couronne, renonçant à venger la mort de son fils unique, et n'ayant devant
les yeux que le bonheur de sa patrie, malgré l'op-
position envenimée et tracassière de la noblesse,
avait traité d'égal à égal avec les Kosaks, et con-
firmé au nom de la Pologne le traité de Zborow [1]. » Chmielnicki, malgré sa ruse et sa mobi-

[1] Michel Potocki, grand hetman de la Couronne, l'un
des plus vertueux citoyens de Pologne, comprenait parfaitement ses devoirs envers la patrie. Oubliant de venger
la mort de son fils, mais n'oubliant pas le bien du pays, il
conclut à Biala-Cerkew, le 28 septembre 1651, avec les
Kosaks, un traité que voici :

1° Eu égard à la soumission de l'armée zaporogue, et à
la promesse d'observer fidèlement le traité de paix per-
pétuel conclu avec le roi et la république polonaise,
l'armée kosake doit être composée de vingt mille hommes ;
elle doit avoir ses quartiers dans les wojewodies de Kiew,
Braclaw et Czernigow, sur les domaines royaux, les gentilshommes étant dispensés de loger des Kosaks ; l'enrôle-
ment des soldats dépend de l'attaman et des chefs kosaks.

2° Si quelque sujet de noble s'engage dans les rangs des
Kosaks, il doit aussitôt se rendre dans le domaine royal à

lité, s'humilia sincèrement de cœur et d'esprit. La vertu d'un vénérable vieillard réussit là où le fer avait été impuissant. La paix fleurit de nouveau dans la belle Ukraine. Le Lach et le Kosak se serraient les mains, parlaient des combats d'autrefois, et ne soufflaient mot des sanglants instants

Kiew, et vendre ses biens mobiliers et immobiliers, sans rencontrer de résistance de la part des starostes et sous-starostes.

3° Le registre de l'armée kosake sera envoyé au roi; une copie en sera déposée dans les archives de Kiew; un sujet effacé du registre reprend ses anciens devoirs. Ceux qui seront inscrits sur le nouveau registre jouiront pour toujours, avec leurs familles et leurs descendants, des priviléges des Kosaks.

4° L'armée polonaise ne pourra avoir ses quartiers dans la wojewodie de Kiew ni dans les lieux indiqués à l'armée kosake, qui, elle aussi, sortira de Braclaw et Czernigow après Noël, temps où la copie du registre devra être faite.

5° Les gentilshommes peuvent revenir dans leurs domaines et en jouir à condition de n'exiger aucun service des paysans inscrits sur le registre de l'armée kosake.

6° Chmielnicki et ses successeurs auront les revenus de la ville de Czehryn, le droit de nommer les chefs militaires, et promettent obéissance au grand hetman de la couronne, qui, de son côté, leur assure sa protection.

7° Les libertés et les biens enlevés aux prêtres et évêques du rite grec doivent leur être rendus.

8° Les nobles du rite grec ou romain qui ont combattu contre la Pologne dans les rangs des Kosaks conserveront leurs priviléges, leurs honneurs et leurs biens, et les jugements rendus contre eux seront annulés.

9° Les juifs n'auront droit de séjourner que dans les domaines royaux ou de nobles, et ce n'est que là qu'ils pourront monopoliser le débit des boissons fortes.

10° Les Tartares quitteront l'Ukraine à l'instant même.

8.

qui venaient de s'écouler ; ils en souffraient et auraient voulu les effacer de leur souvenir. Le vieil hetman lave chaque jour de larmes de joie l'amère blessure de son cœur, car il peut dire hardiment : « J'ai vengé la mort de mon fils par le bonheur de ma patrie. »

V

Rien n'est changé dans Gruzyniec. L'ancien

Chmielnicki promet de les engager dans l'alliance polonaise, et s'il n'y réussit pas, de les combattre avec ses Kosaks ; il n'entrera en pourparler ni avec eux ni avec aucune autre nation étrangère, et restera fidèle à la république polonaise, qui a tant fait de bien aux Kosaks.

11° Comme il n'y a jamais eu de Kosaks préposés à la garde des frontières de Lithuanie, il n'y en n'aura pas, et ils resteront en Ukraine et dans la wojewodie de Kiew.

12° Comme dans la ville de Kiew se trouvent le métropolitain et le tribunal, peu de Kosaks de là-bas s'engageront dans le service actif.

13° Pour plus de sûreté, les députés des deux partis jureront l'observation de ce traité. Les armées polonaises et zaporogues reprendront leurs quartiers et les Kosaks retourneront chez eux.

14° Chmielnicki, de la part de l'armée zaporogue et des Kosaks, enverra des députés au roi et à la république pour porter les remerciments des faveurs qui leur sont accordées.

Ces deux traités sont tirés mot pour mot de l'ouvrage de L. Chevalier : *Guerre des Kosaks;* dans ce dernier traité il est question des Zaporogues, parce que Chmielnicki, vaincu à Beresteczko, s'était réfugié chez eux et avait recommencé la guerre à leur tête.

château n'est pas entré d'un pouce de plus en terre, les chaumières des paysans sont intactes. On voit briller la toiture de tôle de l'église; les bouleaux, tout autour du village, s'épandent en flots d'une verdure luxuriante. Dans les marais le tremble agite ses feuilles argentées et le soleil brille comme autrefois. Le zéphyr souffle, un ciel bleu s'étend à l'horizon, et cependant tout respire la tristesse, comme s'il s'était fait de grands changements et qu'il manquât beaucoup des choses d'autrefois.

Dans l'église de Gruzyniec, il y a trois nouvelles épitaphes, et l'on a descendu trois cercueils dans le tombeau des Sosenka. Au château, le porte-étendard Strzemecki parcourt la salle à grands pas; et dans l'embrasure de la fenêtre, appuyé sur le coude, l'aumônier réfléchit profondément. Dans la cour, Bekas, le chien favori de M. l'échanson court sans cesse du perron à la porte cochère; de ses narines il aspire l'air et hurle. Le porte-étendard regarde par la fenêtre et dit : « Pauvre bête! elle attend son maître, » et les larmes inondent sa figure ridée. L'aumônier dit : « On ne peut lutter contre la volonté de Dieu, il faut être homme; Madame et Mademoiselle arrivent, et tu te mets à pleurer comme une vieille femme! » Strzemecki répond d'une voix à moitié étouffée par les sanglots : « C'est facile à dire : la volonté de Dieu, le courage ; mais se rappeler qu'on a vécu cinquante ans ensemble, qu'à l'école on nous plaçait sur le même banc, qu'au camp nous mangions dans la même marmite, et maintenant... » Il se met à pleurer comme un enfant ; « ses fils, je les ai moi-même élevés ; le premier, je leur ai appris à monter à cheval, à s'escrimer habilement du sabre. Quels jeunes gens c'était ! Pourquoi n'est-ce pas à moi, vieillard, qu'il ait été donné de mourir ? Monsieur l'aumônier, parlez à madame, car je ne pourrais ni dire un mot ni sortir ; la famille des Sosenka est éteinte ! » Et il se remet à marcher à grands pas. L'aumônier veut encore parler ; mais apercevant le vieillard debout, l'œil mouillé de larmes, les traits contractés par la douleur, les paroles expirent sur ses lèvres, et il regarde tristement le vieillard. La douleur et le désespoir réveillent la pitié dans les âmes, mais vous donnent en même temps l'envie de les consoler. Le désespoir d'un vieillard vous perce le cœur d'un chagrin mortel et impose à votre langue le silence du tombeau.

Vers le soir apparut sur la route la calèche suivie d'une longue suite de voitures. L'aumônier, les serviteurs et les suivantes sortirent sur le perron, et les figures de tous étaient tristes, car on avait déjà oublié la sévérité de l'échanson : c'est une maladie humaine de regretter toujours le temps passé.

Chacun se dit : Dieu sait ce qu'il adviendra ; et
par un singulier pressentiment, quoiqu'aucune
nouvelle ne leur fût encore arrivée, la femme de
l'échanson, la commandante, Annette étaient tristes ; le commandant lui-même, quoiqu'il revînt
victorieux d'une retraite qu'il ne cessait de com-
parer à celle de Xénophon, se sentait maintenant
comme un poids sur le cœur, on aurait dit que
l'air murmurait à leur oreille ce malheureux événement. A peine avait-on ouvert la portière de la
calèche que Madame en descendit vivement, ce
qui ne lui était jamais arrivé, et demanda à l'aumônier : «Et Monsieur?.. » L'aumônier se taisait ;
elle répéta alors sa question avec une douloureuse
impatience : « Et mon mari, et mes fils? » et dans
sa voix se trahissait la tendresse déchirante d'une
mère, d'une épouse inquiète du sort de ses enfants, de son mari. L'aumônier baissa les yeux
vers la terre et dit : « Dieu vous les a donnés,
Dieu vous les a repris. » La veuve de l'échanson
pâlit, trembla, perdit connaissance.

Les suivantes l'enlevèrent dans leurs bras et la
portèrent dans sa chambre. Annette pleurait en
silence ; l'état de sa mère comprimait l'éclat de sa
douleur, et le chagrin, l'inquiétude présente avait
détourné et amorti pour un moment la force du
coup que lui avait porté la mort de son père, de
ses frères. La commandante court d'une chambre

à l'autre; elle donnerait sa vie avec joie pour soulager la famille désolée; et cette femme, qui voulait naguère tuer un ennemi de sa propre main, sent une larme se glisser sous sa paupière, et son cœur s'amollit comme de la cire devant la flamme. Une mauvaise éducation comprime souvent une bonne nature; mais un coup cruel, porté à nous ou aux autres, rend leur éclat naturel à nos sentiments ternis et fait triompher la nature de nos habitudes vicieuses.

Le commandant entra dans la salle où le porte-étendard se tenait debout, appuyé contre la muraille, immobile comme une statue, et écarquillant les yeux pour s'empêcher de pleurer. Le commandant le salua : Comment va la santé de monsieur le porte-étendard? Strzemecki ne lui répondit rien. Puis le commandant ajouta : Et M. l'échanson, de sainte mémoire?... Le porte-étendard ne le laissa pas achever, mais s'écria aussitôt douloureusement : Il est mort héroïquement à Beresteczko; M. Adalbert, à Winnica; M. Ignace, à Biala-Cerkiew, avec le chambellan et son fils. L'huissier, neveu de Madame, a été massacré à Stawiczach. Il dit, s'élança dans la cour, et de là dans les champs. Le commandant resta seul, triste, pensif, et il maudissait en son esprit les guerres civiles, l'orgueil et l'entêtement des deux partis.

VI

Que les événements se succèdent en ce monde d'une manière bizarre, et combien l'on plonge dans l'abîme des probabilités pour les deviner ! L'esprit se tend, s'épuise et s'enlace toujours davantage dans les filets de l'erreur, et ne pouvant s'en délivrer, crie d'une voix solennelle : C'est l'ordre de la nature, l'aveugle hasard, la destinée et d'autres marques semblables d'une science imaginaire ; il avouera rarement qu'il y a une puissance invisible, incompréhensible, mystérieuse, qui gouverne tout, unit les événements contradictoires, et d'une seule et même main verse sur le monde le vraisemblable et l'invraisemblable.

Les Lachs et les Kosaks, qui, un an auparavant, se disputaient comme des chiens autour d'un os, et s'étaient longtemps regardés comme chiens et chats avec malveillance, maintenant vivent en frères comme les premiers chrétiens, et boivent, chassent et mènent ensemble joyeuse vie. Les gentilshommes polonais ouvrent aux Kosaks leurs maisons, leurs caves et leurs cœurs, et les chefs d'Ukraine régalent de banquets et de riches présents leurs frères les Lachs. On crie partout : Vive

Jean Kasimir, notre roi et miséricordieux seigneur! vive M. Chmielnicki, l'attaman de l'Ukraine!
vivent les Polonais! les Lithuaniens et les Kosaks!
vive la république!

A Winnica se trouve le régiment de Korsunski;
Bohun le commande comme autrefois, et, comme
autrefois, vient souvent à Gruzyniec. Les balles,
les sabres, les piques ne lui ont pas chassé de
la tête la jolie figure de Mlle Anne. Les voisins
sont maintenant favorables au Kosak : le commandant et sa femme s'entremettent pour le
colonel; car le grand hetman de la Couronne
a écrit lui-même à M. le commandant, dans
les termes les plus affectueux, pour le prier
de faciliter le mariage de Mykita Bohun avec
Mlle Anne Sosenka, fille de l'échanson de Wyszogrod. Sous la même enveloppe se trouvait
une lettre pour la veuve de l'échanson, où il la
conjurait de ne voir que le bien de son pays,
et, mettant de côté tout orgueil nobiliaire, de
consentir à cette union. M. le commandant conduit activement cette affaire; sa femme, pour le
soutenir, verse à pleines mains les arguments.
L'aumônier, dans l'espoir de convertir le colonel
au rite latin, se fait sa caution au nom de la
religion. M. le porte-étendard dit : « C'est un
homme de guerre, au bras fort, au cœur honnête.
Dans la guerre il a donné ordre à un bataillon de

Kosaks de s'établir à Gruzyniec et de garder
les biens de M. l'échanson, de sainte mémoire,
comme l'œil de la tête. Voilà le mari qu'il faut
pour Mlle Anne, et quoiqu'il ne soit ni un Sosenka ni un gentilhomme blasonné, il saura soutenir la réputation des Sosenka. » Enfin, depuis
le marmiton Mathieu jusqu'au chien Bekas, à
la cour de Gruzyniec, tous sont du parti de
M. Bohun; car jamais il ne retire la main vide
de sa poche; à chaque visite il délie les cordons
de sa bourse, et n'épargne aux chiens ni caresses-
ses ni friandises. Madame, pressée de tous côtés,
consent à tout, et elle l'aurait même fait quand
on ne l'en eût point priée, car elle a forcément
besoin d'un maître. M. Strzemecki montre une
grand soumission, demande l'avis de Madame,
et attend ses ordres; mais tout cela déplaît à
la veuve de l'échanson; feu Sosenka frappait du
pied, dictait ses ordres à haute voix, et cela allait
bien ainsi..... Sans doute que Bohun agira de la
même façon. Tout dépend donc de Mlle Anne;
mais celle-ci a pris son parti et ne veut pas même
entendre parler de mariage; elle ne cesse de faire
ses préparatifs pour entrer au couvent. Chose
étonnante ! elle regarde amoureusement Bohun, ne
pense, ne rêve qu'à lui, et elle ne veut pas lui donner la main, s'agenouiller avec lui devant l'autel,
ni même qu'on prononce son nom devant elle.

9

D'où vient cet entêtement? d'où ce changement dans ses idées? Car ses sentimens n'ont pas changé, et tels ils étaient, tels ils sont aujourd'hui. Annette est triste, pensive, elle cache un secret au fond de son âme, ne le révèle à personne; elle évite les hommes et passe son temps en prières. En vain sa mère la supplie, en vain sa suivante use de mille détours, leurs tentatives se brisent contre une ferme volonté de ne pas parler.

A la fin, la veuve de l'échanson tombe grièvement malade de chagrin; Bohun, de désespoir, perd la fraîcheur de son teint; ses moustaches qu'autrefois il relevait, sont baissées tristement. Annette souffre doublement : une fois pour elle, une fois pour les autres; elle voudrait calmer la douleur de sa mère, elle aime le Kosak, mais de terribles songes tourmentent son esprit. Toutes les fois qu'à ses yeux fermés apparaissent en songe les images de la vie, la jeune fille se voit souriante à son amant, et les yeux de son amant lancent des flammes d'amour; déjà leurs mains se cherchent, déjà elles vont se toucher..., quand tout à coup sortent de terre trois guerriers, son père et ses frères! leurs poitrines sont ensanglantées, leurs figures sombres et menaçantes; ils s'arrêtent en silence, tirent leurs glaives, et séparent de leur fer le couple amoureux. Annette,

épouvantée, se réveille; son sang se glace dans
ses veines; elle jette autour d'elle un regard égaré
et ne voit rien; elle se signe, et récite les prières
des morts; mais cette vision se renouvelle chaque
nuit. Annette, dans ses prières, supplie son père
de lui découvrir sa volonté; mais il est sourd à sa
demande : toujours sans dire une parole il lui apparaît en rêve et disparaît de même, sans dire une
parole. Elle prend la résolution de sacrifier son
amour, de ne point s'unir au colonel, et d'épouser
le couvent pour le reste de ses jours. Découvrir son
rêve? Oh! cela jamais!... elle pourrait attirer sur
son amant la haine, le soupçon, être pour lui une
cause de souffrances; mieux vaut s'immoler, s'en-
terrer vivante dans un cloître, et qu'il ne tombe pas
un cheveu de la tête de son bien-aimé. Et cette vie
de luttes continuelles, cette fièvre de tourments,
de douleurs, dure depuis deux mois. L'état de
Madame empire de plus en plus. L'aumônier,
M. Strzemecki, conjurent Mlle Anne de rendre la
santé à sa mère par son consentement. Elle ne peut
faire autrement, la pauvre enfant; elle promet...
à condition que le mariage se fera sans aucun
éclat, devant les amis de la maison pour seuls
témoins. On y consent, et on remét la cérémonie à la semaine suivante. Madame se lève du
lit comme par miracle, Bohun reprend ses couleurs et sa joie paisible, Strzemecki parle deux

fois plus qu'auparavant, tous se réjouissent dans Gruzyniec, et à Winnica, le régiment de Korsunski est dans la joie, car le colonel, en signe de son bonheur, donne souvent des fêtes à ses Kosaks. Mlle Anne seule est triste, sa santé s'altère et sa beauté se flétrit.

Arrive le 20 août, veille du mariage. Tous s'occupent à tresser des couronnes, à achever les préparatifs de la fête; le temps passe rapidement... il fait nuit,.. tous sont couchés, chacun rêve à des choses singulières, ou tristes, ou gaies. Seule Mlle Anne ne dort pas; elle a résolu de ne pas fermer l'œil de la nuit, et de cette manière d'échapper à la vision de son rêve. La lumière vacillait, l'horloge marquait les minutes, et elle lisait ses prières dans son missel. Pour la troisième fois elle entendait les coqs chanter; le jour commençait à poindre, quand ses yeux se fermèrent pour un instant. Aussitôt son père et ses frères lui apparurent; ils lui lançaient des regards sévères; mais leurs glaives étaient au fourreau, et cette fois Bohun était absent. Son père parla pour la première fois; sa voix était brève, mais triste : Ma fille ! sa main nous a immolés dans la bataille... malheur à toi ! malheur à lui !... Il voulait en dire plus, mais Annette s'éveilla et cria. La suivante accourut, demanda : Qu'avez-vous, Mademoiselle ? Mais elle regarda et ne dit rien... Il faisait déjà grand jour, elle se leva et commença sa toilette.

Dans l'église, le prêtre a tout préparé pour la cérémonie du mariage. Dès le matin, sont arrivés le commandant, sa femme et Mlle Barbe, sa sœur. Bientôt accoururent au galop de leurs chevaux l'heureux, le joyeux Bohun, avec le sotnik Palej. La chaleur était grande, les feuilles des arbres et l'herbe avaient perdu leur fraîcheur comme si la flamme y avait passé; un silence lourd, triste, régnait dans l'air, seulement des nuages gris glissaient sans ordre sur la voûte des cieux, comme s'ils cherchaient quelque chose, mais ne savaient ni où ni comment le trouver. Sur les dix heures, on se rendit à l'église. M. le porte-étendard et le sotnik conduisaient Mlle Anne, vêtue d'une robe blanche comme la neige, une blanche couronne sur la tête, toute pâle et l'œil voilé par la douleur. Le colonel donnait la main à Mlle Barbe; il avait un kontusz bleu, un zupan rouge, sur les joues une éclatante fraîcheur, à son côté brillait un sabre enchâssé de pierres précieuses, et comme un diamant, l'œil de Bohun brillait d'un éclat plus vif encore. Madame, toute joyeuse, marchait à petits pas près de sa fille; le commandant, la mine triomphante, agitait les bras et démontrait quelque chose à Palej, et la commandante jetait des regards de protection sur les futurs époux. Ils entrèrent dans l'église... le prêtre commença la messe. Annette

9.

était plongée dans la prière; son regard, sa pensée, son âme, volaient aux cieux. Bohun, ayant
dit sa prière, promena son regard dans l'église,
et, apercevant les armes appendues au pilier du
tombeau des Sosenka, il tressaillit, et les regrets
assaillirent son cœur. Reconnut-il quelque arme
dans ce trophée, ou le chagrin de sa fiancée péné-
tra-t-il son âme? On ne sait... Ce qui est certain,
c'est qu'il resta pensif jusqu'à la fin. La messe
terminée, la cérémonie du mariage commença.
Déjà le prêtre disait : Anne, tu le prends pour
époux, quand un éclair sillonna l'air, le tonnerre
éclata, les murailles tremblèrent... Le fiancé et la
fiancée tombèrent la face contre terre, et les marches de l'autel resplendirent d'un rayon d'or.
Madame est évanouie; tous courent dans l'église
comme des fous, emportent les fiancés dans la
cour, essayent de ranimer la veuve de l'échanson,
les placent dans des trous fraîchement creusés [1],
tout cela en vain... tous trois ont rendu l'âme.

Ainsi disparut la famille des Sosenka. L'église
entière flambait, la fumée s'échappait par bouffées énormes; la flamme, s'élançant d'un jet puissant, se faisait jour; les poutres éclataient, les
étincelles jaillissaient, la pierre même se consu-

[1] On enterre jusqu'au cou les gens frappés de la foudre,
ce moyen les rappelle souvent à la vie.

mait, et cela dura jusqu'au soir. Personne n'essayait par un seau d'eau d'étouffer l'incendie,
personne n'avait le courage d'essayer de sauver
les vases d'église; car la main de l'homme peut-
elle détourner un coup que porte la main de
Dieu?... Le lendemain il ne restait que cendres et
ruines.

Des parents éloignés du côté des femmes pos-
sédèrent Gruzyniec. Pendant de longues années
M. le porte-étendard se promenait chaque jour au
milieu des débris, disant : Là fut l'église, là fut le
tombeau des Sosenka. Le porte-étendard mourut,
la terre recouvrit les ruines, l'herbe y poussa et
un immense marais se répandit à leur place. Cependant le peuple montre exactement où fut l'é-
glise et raconte les plus minutieux détails sur la
famille des Sosenka, comme si ces événements
avaient eu lieu la veille; car les faits passés qui
sont conservés dans la mémoire humaine durent
plus longtemps que ceux que conserve seulement
un monument élevé par une force humaine.

IV

PRIONS, MAIS BATTONS-NOUS.

I

Dans la grande ville de Kiow[1], dont la porte d'Or reçut de l'épée de Boleslas le Hardi[2] une entaille

[1] Kiow est le véritable berceau de la race slave; par là passèrent les peuplades slaves pour se répandre par toute l'Europe. Contre aucune ville on n'a fait autant d'expéditions, aucune n'a vu autant de changements. Il y a quelque chose d'étrange dans la situation, dans l'air, dans la construction de cette ville, qui fait que tout Slave, soit des bords du Danube ou de la Vistule, soit des monts Karpaths ou Czechs, soit des bords de l'Adriatique ou de la Baltique, s'il entre dans son enceinte, est saisi d'un sentiment de respect pour ce berceau de sa race. Il m'est souvent arrivé de causer avec des Slaves de différents pays; tous conviennent que Kiow est une ville archi-slave.

[2] L'entrée de Boleslas dans la vaste et superbe cité de Kiow, qui comptait plusieurs centaines d'églises et de temples, est très-célèbre, parce qu'il donna un coup de

telle que le souvenir en passa à la postérité; où
les beaux régiments de Boleslas le Brave ont laissé
dans les cœurs des belles Russiennes des traces
non encore effacées, et que les mères dans leurs
contes transmettent aux filles; où ont régné les
Igors [1], les Wladimir [2], les Yaroslaw [3], et dont la
possession a été disputée par les innombrables
régiments des Kosaks pétulants, des joyeux Drewliens [4], des sauvages Petchenègues [5] et par les

sabre à la porte principale, nommée porte d'Or, qui en
fut ébréchée. Ce sabre, présent d'Othon III, reçut le nom
d'ébrécheur (szczerbiec) et fut gardé avec les autres insi-
gnes de la couronne. (*N. du T.*)

[1] Igor Rurikowitch, fils de Rurik, régna de 912 à 945,
fit une expédition heureuse contre Constantinople, et
périt massacré par les Drewliens, qui, exaspérés de ses
exactions, l'attachèrent, vivant dit-on, à deux arbres
courbés avec force, qui en se relevant l'écartelèrent.
(*N. du T.*)

[2] Wladimir Swiatoslawitch régna de 980 à 1014. Il tua
son propre frère, fut débauché, ambitieux; mais ses exploits guerriers et sa conversion au christianisme lui ont
fait donner le nom de Grand. (*N. du T.*)

[3] Yaroslaw monta sur le trône après de sanglantes luttes,
et régna de 1019 à 1054. Les principaux événements de
son règne sont sa victoire sur les Petchenègues et une
expédition malheureuse contre Constantinople. (*N. du T.*)

[4] Les Drewliens, ainsi nommés de leurs pays couverts
de forêts, vivaient dans le gouvernement de Volhynie.
(*N. du T.*)

[5] Les Petchenègues, terribles nomades, anciennement
chassés des déserts de Saratof par les Ouzes, leurs
voisins du Don et du Volga, poussèrent les Ougres
de la Lébédie sur Kiow, s'attaquèrent longtemps eux

masses valeureuses des enfants de Mendoge [1]; toutes ces révolutions ont passé en laissant une profonde empreinte dans la mémoire du peuple. Le rêve a cessé, mais les fantômes qu'il a créés demeurent dans l'imagination, et après un long et bien long temps, pour peu qu'on touche au ressort de la mémoire, ils s'offrent aussi clairement à l'esprit que s'ils étaient présents. Aujourd'hui les Kosaks ont inondé les environs et les murs de la ville, des Kosaks, vifs et intrépides, fiers et indociles au frein; ils sont l'aurore de la délivrance du peuple, le solide fondement de la liberté, l'appui assuré de leurs frères Lachs.

Quelles sont ces cloches qui de leurs cent voix retentissent dans la ville? Leur bourdonnemen est majestueux, plein de charmes; et l'air déchiré, poussé dans mille sens, répand ce bruit de tous les côtés, se balance, parcourt en grondant la surface transparente du bleu Dnieper, sonne dans les branches des pins élancés vers les cieux, gémit dans les fentes de rochers et se perd dans l'immensité des steppes. Quelle est cette foule qui, comme une vague, descend les rues, se brise, se partage en groupes de formes différentes, et aper-

mêmes aux princes russes qui gouvernaient cette dernière ville. (N. du T.)

[1] Mendoge, grand-duc de Lithuanie. (N. du T.)

cevant les portes de l'église [1] se rassemble, grandit et se précipite à flots comme des masses d'eaux par les ouvertures d'une digue déjà entamée? C'est le jour de la saint Michel, jour renommé en Ukraine! Les enfants de cette terre heureuse sont purs dans leurs sentiments comme la pure virginité de leurs steppes que jamais jusqu'à nos jours n'a touchés la main de l'homme; avant de réjouir leurs sens par les amusements terrestres ils veulent nourrir leur âme de la prière, remercier Dieu de ses dons, et demander au Très-Haut la force de combattre le mal.

Dans le monastère de Sainte-Sophie on ouvrit toutes grandes les portes de l'adyte [2]; l'éclat de l'argent, de l'or, des pierres précieuses, lançant comme des éclairs de lumière, éblouissait les yeux, et le patriarche élevant l'hostie au-dessus de sa tête, chanta d'une voix étouffée, tremblante, mais distincte : « Seigneur, aie pitié de nous! Seigneur, aie pitié de nous! » Le peuple frappa trois fois la terre du front, et trois fois se releva comme

---

[1] Dans tout ce récit il s'agit d'églises et de cérémonies du rite grec.   (N. du T.)

[2] Adyte, sanctuaire des temples anciens, où les prêtres pénétraient seuls. C'est un usage dans le rite grec d'ouvrir les portes et de montrer tout à coup l'adyte là où le prêtre dit la messe. Outre la fidélité à la tradition, cela offre cet avantage d'augmenter, dans le peuple, le respect profond de la Divinité.

de longues tiges de blé baissent sous les coups du vent leurs lourds épis vers la terre, et, après un instant, relèvent vers le ciel leurs têtes parées de couronnes d'or.

Deux longues files de moines, vêtus de surplis noirs, entonnèrent les litanies : « Dieu saint! Dieu grand! » Le peuple, de ses voix discordantes, répondit : « Aie pitié de nous; » et de cette étrange réunion de voix un écho d'une singulière harmonie alla se briser contre les voûtes de l'église. Sur les lèvres du peuple se lisait tellement la prière, sur sa figure l'humilité, et dans ses yeux la crainte de Dieu et un tel désir de la vie future, qu'il semblait que toutes ces âmes allaient s'envoler vers les régions de l'éternité.

Au milieu de cette assemblée de peuple pieux, au milieu de ce saint bataillon de prêtres et de moines, quel est ce *czerniec*[1] qui surpasse tous les autres de la tête, comme un cygne trône de son cou élevé sur un troupeau d'oies? Sa main, par oubli du moment présent et par un souvenir vivace des temps passés, agite le cierge de cire rouge comme s'il maniait une épée. Ses pieds, qu'il avançait doucement au commence-

[1] Czerniec, moine du seul ordre dans l'Église grecque où le célibat soit maintenu. Il y a très-peu de couvents de czerniec en Russie, et de religieuses czerniec encore moins.

ment de la procession, commencent à marquer le pas et il les soulève aussi vivement que s'il marchait à l'assaut ; dans ses yeux d'un gris sombre, perçants comme ceux d'un vautour, parfois brille un éclair aussi rapide et aussi violent que le serpent de feu de la foudre ; quand le vent ou un mouvement inégal de la tête rejette son capuchon en arrière, on découvre ses cheveux bruns et clair-semés, et un front ouvert, orgueilleux, menaçant. Chacun y peut lire facilement, comme marquées d'un fer rouge, l'habitude du commandement et une volonté qu'aucune personne, aucune chose ne peut changer, si ce n'est Dieu. Quoique le moine s'efforce de couvrir de l'humilité de la foi l'expression de sa figure, où se peignent les pensées qui l'agitent, cet effort est vain ; les impatiences sont si fréquentes, si évidentes, que le voile doit se soulever devant l'œil de l'homme même le moins curieux. Chacun se demande quel est ce moine dont le corps est aussi déplacé dans un habit de moine que la rame d'une czajka de guerre dans la main défaillante d'une jeune fille.

Quel est ce moine ? se demandent tout bas entre eux les frères du couvent ; depuis deux ans qu'il est arrivé au milieu de nous, pas un mot sur son pays, sur sa famille ; il est muet comme une pierre aux questions qu'on lui fait, sourd comme

une pierre aux distractions du couvent. A peine
les prières finies, il quitte notre compagnie et
porte ses pas errants au milieu des rochers et des
baies du Dnieper; solitaire, misanthrope, il ne
nous a flattés d'aucune parole, et cependant par
une force surnaturelle il nous attire à lui et règne
sur nous; tous près de lui nous nous taisons pour
ne pas le blesser, nous essayons de prévenir ses
désirs, nous le respectons et le craignons plus
que le supérieur du couvent. Le patriarche doit
connaître ce mystère; il se promène souvent avec
ce frère incompréhensible, et quand il croit n'être
pas vu il lui paye son tribut de respect comme à
un monarque de cette terre, et même davantage.
Les princes se sont souvent traînés sur les genoux
devant les portes de l'église, et le patriarche
semble baisser le front devant un simple moine.
« Quel est cet homme? quel est cet homme? »
répètent toujours les moines; cependant aucun
n'a le courage de rechercher l'objet de sa curio-
sité, et si un plus hardi ouvre les lèvres, sa
parole se glace aussitôt et résonne si bas qu'il
est impossible d'entendre; sa langue ne peut
obéir à sa volonté, et ses pensées se détrui-
sent et se perdent en elles-mêmes : tel est le
pouvoir inexplicable de cet homme. On s'efforce
en vain d'expliquer l'autorité d'une âme supé-
rieure sur les âmes vulgaires; c'est le nœud de la

force intellectuelle, dont le dénouement est dans la main du Créateur; les observations seules sont laissées en partage aux sentiments et aux pensées de l'homme.

II

Les prières sont finies, les portes des églises fermées, et dans leur intérieur règne le silence du tombeau; les cloches se sont tues, même les cordes qui ébranlaient le bronze retentissant sont tellement immobiles qu'elles ne laissent pas apercevoir le moindre tressaillement; les rues sont désertes, les maisons closes, les chiens seulement et les chats se traînent le long des places, on dirait que la peste a balayé cette grande ville. Mais en revanche, sur la prairie, devant les portes de la ville et sur les remparts règnent la gaieté, le plaisir; les cymbales résonnent, les violons jouent, les tambours battent; les jeunes gens et les jeunes filles dansent, et à chaque saut les rubans, qui comme une crinière descendent sur leurs épaules, reflètent en voltigeant les couleurs de l'arc-en-ciel[1]. Les vieillards et les vieilles femmes restaurent leur estomac d'hydromel et

[1] Les jeunes filles, en Ukraine, s'attachent autour de la tête une grande quantité de rubans dont les extrémités tombent sur leurs épaules.

d'eau-de-vie, et les devineresses [1] prophétisent
l'avenir, promettent aux jeunes filles un mari,
aux jeunes gens la gloire et un riche butin, et aux
vieillards de longues années. Les cris de joie
volent en masse jusqu'aux nuages, personne ne
pense au lendemain, chacun est content de soi et
de ce qui l'entoure. La sincérité, la fraternité et
le contentement ont étendu leurs mains au-dessus d'eux. Enfants de la nature, jouissez de
cette heureuse félicité avant que le poison du
monde civilisé ne vienne troubler votre repos par
l'égoïsme, l'envie et l'incrédulité.

Pendant qu'on se livrait à la joie et aux plaisirs
du côté de Bilgorod [2], sur le bord du Dnieper, plus
bas que Pieczary [3], le moine était assis sur une

[1] Aucune fête ne peut se passer sans devineresses qui
prédisent l'avenir aux jeunes filles ; cela se passe de différentes manières, soit en scrutant de l'œil les lignes des
mains, soit en répandant de la cire, ou des fèves, ou des
lentilles et en examinant les lignes que dessinent ces objets.

[2] Bilgorod, à vingt verstes de Kïow, sur la route de
Radomysl, petite ville, où fut autrefois la frontière
du territoire russe appartenant à la Pologne, et de celui
que possédaient les princes russes, après la reddition de
Kïow à la Russie par la Pologne ; là était la limite des
deux nations. Entre Kïow et elle se trouve un mur, appelé
par quelques-uns mur de Trajan. La tradition dit que
Zmija (vipère), chef des Kosaks, ou Hasars, qui possédaient alors Kïow, ordonna aux prisonniers petchenègues
de bâtir cette muraille pour être protégés contre les invasions des Drewliens et des Iskorosciens.

[3] Pieczary, caveaux s'étendant sous le Dniéper, qui,

pierre; il tenait un chapelet dont il roulait les grains entre ses doigts; on ne pouvait deviner s'il priait ou s'il réfléchissait profondément, car il avait la tête penchée vers la terre, et son capuchon baissé sur son front cachait ses yeux. Le soleil avait disparu derrière les nuages, le gris crépuscule s'étendait sur la terre, la lune avait à moitié sorti de dessous un nuage noir sa tête curieuse, et le moine restait toujours immobile; et si ce n'eût été le mouvement de ses doigts qui égrenaient le chapelet, on aurait pu croire que c'était une statue taillée dans le roc et revêtue du costume de moine.

Ni les chants joyeux, ni la bruyante musique n'arrivaient à ses oreilles, seulement le Dnieper bouillonnait et s'agitait, le vent sifflait dans les sites environnants, au milieu des joncs criaient les canards sauvages, et dans les eaux profondes nageait l'esturgeon. Le moine aimait le muet repos de la nature à demi endormie, car il rejeta son capuchon, regarda le Dnieper de l'œil orgueilleux d'un monarque, puis comme s'il regrettait ce mouve-

dit-on, communiquent aux caveaux russes. Cependant ce n'est pas un fait prouvé. Leur fondation se perd dans la nuit des temps. Les Pieczary de Kïow contiennent près de deux cents corps de saints; les moines retirent un profit immense en les montrant, et surtout des pieuses offrandes du peuple. Il faut du reste rendre cette justice aux moines, qu'ils entretiennent soigneusement les Pieczary.

ment si rapide d'orgueil, il leva au ciel ses yeux
pleins d'humilité et dit : « Dieu ! créateur de
toutes choses ! pardonne cette faiblesse momentanée à une créature devant laquelle tremblaient
les plus grands rois de la terre, et qui aujourd'hui
ploie les genoux devant toi, et te demande le bonheur et la liberté pour sa patrie, et pour soi la ré-
mission de ses péchés… » Il achevait à peine le dernier mot de sa prière, quand il entendit le lointain
clapotement d'une rame; il se releva, et sa forme
dessina une ombre immense sur la surface cristal-
line de l'eau qu'éclairaient les rayons de la lune.

Depuis l'après-midi, avec le courant de la rivière,
glissé une petite tache noire, elle approche toujours davantage, on voit apparaître la poupe d'une
czajka ¹ rapide, le corps ployé d'un rameur; l'eau
se déchire des deux côtés, la blanche écume jaillit
sur la rive éloignée, et la czajka vole comme un
trait, vole en traçant un pénible demi-cercle, se
détourne vers le rivage, le sable crie sous son
poids, elle s'est arrêtée, et les bulles de l'eau
agitée décrivent sur la surface de la rivière,
comme dans la danse, des cercles par milliers; le
rameur, d'un saut de brochet, a sauté à terre, et
son sabre a résonné sur les cailloux de la rive.

La vue du Kosak qui s'avançait à grands pas, et
le bruit des armes éveillèrent comme d'un songe

¹ Voir la note, à la page 138.

tous les sentiments du moine; son cœur se mit à battre joyeusement dans sa poitrine, son sang bouillonna, et, ainsi qu'une étincelle électrique, fit trembler tous ses membres; sa main semblait chercher tantôt sa moustache[1], tantôt son sabre, et s'impatientait en trouvant l'une et point l'autre. Quelque souvenir se déroula à ses yeux; ce kosak ne lui était pas inconnu. Quand il s'approcha, qu'il découvrit les traits de sa figure et sa moustache à moitié grise, le moine reconnut Zuj, ancien yessaoul[2] de l'attaman; il se détourna et voulut cacher sa figure sous son capuchon; mais le kosak, rapide comme un faucon, se plaça devant lui, saisit sa main, et l'embrassant dit :

Notre père l'attaman ! tu veux te dérober à tes enfants, et nous, nous étendons vers toi les mains et disons : Le sahajdaczny[3] qui nous conduisait victorieusement contre les Khans tartares, contre Trébisonde et Sinope, sous les murs de Carogrod[4], contre les hordes bodziaques[5], réussira à nous arracher

[1] Tous les moines de cet ordre (czerniec) portent des moustaches ; les règles du couvent le permettent.

[2] Yessaoul des Kosaks correspond à peu près au grade de capitaine dans l'armée française. (N. du T.)

[3] Sahajdaczny, formé du mot sahajdak, carquois; ce surnom vient de ce que, avant l'usage des armes à feu, les attamans avaient le privilége de faire porter des carquois derrière eux dans les combats. (N. du T.)

[4] Carogrod, la ville des Césars, Constantinople. (N. du T.)

[5] La Bessarabie d'aujourd'hui s'appelait Bodziak. Le

aux piéges de la trahison. Alors les yeux de l'attaman brillèrent du feu d'une valeur sauvage, il serra
la main de l'yessaoul en disant : La patrie et la liberté sont-elles en danger? Oui, notre père l'attaman.
Il voulait en dire plus, mais le sahajdaczny l'interrompit.—Le temps presse, aux armes, à cheval, tu
me diras le reste en route. Il saisit la main de Zuj et
s'avança à grands pas vers le monastère de Sainte-
Sophie, où logeait le patriarche. L'attaman, laissant
Zuj, entra dans le bâtiment; il n'y resta pas longtemps, mais en sortit tellement changé que sa propre
mère ne l'aurait pas reconnu. Sur lui aucune trace
de l'habit monacal; à son côté pendait son sabre,
à sa ceinture brillaient des pistolets et un kindzar,
sur ses épaules tombait un mantelet de feutre de
l'Ukraine, sa tête était couverte d'un czapka de
peau de mouton, surmonté d'un kolpak rouge qui
se balançait comme une banderolle sur un mât. De
l'écurie du patriarche on amena deux agiles coursiers, noirs comme des corbeaux ; sur leurs narines étaient des taches fauves, comme les traces du
feu qui en jaillissait, leurs criniéres étaient douces et luisantes comme de la soie; apercevant les
kosaks armés, ils hennirent trois fois et agitè-
rent leurs queues. L'attaman et l'yessaoul sau-

seraskier de Balty l'avait sous sa dépendance ; elle relevait cependant toujours du khan de Perekop.

tèrent à cheval; ils ne prononcèrent pas une parole, seulement se regardèrent, serrèrent des genoux les flancs de leurs chevaux, sifflèrent, et leurs coursiers frappèrent le sol de leurs quatre fers et partirent au grand trot. L'écho aussitôt dans la cour et aux portes répondit bruyamment, puis se tut. Le lendemain, les moines éveillés s'étonneront de ne point voir leur mystérieux confrère, ouvriront la bouche, hocheront la tête, réciteront leurs prières, se signeront comme après l'apparition du démon; dans les coins ils marmotteront un certain temps d'étranges histoires, et cesseront d'y penser, selon la coutume universelle des hommes.

III

Par un chemin battu, et au grand trot, les cavaliers se dirigent vers Wasilkow, les chevaux reniflent, la terre résonne sous leurs sabots, et la poussière, humectée de rosée, jaillit comme des essaims autour d'eux. L'attaman se tait et ne demande rien. Il suffit à un kosak de savoir que la patrie, la liberté sont menacées pour tout quitter et voler comme un fou à son secours. Et ils courent ainsi l'espace de deux lieues; après quoi le sahajdaczny et Zuj ralentissent le pas de leurs chevaux; il paraît qu'il fallait ce tourbillon en-

ivrant, cet échauffement du sang, pour calmer la
fièvre de leurs sens, celle de leur âme, car l'œil de
l'attaman ne lance plus de convulsifs éclairs, et ses
pensées débordées dans le premier moment, maintenant rentrées dans leur lit habituel, commencent à se refroidir et à s'ordonner d'elles-mêmes.
Leurs chevaux contenus avancent au pas, leurs
flancs et leurs poitrines travaillent comme des
soufflets de forge. « Maintenant, parle, Zuj, dit le
sahajdaczny; quel danger menace les kosaks, que
se passe-t-il dans la Sicz[1]?» Zuj frisa sa moustache,
se frotta fortement le front, et commença en ces
termes : « Notre père l'attaman, à peine avais-tu
quitté Trechtymirow, que le bruit se répandit que
Konaszewicz[2] était mort, et que les kosaks cachaient sa mort pour être plus longtemps protégés
par sa gloire et pour effrayer l'ennemi de son nom;
et dans toute l'Ukraine personne ne pouvait leur
donner démenti, car, excepté moi, personne ne
savait où était notre père; et il n'est pas si facile
de me tirer les paroles de la bouche. Quand la

---

[1] Sicz. La république des Kosaks et le lieu de leur résidence s'appelaient Sicz.   (N. du T.)

[2] Konaszewicz Pierre, surnommé Sahajdaczny, est sans
contredit le plus grand homme qui ait jamais conduit les
Kosaks. Il fut vingt-quatre ans attaman, et à deux repri-
ses; la première fois, s'étant démis, il se retira à Kïow,
où, ayant pris l'habit de moine, il se consacra au service
de Dieu; il était en outre le directeur de l'Académie de
Kïow, la seule qui existât en Russie.

nouvelle se fut partout répandue, et que les kosaks
assemblés eurent nommé Borodka[1] pour attaman,
messieurs les Lachs, quoique bonnes gens, braves
dans les combats, amis dans la paix, regardant
cependant d'un mauvais œil notre liberté, commencèrent à ravager les terres kosakes; le nouvel
attaman repoussait faiblement leurs incursions;
mais cela ne s'arrêta pas là. Le seigneur roi de
Suède, avec son esprit de renard, entouré de ces
imposteurs de jésuites, se mit en tête de changer

[1] Borodka, homme faible et avide, fut élu attaman après
la démission de Konaszewicz. Par l'entremise de l'hetman,
prince Lubomirski, il commence par entrer en pourparlers avec Sigismond III, auquel il promet son appui pour
établir la religion catholique en Ukraine et soumettre les
peuplades kosakes. De fréquentes lettres reçues de Kra-
cowie, et les jésuites déguisés qui parcourent en tous sens
l'Ukraine trahissent les projets de l'attaman. Quelques
chefs qui connaissaient la retraite de Konaszewicz vont
lui demander ses conseils et son secours. Konaszewicz,
sans la moindre hésitation, jette sa robe de moine, part
pour Kaniow et tue de sa propre main Borodka. Au lieu
de se mettre en rébellion et de déclarer la guerre à la
république polonaise, comme on l'espérait, il conduit
trente mille Kosaks au secours des Polonais, campés sous
Chocim (1674). Là, l'armée kosake, perçant les lignes des
Tartares, se joint aux guerriers polonais, et fait des prodiges de valeur. Les historiens polonais rendent en cela
justice aux Kosaks. Les recherches des savants russes de
l'université de Charkow prouvent qu'à cette époque il n'y
avait pas dans toute l'Europe de cavalerie et d'infanterie
plus belles ni mieux tenues. Le roi Sigismond gaspilla
huit mille hommes de cette armée en l'envoyant en aide
à son parent l'empereur d'Allemagne.

nos pures croyances en latin de Rome, et quand ils eurent fait entendre aux messieurs du conseil que pour l'unité de l'Église il faut que chacun marmotte ses prières en latin et croie à je ne sais quel pape de Rome, alors la république résolut d'appuyer l'idée du seigneur roi. Commencer ouvertement des démarches était chose dangereuse et incommode, il fallut user de subterfuges; on confia cette affaire à M. l'hetman Lubomirski[1], celui-ci tenta aussitôt d'allécher Borodka et après de longs débats en arriva à ses fins. L'attaman kosak, pour un district de Russie, a promis de vendre la liberté et les croyances du peuple kosak. L'armée de la couronne s'est dirigée sous Chocim[2] contre les Turcs, l'ordre est venu du roi et de la république aux kosaks de se réunir à leurs frères Lachs, et pendant que nous protégerons de nos poitrines notre mère commune, les jésuites avec l'aide du reste des régiments de la couronne doivent convertir les nôtres au rite latin et réduire

---

[1] Lubomirski, une des plus anciennes et des plus illustres maisons de Pologne. — Depuis les Sigismond, les Lubomirski les plus connus dans l'histoire sont: Sébastien, castellan de Voïniez en 1613; Stanislas, palatin de Cracovie; Georges, grand maréchal et général de la couronne.

[2] Chocim ou Khotin, ville de Bessarabie, sur le Dniester, bonne citadelle, position importante souvent prise et reprise par les Polonais, les Turcs et les Russes. Les Turcs y furent battus en 1674 par les Polonais sous les ordres de Sobieski, et en 1739 par les Russes.   (N. du T.)

en poussière notre liberté. Borodka, enfermé con-
tinuellement avec les envoyés de la couronne, ose
rarement montrer son visage aux délibérations
des vieillards. » Le sahajdaczny saisissait avidement
chaque mot, il n'en perdit pas un, et quand le yessaoul cessa de parler, il hocha la tête et caressa
de la main la poignée de son sabre. Zuj en eut le
cœur réjoui, car ce n'était pas d'aujourd'hui qu'il
connaissait l'attaman, et il savait que quand il
prenait son sabre il allait arriver malheur aux
ennemis, honneur et gloire aux Kosaks.

Le jour commence à poindre, et sa clarté se répand sous le ciel comme à travers un crible ; sur la
poitrine de l'attaman, sous sa pelisse, brille une croix
d'argent, et à sa ceinture le fourreau d'acier de son
kindzar. Les lèvres du sahajdaczny murmurent la
prière du matin, le yessaoul se signe et se frappe
la poitrine ; ils ont fini de prier. L'attaman dit :
« Prions, anéantissons les traîtres et battons les
ennemis de notre patrie. » Et il détourne son cheval de la route, à gauche dans le steppe ; du steppe
ils prennent un chemin creux, longent un tertre,
et de nouveau volent à travers champs ; un instant
ils disparaissent dans d'épaisses bruyères, puis
laissent voir leurs kolpaks rouges, s'arrêtent, regardent, font paître leurs chevaux et se remettent
en route. De même que le faucon coupe l'air en
droite ligne, se hâtant vers le lieu accoutumé de

11

ses chasses, ainsi eux au milieu des collines et des villages se dirigent vers Kaniow; c'est là que se rassemble l'armée kosake, c'est là que se trouve l'attaman Borodka. Nuit et jour courent les chevaux du pas au trot, du trot au pas, et au second jour à peine ils atteignent les plaines qui s'étendent au pied de Kaniow.

IV

Sous la ville de Kaniow s'est établi un camp kosak. A la droite, près d'une haie de chariots, se tient l'infanterie; ceux-ci nettoient les armes à feu, ceux-là redressent les faux, les autres, par groupes, couvrent la plaine comme des gerbes et présentent au soleil leur. membres mouillés par la rosée du matin. A gauche, les cavaliers aiguisent leurs sabres, arrangent leurs selles, et les troupes de chevaux mordent l'herbe. Les feux, à moitié éteints, envoient le long de la prairie des bouffées de fumée rougeâtre, et les rayons de soleil, s'échappant de leur foyer, jouent comme des papillons, tantôt sautent sur les kolpaks de couleurs variées, tantôt se pendent sur la pointe des lances, tantôt frappent d'un éclair passager la figure fanée d'un vieux Kosak, tantôt éclairent les traits épanouis d'un jeune homme..., et sur la route, venant de la ville, passent des bandes de cavaliers et de fantassins.

L'attaman sourit comme une jeune fille qui aperçoit la danse et la musique; le cheval a deviné les pensées de son maître, a allongé le cou et henni, et ses frères, les chevaux du camp, ont salué de leurs cent voix l'arrivée du chef. Les hommes ne voyaient pas, n'avaient pas deviné, et les chevaux prévoyaient que le noir cheval de l'attaman les mènerait aux champs de gloire. Étant entrés au camp, et s'étant mêlés à la foule, ilsse dirigèrent au grand trot vers la ville: Les Kosaks regardaient, écarquillaient les yeux, chacun se signait : C'est notre père le défunt attaman sahajdaczny. Peut-être Dieu l'envoie de l'autre monde pour abaisser l'orgueil des infidèles. Plus d'un, pour plus de sûreté, voulait voir son visage, mais il était caché par sa pelisse; cependant cette nouvelle éclata comme un coup de tonnerre au milieu du camp. Les cavaliers tombèrent sur la place publique, arrêtèrent leur chevaux; là, les chefs étaient réunis devant la maison du nouvel attaman. Le sahajdaczny descendit de cheval, fit signe de la main à Zuj de rester, et lui-même se dirigea à grands pas vers la maison de Borodka. Ses anciens compagnons le reconnurent et s'écrièrent : Notre père, notre chef! Mais avant qu'ils pussent le saluer, déjà il était entré dans la maison, et la

porte s'était refermée sur lui. Ils entourent en cercle
Zuj, saisissent ses mains, le tirent de tous côtés, lui
posent mille questions. « Il faudrait, dit Zuj, avoir
cent langues pour satisfaire chacun de vous ; qu'il
vous suffise que l'attaman vit, qu'il est revenu au
milieu de ses enfants. » Mais où il est allé, quels
sont ses projets ? Peut-être quelque danger le menace ?... Ils se pressaient déjà aux portes de Borodka quand les portes s'ouvrirent et Konaszewicz
sortit. D'un signe de main il fit taire la foule qui
criait : Vive le sahajdaczny ! Sa figure était calme,
son front serein ; dans l'œil aucune trace de lutte,
seulement le long du fourreau d'acier de son kindzar, un sang noir dégouttait à grosses gouttes sur
ses larges szarawary. Il ôta sa czapka, salua tout
à l'entour, et dit d'une voix forte, mais lente :

« Messieurs les chefs, vous tous mes frères !
« j'ai abandonné pour un moment les autels de
« Dieu, car un danger menaçait la patrie, je suis
« revenu au milieu de vous pour l'éloigner. Gloire
« au Très-Haut ! tout est fini, le traître ne vit plus,
« notre foi est intacte, et les Kosaks sont libres.
« Moi, je m'en retourne, et vous, mes frères, choi-
« sissez au plus vite un nouvel attaman. Car le
« roi et la république nous appellent au secours
« de notre mère la Pologne. » Il a fini, et en masse
se font entendre dans la ville et dans la campagne
les cris de : Vive notre attaman Konaszewicz !...

Comme tu nous as conduit jadis, conduis-nous, père, aujourd'hui au combat! Et les czapkas volèrent dans les airs comme une troupe de corneilles, obscurcirent l'horizon et dérobérent la vue du soleil; le sahajdaczny ne réfléchit pas, n'hésita pas : « Puisque telle est votre volonté, mes frères, « qu'il soit fait comme vous le voulez; mainte- « nant, remercions le Très-Haut, et dans deux « heures nous serons en route. » Bientôt au milieu de la plaine se trouva un autel comme sorti de dessous terre, un prêtre disait la messe, et les Kosaks, rangés par régiments et la tête découverte, écoutaient le service divin; puis ils se mirent à chanter les louanges de l'Éternel et l'air résonnait de chants pieux; l'attaman, en embrassant la croix sainte que lui offrait le prêtre, se tourna vers la foule et dit ces mots : « Mes frères, « souvenez-vous toujours de mes paroles : prions, « anéantissons les traîtres, et battons les enne- « mis de notre patrie! Et maintenant, au nom de « Dieu, réunissons-nous à nos frères Lachs et « combattons les Turcs. »

L'armée s'avance le long de la route, d'abord Kiszka conduit les bataillons des cavaliers zaporogues, sous lui son cheval bai foncé se demène comme une loche d'étang; sur les épaules des jeunes gens se balancent leurs lances comme le sommet d'arbres nouvellement coupés et qu'agite

11.

le vent; à leur côté pendent des sabres recourbés, à leur selle des fusils à canons rayés, plus loin sont les régiments d'infanterie, hérissés de faux[1] comme de soies de sanglier, et auxdeux ailes roulent à grand bruit les chariots. Après eux viennent les régiments réguliers, et enfin Szymon Perewiezka avec un escadron de cavalerie ferme la marche. Au centre un cheval gris, robuste et grand, caracolle sous M. le porte-étendard. Le drapeau est déployé, sur champ de gueule brille un Kosak d'argent, le sabre levé au-dessus de la tête pour frapper. Près de M. le porte-étendard, d'un côté le porte-bunczuk [2] balaye l'air de son bunczuk; de l'autre côté avance M. le secrétaire, un petit sac de cuir et le sceau au côté; et l'attaman court à droite et à gauche, en avant et en arrière; il examine tout de l'œil, salue ses anciens compagnons, et son cheval noir, comme sentant qui il porte, hérisse la crinière, relève la queue, jette ses sabots au vent; ses yeux, ses narines lancent des flammes.

L'armée marche et par monts et par vaux, et à

---

[1] La faux, si commune dans ces pays de pâturages, était une des armes de l'infanterie kosake. Les faux servirent aussi d'armes aux paysans polonais dans leurs dernières guerres contre les Russes, les Autrichiens et les Prussiens.   (N. du T.)

[2] Bunczuk, étendard en queue de cheval.   (N. du T.)

Kaniow les vieux chefs délibèrent encore et envoient des courriers aux régiments cantonnés au-
delà du Dniéper, pour protéger activement les
frontières contre les Tartares : ainsi l'a ordonné
M. l'attaman et sa volonté est sacrée.

Dans la maison des atfamans, la face contre terre,
gisait sur le parquet le cadavre de Borodka, son sang
caillé tout autour de lui, et, çà et là, sans ordre,
les lettres du roi et de l'hetman, preuves évidentes de sa trahison. Personne n'a plaint le sort
du traître, personne n'a prié pour son âme;
comme un chien enragé on le traîna par les pieds
dans la plaine, pour servir de pâture aux loups et
aux corbeaux.

V

La victoire sourit aux Lachs et aux Kosaks
ainsi qu'une mère à l'enfant qui vient de naître.
Comme la grêle, tombent sur les Turcs défaite sur
défaite ; déjà se sont émoussés et le fer des lances
kosakes et le tranchant des sabres lachs, à force
de frapper les carcasses des infidèles; ils ont rap-
porté au camp des monceaux de riches dépouilles,
et cependant un profond chagrin ronge le cœur
des chrétiens. Ils marmottent tout bas, regardent
curieusement et s'assemblent en foule autour du
camp de l'hetman.

Là-bas sous une tente, sur son lit de mort, est étendu un vieillard respectable; dans son œil abattu on lit une maladie grave; parfois passe encore, comme une apparition momentanée, un éclair de son ancienne ardeur; sa figure est pâle, si amaigrie que les os percent; le sang s'est retiré de ses lèvres, et sa longue barbe, comme du lin blanchi, tombe sur ses draps d'un blanc de neige. Au-dessus de sa tête est un bâton de commandement, à ses pieds un sabre. C'est le grand hetman Chodkiewicz[1], l'effroi des Suédois, la terreur des Russes, homme de cœur et de bon conseil.

Près du lit, les mains croisées sur la poitrine, se tiennent l'hetman Lubomirski, Kazanowski, et plusieurs grands seigneurs polonais et lithua-

---

[1] Chodkiewicz (Charles), né en 1570, était fils de Jean, palatin de Vilna. Après avoir parcouru l'Europe et étudié particulièrement l'art militaire, il revint dans sa patrie, où il déploya tous les talents d'un grand capitaine. Il arrêta plusieurs fois les incursions des Kosaks, et partagea avec Zamojski la gloire d'une bataille remportée sur Michel, prince de Valachie. Sigismond III lui donna en 1600 la charge de grand-maréchal de camp de la Lithuanie. Il rendit de grands services pendant la guerre de Suède, et durant cette lutte il conserva la Livonie. Il combattit ensuite avec distinction les Moskowites. Nommé grand-général de Lithuanie, et en même temps grand-général de la couronne, il remporta le 7 septembre 1621 une grande victoire sur les Turcs, ayant sous ses ordres Wladislas, fils du roi. Il mourut la même année couvert de gloire.

(*N. du T.*)

niens; leurs regards sont fixés sur la figure du
grand hetman comme sur un arc-en-ciel; celui-
ci ne disait rien, seulement de temps à autre semblait chercher quelqu'un des yeux. Cette scène
muette, mais qui en disait tant au cœur, dura quelque temps, quand la toile de la tente s'écarta et
que Konaszewicz entra vêtu d'une pelisse grossière; le sang encore chaud des infidèles qui dé-
coulait à grosses gouttes de son sabre et sa casaque
déchirée par le tranchant ennemi, prouvaient de
quelle fête sanglante revenait l'attaman des Kosaks.
L'hetman mourant éclaircit son front, sourit légèrement, tendit la main au sahajdaczny, serra
doucement sa rude main, et dit d'une voix tremblante : « Tant que le Polonais, le Kosak, et le
Lithuanien seront unis, nous serons grands et
puissants. » Il porta l'autre main sur son bâton de
commandement, le désigna à Lubomirski, se retourna et rendit l'âme. Une larme amère humecta
la paupière du sauvage Kosak, il sortit promptement de la tente, sauta à cheval, appela ses Kosaks, et, comme un nuage chargé de tempêtes, se
dirigea contre le camp des infidèles; et pendant
que les Polonais rendaient les derniers devoirs au
grand général, les Kosaks chantaient comme chant
de deuil : « Gloire à Dieu ! piquons, hachons l'ennemi ! » Car c'est de cette manière qu'ils croyaient
honorer le mieux la mémoire de l'hetman décédé.

Les Turcs se dissipèrent comme de la vapeur devant les cavaliers zaporogues. De nouveaux renforts sortirent du camp mais furent renversés en ligne par la forêt de lances des Kosaks ; les turbans couvrirent la terre comme au mois de mai les coquelicots couvrent la plaine. Les chevaux des steppes franchirent d'un saut les premiers retranchements et fossés ; et ils clapotaient dans le sang comme dans une mare bourbeuse. Ils écrasaient et mettaient en pièces de leurs sabots les corps d'hommes et de chevaux. Derrière les cavaliers arrivèrent les régiments d'infanterie hachant et achevant tout ce qui était resté en vie. Le vizir étouffait de colère, écumait de rage, sabrait les fuyards ; ses cris, ses efforts étaient vains. De même qu'une digue de broussailles ne peut contenir une rivière débordée, ainsi un chef même ne peut arrêter des soldats en fuite ! Déjà toute cette immense armée allait se mettre en retraite, quand les ombres de la nuit les protégèrent de leur manteau contre une extermination certaine et arrêtèrent les Kosaks au milieu du massacre. Ahuris de carnage, mais non encore rassasiés à leur gré, les jeunes gens revenaient au camp avec l'attaman ; l'attaman disait sa prière et les jeunes gens chantaient.

Le lendemain, des pachas envoyés par le vizir[1],

1 Vizir (de l'arabe wezir, portefaix, et par métaphore

entourés d'une brillante escorte et portant de
riches présents, vinrent demander la paix. L'hetman y consentit en leur imposant des conditions
favorables à la Pologne. Ce traité augmenta la
gloire et la puissance de la Pologne, et l'attaman
et ses Kosaks furent réjouis d'avoir contribué à
l'honneur de leur mère commune.

On remercia Dieu du bonheur de cette guerre,
on leva le camp, et passant le Pruth[1], les Polonais allèrent à gauche, emmenant le corps de
l'hetman, recouvert du linceul. Les Kosaks allèrent à droite, traînant après eux des chariots sur-
chargés d'un riche butin. Et partout où ils passent
la mère demande des nouvelles de son fils, la
jeune fille bat des mains, l'enfant aux yeux noirs
agite sa paupière, et le jeune homme s'installe
sur sa selle et frise sa moustache. Et où ils s'ar-

ministre qui porte le poids du gouvernement). Les principaux sont le *grand visir*, véritable lieutenant du sultan,
qui, sous un prince faible, ressemble fort au maire du
palais des Mérovingiens, le kaïassi, ou ministre de l'intérieur, le reis-effendi, ou ministre des relations extérieures,
le tchaouch-bachi, ou maréchal du palais. *N. du T.*)

[1] Pruth, Poras, rivière d'Europe, qui sert aujourd'hui
de limite entre la Russie d'Europe et la Modalvie, naît
en Galicie dans les Carpathes, et tombe dans le Danube,
près de Galatz; cours 800 kil.—Ce fleuve est célèbre par
l'échec que Pierre le Grand subit sur ses bords (à Houch
ou Wale-Strimbe, près de Faltchi) et par le traité qu'il y
conclut, en 1711, avec les Turcs, par l'entremise de Catherine. (*N. du T.*)

rêtent, le vieillard s'informe des rencontres et des
combats, et aussitôt redit ceux auxquels il a pris
part. Les parents embrassent leurs enfants, les
femmes leurs maris, et le Zaporogue seulement sa
bien-aimée. Les familles de ceux qui ont succombé,
l'œil mouillé de larmes et le front animé d'un
juste orgueil, écoutent les chansons en l'honneur
des compagnons d'armes morts à la guerre. Ils
déposent l'or et l'argent conquis pour orner les
églises, parent les jeunes femmes des étoffes de
soie, et les armes et les coursiers fougueux, ils les
déposent à leur demeure, et avec une grande joie,
un grand bonheur, quelquefois avec un sincère
mais court chagrin, ils vont de village en village,
de ville en ville jusqu'à Trechtymirow. Dans cette
capitale donnée aux Kosaks par le roi Étienne
comme gage de leur éternelle alliance avec la Pologne, les régiments doivent se séparer : pendant
qu'ils s'y reposent, banquetant trois nuits et trois
jours, l'attaman convoque pour le quatrième jour
le conseil des plus vieux. La croix sur la poitrine,
le kindzar à la ceinture, le sabre au côté, après la
célébration du service divin, il se lève, et au milieu d'eux parle ainsi : « Messieurs les chefs,
« et vous, mes frères, ce qui appartient aux
« hommes appartient aux hommes, et ce qui ap-
« partient à Dieu appartient à Dieu. L'infidèle s'est
« réfugié au delà du Danube, la Pologne est grande

« et entière, la gloire des Kosaks s'est répandue
« au loin, et un nouveau lien les unit à leurs
« frères Lachs. Dieu a permis que cela se passât
« sous mon commandement, maintenant je dé-
« pose en vos mains mon bâton d'attaman : don-
« nez-le à qui saura dignement vous conduire, et
« moi je me hâte d'aller dans de désertes contrées
« servir l'Éternel. » Ni les prières des chefs, ni les
appels de ses frères ne purent ébranler sa décision une fois prise, il fit ses adieux aux Kosaks
aussi désolés que s'ils avaient été défaits. Il dit
tout bas quelques paroles à Zuj, si bas qu'on n'entendit que ces mots : « Quand il le faudra nous
« nous retrouverons, » Il monta sur son cheval
noir, sortit de la ville, et l'attaman réfléchissait
tristement, et son cheval baissait la tête vers la
terre et tristement avançait[1].

Dans la grande ville de Kïow les cloches retentissent, le peuple s'assemble dans les églises,

[1] La démission de Konaszewicz de sa charge d'attaman
et son retour au couvent de Czerniec sont historiques. Il
mourut peu après cet événement. Les Kosaks étaient si
affligés de son éloignement, que pendant deux ans ils
n'élurent pas d'attaman; les chefs réunis gouvernaient
d'eux-mêmes et désignaient l'un d'eux pour diriger les
Kosaks dans leurs expéditions contre les Tartares. Dans
les deux Ukraines, à droite et à gauche du Dnićper, on
pleura Konaszewicz comme un père, et jusqu'à présent les
chants, les contes, les souvenirs du peuple sont pleins du
nom du sahajdaczny.

les prêtres disent la messe, les religieux chantent
les louanges du Très-Haut, et parmi eux le moine
mystérieux. Où est-il allé? d'où vient-il? se demandent entre eux les moines. Il est aussi solitaire, aussi misanthrope qu'auparavant, seulement parfois dans l'ardeur de l'oubli il prononce
à haute voix ces mots : « Prions, tenons-nous avec
« nos frères Lachs, anéantissons les traîtres et
« battons les ennemis de notre patrie. » Les
moines font des questions, pensent avoir deviné...
et ne savent rien.

V

L'EXPÉDITION CONTRE CAROGROD[1].

I

Il y a quatre ans que le Suédois Sigismond[2] oc-

[1] Constantinople, la ville des czars ou des empereurs. (*N. du T.*)

[2] Sigismond III, fils de Jean III de Suède, fut élu roi de Pologne en 1587, remporta la victoire de Pitschen en Silésie sur l'archiduc d'Autriche, son compétiteur, devint roi de Suède en 1592, mais perdit bientôt ce trône par les intrigues de son oncle Charles IX, se rendit maître de toute la Livonie (1600-1604), soutint en Russie un faux Démétrius (1609), fit élire czar Ladislas, son fils (1610), mais ne put le maintenir; enleva aux Russes Smolensk, la Sévérie et Tchernigow (1618); eut à soutenir une guerre désastreuse contre les Turcs (1620 et 1621), puis contre Gustave-Adolphe, qui, de 1621 à 1635, ne cessa de vaincre ses armées, conclut enfin la trève d'Altmark, tout à l'avantage des Suédois, et mourut en 1637, laissant deux fils, Ladislas et Jean Kasimir, qui furent rois de Pologne. (*N. du T.*)

cupe le trône d'Etienne Batory [1]; la noblesse a relevé sa tête orgueilleuse depuis que le frein de la
discipline est brisé; le peuple gémit et pleure amèrement, car l'aurore de la liberté est passée. Mais
le grand Zamoyski [2], par ses conseils et son épée,
compense encore l'indolence du roi, la fourberie
des jésuites, et quand Sigismond marmotte ses
prières et s'abaisse en secret devant la famille de
Habsbourg, lui, d'une main vigoureuse, conserve
la grandeur et l'intégrité de la Pologne.

Chez les Kosaks, le jeune Szach a été acclamé
attaman [3]. A peine atteignait-il la trentaine, et les

[1] Étienne Batory, roi de Pologne, né, en 1532, d'une
des familles les plus nobles de la Hongrie, fut élu prince
de la Transylvanie en 1571, et succéda en 1575 à Henry de
Valois sur le trône de Pologne, par l'influence d'Amurat III, qui le soutint contre son compétiteur Maximilien
d'Autriche. Il reprit Dantzik sur ce dernier, força les
Russes à lui céder la Courlande et une partie de la Livonie, apporta de sages réformes dans le gouvernement civil,
et mourut, d'un accès de colère, en 1586.   (N. du T.)

[2] J. Sarius Zamoyski, grand chancelier de Pologne sous
E. Batory, né en 1541, mort en 1605, avait été un des am-
bassadeurs qui portèrent à Henry, duc d'Anjou, l'acte de
son élection au trône (1573). Il fit élire Batory, après le
départ du duc d'Anjou, commanda les armées, battit les
Russes et leur reprit diverses provinces; il refusa la couronne pour lui-même en 1587, et la fit placer sur la tête
de Sigismond III. Il fonda Zamosk en 1588.

[3] C'était le mode d'élection des attamans chez les Kosaks. Tous, réunis sur la place de leurs délibérations, en
signe d'assentiment, jetaient en l'air leurs czapkas,
criant: « Vive notre père l'attaman! » et l'on proclamait

régiments zaporogues et ukrainiens avaient fait voler au ciel une nuée de czapkas, et les chefs[1] avaient remis dans ses mains le bunczuk et le bâton de commandement. Szach n'était pas homme à perdre un verre d'eau-de-vie; de l'œil et du cœur, sur de jolies lèvres il convoite un baiser; il maltraite les juifs comme Aman; à l'auberge, au son des cymbales, il conduit la danse, il cherche les querelles, les luttes! Il a grandi comme si on l'eût semé; et troubler, par son esprit, une jeune femme, conter fleurette aux jeunes filles, voilà son affaire. Mais, dès qu'il tient un cheval entre les jambes, il glisse aussi légèrement sur la prairie que le couteau d'un rémouleur sur la meule; il manie la lance comme un écrivain la plume, et, de son sabre, abat comme des têtes de pavot les têtes des

ensuite le nom de celui qui avait réuni la majorité des voix.

[1] Chaque régiment zaporogue ou ukrainien choisissait un certain nombre d'hommes, dignes de cet honneur par les services rendus à la patrie et remplis d'expérience par les années. Ceux-ci se rendaient dans la capitale des Kosaks, et y formaient le conseil (Stazyzna, formé du mot polonais *stary*, vieux; comme en latin le mot sénat, de *senes*, vieillards).—En paix ce conseil était puissant, gouvernait la nation entière, et l'attaman lui était soumis, y devait rendre compte de ses actions. En temps de guerre, le conseil obéissait à l'attaman, qui avait alors un pouvoir dictatorial. Les élections avaient lieu tous les deux ans, le 1er janvier.—On appelait aussi stazyzna la réunion de tous les officiers, depuis le sotnik.

12.

ennemis. Ou quand il monte sa czajka[1] et tombe au milieu des flots du Dniéper, comme un plongeon, il disparaît un instant dans l'écume des flots argentés, puis surnage à la surface et trace dans sa course des cercles d'une forme étrange, pareils aux bonds d'une jeune fille qui danse. Mais tout cela ne suffit pas pour devenir attaman; tout cela chaque Kosak le connaît comme la plante connaît la terre, le poisson l'eau, l'oiseau l'air.

Chez les Zaporogues et en Ukraine il est force guerriers blanchis dans les combats, la figure labourée par les sabres musulmans, le corps lardé de coups de lance, et la noire chevelure de Szach reluit, et sa figure est douce, parée comme chez une coquette. Cependant les vieillards et les jeunes gens ont concouru également à son élection, et tous sont contents de lui. Le jeune attaman est

---

[1] Czajka, bateau kosak. — Les Kosaks, sur leurs czajkas, s'embarquant sur le Borysthène, allaient s'emparer des galères turques dans la mer Noire et piller les villes du littoral. Aux flancs de ces légers esquifs ils attachaient de gros paquets de roseaux, qui, ne pouvant aller au fond, leur servaient de refuge lorsqu'une de leurs czajkas, par un coup de vent ou un autre accident, venait à sombrer. — L'attrait du butin rendait ces sortes d'expéditions fréquentes parmi eux, et leur audace, jointe à leur agilité naturelle, les faisait réussir. — Le sultan Amurat avait coutume de dire que la haine des princes chrétiens ne l'empêchait pas de dormir, mais que les Kosaks, qui n'étaient que le rebut des Polonais, lui procuraient de fort mauvaises nuits. (N. du T.)

connu pour sa bravoure à toute épreuve et pour
son esprit rusé dans la bataille. Le roi Etienne,
l'ayant élevé au grade de sotnik du régiment de
Kiow, l'avait attaché au service de sa personne,
et c'est sous ce grand maître qu'il apprit l'art militaire. Le roi et M. Zamoyski le tenaient en grande
estime, il s'asseyait à la même table qu'eux, man-
geait au même plat, et dans la même coupe buvait
l'hydromel. Sous l'attaman Podkowa[1] il commanda
la cavalerie dans l'expédition de Valachie et s'y
couvrit d'une gloire éclatante. Batory s'irrita de
l'écart du Kosak et punit l'attaman. Szach fit inscrire son nom dans le registre des Zaporogues[2],
fut acclamé attaman[3], colonel du régiment de Ta-

---

[1] Podkowa, attaman des Kosaks, à l'insu et contre la
volonté du roi Étienne, en l'année 1577, envahit la Valachie, et chassa de l'hospodarat le wojewode Pierre. Il
fut appelé à Kamieniec devant le tribunal du roi et décapité. (Voir *Histoire des Kosaks*, par Lesur.)

[2] Il était permis de s'inscrire dans le registre des Zaporogues non-seulement aux Kosaks, mais aux fugitifs de
tous pays, de même qu'il était permis d'y faire effacer son
nom quand on voulait se marier.

[3] Chaque régiment zaporogue avait son attaman. Ces
régiments étaient désignés par des noms de villes, de
nations, ou d'attamans; dans les derniers temps il y en avait
trente-huit, savoir: Hadycki, Lewuchski, Dziafkowski, Klas-
kunowski, Brzuchowiecki, Wedmedowski, Blatnerowski,
Paszkowski, Kusztrzewski, Kislakowski, Iwanowski, Ko-
nelewski, Serykowski, Donski, Krilowski, Konewski, Ba-
turynski, Popowinczewski, Waturynski, Nefawszewski,
Irklujewski, Czerbinowski, Tatarowski, Skurenski, Kar-

tarowski, puis attaman de tous les Kosaks. Ce choix plaisait à M. Zamoyski, le véritable roi de fait s'il ne l'était pas de nom; il n'avait pas oublié leur ancienne camaraderie de camp, il savait qu'il trouverait dans l'attaman un appui solide pour étendre la gloire et les frontières de la nation polonaise.

Dès que l'attaman fut établi à Trechtymirow, il changea sa manière de vivre. Dans les festins, les jeunes filles et les jeunes femmes s'abîmaient les yeux à chercher l'attaman. Les cheveux du juif de Kaniow commençaient à repousser, les bottes de l'attaman gardaient plus longtemps leurs semelles. Quelquefois même l'attaman devenait pensif, il recevait dépêches sur dépêches de Krasny-Staw[1] et tenait sans cesse conseil avec les chefs. Cela doit être une importante affaire, car bateaux sur bateaux arrivent, par le Dniéper, chez les Zaporogues, courriers sur courriers parcourent en tous sens l'Ukraine, et des charpentiers kosaks se diri-

manski, Rogowski, Korsunowski, Kanibalicki, Kurminski, Demianczewski, Stelewski, Szerolewski, Perejaslowski, Pultawski, Michalowski, Mirski, Tymoszewski, Weliczowski. Dans l'origine les Kosaks combattaient presque tous à pied; dans la suite il y eut quelques régiments de cavalerie, et enfin il n'y eut que de la cavalerie. Chaque régiment comptait de cinq cents à mille hommes.

[1] Krasny-Staw, dans le territoire de Lublin, ancienne résidence des Zamoyski.

gent par Sotnia vers l'île de la grande rivière.
Quoique parfois l'attaman fasse des siennes comme
par le passé, on dirait, quand il revient chez lui,
qu'il s'est brûlé les doigts ; il a honte de son action
et jure par son père, par sa mère, par le diable,
qu'il ne recommencera plus de pareilles choses.
Dans sa tête roulent des pensées de guerre, de
butin. Il regarde la muraille de sa chambre... il
serait bon de la couvrir de tapisserie perse ou
turque. Il regarde la coupole du temple... il serait
bon de la couvrir d'or musulman. Les coursiers
du khan ne feraient pas mal à l'écurie, les chiens
de Valachie au chenil de l'attaman. Et à chacun
de ses mouvements son sabre résonne, semble
demander du sang ! du sang ! comme un enfant
affamé du pain ! du pain !

II

Le Dnieper courroucé s'agite au milieu des rochers; une muraille d'eau s'élance à la surface en
colonnes immenses comme un brouillard. Une
poussière argentée se joue dans l'air, à son sommet la muraille se brise, et la tête la première
tombe par torrents dans l'abîme; une écume blanche comme la mousse du savon roule sur la rivière, lèche les bords des cent îles et court expirer

sur la verte prairie. Et parmi les bancs de rochers l'eau bout et murmure, bruit et hurle.

Dans les îles et sur le rivage, on entend gémir l'orme sous la hache, et voler les éclats du blanc bouleau; l'aulne, jaune comme l'or, tombe à terre avec fracas, et le saule, orné d'une couronne d'un vert éclatant, longtemps hésite, accroche l'air de ses longues mains, s'abaisse enfin et se renverse. Des bois de Smila[1] arrivent des pins sciés, et du Dniester et du Bog des troupeaux de bœufs et des charriots chargés de boisson et de vivres.

Sur les frontières de la Tartarie et dans les steppes d'Akerman[2], à droite et à gauche errent des détachements de cavalerie kosake; soi-disant ils poursuivent les loups, cherchent des chevaux égarés, et, en réalité, ils veillent activement à ce que ni l'orgueilleux Tartare, ni le Turc cruel, une fois le cordon des sentinelles kosakes coupé, ne revienne de nouveau de Bilgorod. Sans bruit, ils ne tarderont pas à faire mordre la poussière au Tartare, la horde n'entendra plus sa voix, et la lame de son yatagan étincelant n'effrayera plus son odalisque géorgienne.

[1] Smila, petite ville dans la circonscription de Kief. Ses environs sont très-boisés, on y trouve surtout des bois de pins.

[2] Les steppes d'Akerman réparaient les Kosaks des possessions turques sur le Dniester, appelées le pachalat d'Akerman ou de Bilgorod.

Dans la Szczebiewiszcza[1] militaire, jour et nuit, flambent trois cents feux parmi lesquels les hommes courent comme les fourmis dans une fourmilière. Les Kosaks font des cannelures aux troncs des saules, scient en planches le tavalle[2], l'érable et le pin; ils font des rames de tilleul et des bancs en bois d'aulne; dans les forges on courbe des crocs, on trempe des haches, on aiguise des coutelas, on nettoie les fusils. Les chants des jeunes gens qui travaillent, le craquement des arbres, le grincement des scies, le bruit des marteaux, le ronflement des soufflets, se répandent dans l'île, et ces bruits, mêlés au murmure des cascades environnantes, font retentir au loin l'écho des steppes.

Le vieux Skalozub, colonel du régiment de Hadycki, surveillait les travaux; il est, pour la construction des czajkas, le plus habile de tous les kosaks; il ne sait pas tracer des modèles sur du papier, jamais il n'a eu en main un compas, les calculs d'architecture sont pour lui des hiéroglyphes, et cependant aucun défaut ne lui échappe, il montre, explique, corrige tout en un clin d'œil. Les travaux durèrent onze jours, le douzième trois cents

[1] Szczebiewiszcza, île militaire sur le Dnieper, où était l'arsenal des Kosaks.
[2] Tavalle, genre de plantes à fleurs dioïques, de la famille des conifères, renfermant plusieurs arbres ou arbustes résineux odoriférants.   (*N. du T.*)

czajkas s'échelonnèrent tout au tour de l'île. Chaque czajka, parée avec recherche comme une poupée, est longue de vingt et un pieds, au milieu large de sept pieds, aux deux extrémités elle s'effile se relève en arc. Dans une czajka kosake il n'est pas d'arrière, toujours le côté où elle vole est l'avant, le fond de l'embarcation est en bois de saule, les flancs recouverts de planches d'érable; au dehors elle est goudronnée et entourée de joncs, ce qui la rend aussi légère qu'une canne ; au dedans, des deux côtés sont des bancs d'aulne, aux extrémités des bancs en travers; il y a de chaque côté trois rames, et à chaque extrémité un gouvernail; au milieu s'élève un mât de onze pieds de haut, où se balance une blanche voile et de rares cordages descendent le long du mât. Au pied du mât, une cabine pour abriter la poudre et les vivres. Le kosak n'a pas besoin d'abri : les rayons brûlants du soleil ne font que le réchauffer, la gelée le rafraîchit, la pluie le lave et le vent le sèche.

Tout est prêt.... Nalewajko a amené de Chortyca[1] un millier de Zaporogues. Nalewajko aux fraîches joues, hardi compagnon, toujours prêt à monter un cheval ou une czajka; c'est un chef intrépide, et avec lui sont d'intrépides soldats; quand ils se disposent au combat et entonnent le

---

[1] Chortyca, île où se trouvait alors la siez zaporogue.

chant de guerre, les aigles planent au-dessus de leurs têtes, les loups hurlent de plaisir, car il y aura d'abondants cadavres humains pour leurs longs banquets. Près du chef, Pierre Konaszewicz remplit la place d'yessaoul; c'est un jeune homme pâle de figure, pensif et sombre, il va à son baptême de mer. De Pultawa, avec le vieux Czorta, sont accourus trois cents soldats aguerris par de sanglants combats avec les Suzdals. Des bords du Teterow[1] sont arrivées avec Ivan Glenbocki cinq sotnias de Kosaks, tireurs renommés; leur balle perce au vol un francolin, se loge sous l'oreille même du sanglier. Sokol et Butowicz ont amené des bords du Dniester et du Bug mille jeunes Kosaks agiles et courageux, et ceux qui travaillent avec Skalozub font un compte rond de quinze sotnias. L'île entière n'est plus qu'un camp, l'air retentit de chansons guerrières, qui font taire pour un moment le murmure des cascades.

Le treizième jour, au lever du soleil de Trechtymirow, une barque légère glisse sur les eaux du Dnieper, on voit s'agiter plusieurs fois un drapeau écarlate, les Kosaks se réunissent sur le rivage, la barque aborde, s'arrête. L'attaman, l'yessaoul Rosinski, le porte-bunczuk Trzeciak et le cymbaliste[2]

---

[1] Teterow, rivière qui sépare la Wolhynie de l'Ukraine
[2] Le cymbaliste avait près de lui une cymbale de guerre, il se trouvait près de l'attaman, et par le son de cette cym-

Apostol sautent sur la rive. Déjà l'attaman est sur les bras des Kosaks, ils le lancent en l'air comme une balle... s'écrient : Gloire à Dieu! Vive l'attaman! Vive le peuple kosak! Vivent nos frères Lachs! Szach s'arrache enfin de leurs mains et dit :

« Mes frères! aujourd'hui nous nous mettrons en route avec les étoiles du soir ; les czajkas nous appellent à elles comme de voluptueuses Laszkas, le Dnieper, écumant comme l'eau-de-vie deux fois distillée, nous invite à tremper au plus vite nos rames dans ses eaux. En temps de guerre la boisson d'un kosak est l'eau, sa nourriture le pain et les poissons salés ; avant les quarante jours de carême, un solitaire même fête les jours gras ; Dieu seul sait combien durera notre carême. Monsieur l'yessaoul, distribuez l'hydromel, l'eau-de-vie et les vivres parmi mes frères les Kosaks ; banquetons et réjouissons-nous aujourd'hui! personne ne sait où nous serons demain. » — « Vive l'attaman! » s'écria-t-on de toutes parts, « voilà un hardi compère ; d'un pareil attaman punis-nous pour les siècles des siècles, Seigneur! »

Kosinski a distribué vivres et boisson parmi les sotnias ; on a allumé d'énormes brasiers, des porcs

bale donnait le signal de l'attaque ou de la retraite ; c'est lui qui convoquait chefs et soldats aux délibérations

¹ Laszka, polonaise. C'est le féminin de Lach. (N.d.T.)

coupés en morceaux tournent sur des gaules et
rôtissent, dans les marmites bout le gruau de mil,
et l'on grille le lard pour en fondre la graisse. Ils
versent dans les plats des tanches, les arrosent
de kwas, et ils répandent à terre par tas les pruneaux; car pour un kosak il n'est pas de viande
plus délicieuse que le porc, de poisson que la tan-
che, de gruau comparable à l'orge, ni de fruits
aux prunes. Le repas est prêt, les Kosaks se sont
assis par groupes, l'eau-de-vie de seigle pétille
dans les coupes toutes pleines, et dans les gobe-
lets l'hydromel écume.

Ils boivent, mangent, crient. L'attaman s'amuse,
les Kosaks s'amusent, et versent dans leurs gosiers
coupe sur coupe. L'attaman chante, les Kosaks
accompagnent ses chants. L'attaman met ses
poings sur ses hanches, fait un bond, et les Kosaks
frappent des pieds si fort que la terre en tremble.
Les Kosaks, comme des grenouilles, sautent en
rond, se frappent les épaules des talons de leurs
bottes, s'agitent avec fureur comme des loches
d'étang, et les tresses de leurs cheveux ballottent
tantôt à gauche, tantôt à droite; plus d'un au milieu de la danse fait la culbute et s'endort; plus
d'un ne peut parler, remue la langue et se serre
les côtes; celui-ci tempête contre les infidèles,
celui-là menace les jésuites. Szach s'amuse encore,
crie encore; il s'est rappelé les anciens temps, il

appelle Motra, il appelle Oxane, bat le Juif, fait l'aimable près de Mᵐᵉ'la Laszka, et fait briller son sabre aux yeux du Lach; enfin, fatigué, il tombe et s'endort. Tous dorment comme cloués en terre, ronflent et sifflent comme pour le ton d'une chanson à boire.

Mais le seul Konaszewicz¹ n'a pas touché des lèvres la forte liqueur, n'a pas partagé leur repas, ne partage pas leur ivresse; les jeunes gens connaissaient sa sobriété, sa résolution inébranlable de s'abstenir de tout excès, et l'avaient tout d'abord tenu quitte de la fête. Il se promène sur le rivage, jette sur les eaux du Dnieper et sur le steppe un regard de faucon, et son âme se réjouit et semble dire : « Un jour le Dnieper te servira comme ton esclave, et les steppes t'acclameront leur chef, et ton bras et ta tête augmenteront la gloire et les possessions des Kosaks. »

III

Les étoiles du soir brillent dans les cieux, et les

¹ Pierre Konaszewicz Sahajdaczny, le plus grand héros des Kosaks, était un homme pieux et de mœurs sévères, et non tel que le peignent quelques historiens polonais aveuglés par une fausse gloriole nationale.

lances meurtrières brillent dans la Szczebiewiszcza militaire. L'attaman s'écrie : Mes frères! à vos czajkas, et en un clin d'œil, sur chaque czajka, s'é- lancent quinze Kosaks. A leur côté pendent les yatagans recourbés, ils ont passé à leur ceinture des poignards à double tranchant et des haches aiguisées, des faux montées sur des manches de fer, et ils ont déposé en tas au pied des mâts leurs longs fusils. L'attaman crie : En avant la foi ko- sake! Les jeunes gens se penchent sur leurs rames et poussent les czajkas qui s'éloignent du rivage et se dirigent vers le midi.

En avant passent les Zaporogues; après eux, suivant leurs traces, viennent les Teterowczyki. Au centre, s'avancent les Kosaks des bords du Dniester, les Bohscy et les Kosaks de Poltawa, et Skalozub ferme la marche à la tête de cent czajkas légères. La czajka de l'attaman vole en se balan- çant sur la masse transparente des eaux, la poi- trine de Szach se gonfle et envoie vers les cieux une chanson guerrière. Les czajkas des Kosaks fendent le bleu Dnieper, les jeunes gens répètent en chœur les chants de l'attaman, et ils atteignent ainsi les rochers. Szach crie : Bas les mâts, filez un à un. Les cordages grincent, les mâts s'abais- sent, et en file, l'une après l'autre, les czajkas dis- paraissent derrière les rochers. L'eau bout et gronde... elle murmure aux oreilles du Kosak :

13.

«du sang! du butin!» Comme une tendre mère elle
plonge en bas la czajka, la rejette en l'air, la caresse,
l'humecte d'un baiser et la pousse sur la transparente surface des flots. Les Kosaks ont dépassé neuf
rochers, avec le dernier les adieux sont plus
tendres, plus passionnés, car les czajkas sautent en l'air et en retombant plongent sur les
épaules des jeunes gens. En débouchant, elles
tournent trois fois dans le tourbillon avant d'arriver à la surface unie du fleuve rapide.

Là l'attaman fit arrêter les czajkas. Par son ordre,
soixante jeunes gens sautent sur le rivage, on entend le cliquetis des haches, le bruit des arbres,
et six chênes[1] rameux sont renversés à terre avec
leurs branches, leur écorce, leurs feuilles, les
jeunes gens les poussent dans la rivière, les czajkas
se mettent en ligne six par six. L'attaman siffle,
les rames frappent l'eau et les czajkas descendent le
courant poussant devant elles les chênes. Autour et
au loin règne un profond silence; parfois seulement, un poisson trouble la limpidité de l'eau, au
bord un oiseau s'envole des joncs, les étoiles regardent curieusement, écarquillent les yeux; étrange
spectacle! le fils du steppe, le frère[2] du cheval

[1] Les Kosaks, pour rompre les chaînes que les Turcs
tendaient à l'embouchure du Dnieper, employaient des
chênes avec leurs branches et les poussaient ainsi devant
eux.

[2] Frère du cheval. Dans toutes les chansons ukrai-

vole s'unir à la mer. Il dépasse les îlots, glisse entre les joncs élevés. Enfin l'aurore revêt son blanc manteau et le crépuscule timide se réfugie dans les nuages.

Bientôt apparaît à l'horizon une immense tache noire. C'est l'île nommée Wielki-Lug[1]! une forêt impénétrable d'osier noir et de saules, couvre sa surface; à ses bords se sont attachées une quantité d'îlots couverts de joncs élevés, et l'eau, comme une taupe dans un pré nouvellement fauché, perce au milieu d'eux des milliers de canaux. L'attaman siffle trois fois, les czajkas, avec la rapidité de l'éclair se dispersent tout autour de l'île, se glissent parmi les joncs et les algues marines, puis disparaissent.

Le soleil cache sa face sanglante, lançant sur le monde quelques rouges rayons, le vent commence à s'élever du Nord, les nuages à se rassembler du côté de la Russie. Les eaux du Dnieper se creusent en profonds sillons, et, à sa surface, on n'entend, on ne sait rien du Kosak ni de sa czajka. À travers champs, au galop de son cheval, accourt un Tar-

niennes on rencontre les expressions : frère du cheval, frère du faucon; en sa qualité de guerrier, le Kosak regardait son cheval comme un frère, et en sa qualité de chasseur, appelait du même nom le faucon.

[1] Wielki-Lug, îles des cataractes du Dnieper, entourée de joncs. Les Kosaks s'y cachaient le jour d'avant leur départ pour la mer Noire.

tare Bodziak[1]; en vain il promène ses regards sur
la grande rivière, il ne voit que l'eau et les joncs,
en vain il tend l'oreille, seulement le vent siffle
et le Dnieper mugit. Il s'arrête un instant, tourne
sur le rivage, et au galop, comme il est venu, il
s'en retourne annoncer au sérasquier que, grâce à
Dieu, grâce au prophète, tout est calme, qu'il n'y
a rien de nouveau chez les Kosaks.

Vers midi le ciel se couvre de nuages gris,
le soleil est voilé par un épais rideau de brouillard, le vent cesse, la pluie tombe par torrents
sans discontinuer jusqu'au soir. Déjà il fait sombre... Le Tartare s'est réfugié sous sa tente, et le
loup est sorti de sa tanière pour chasser. Autour
de Wielki-Lug quelque chose siffle tout doucement, et cent échos répètent ce sifflement dans
les algues; un second sifflement plus fort se fait
entendre et l'on entend un bruit pareil à celui de
cent troupeaux de canards qui s'abattraient sur
l'eau. A la clarté des éclairs se disposent, en file,
les czajkas kosakes; pas une ne manque, pas une
ne s'est trompée de place. L'attaman siffle une
troisième fois, et la masse des czajkas glisse en
poussant devant elle les chênes rameux. Vole avec
force, avec rapidité, père Dnieper! Sur ton dos sont
assis tes enfants; tu les a nourris, tu les a élevés,
ils ont grandi pour ta joie. Ces jeunes gens,

[1] Tartare de Bessarabie. (*N. du T.*)

c'est à toi de les fêter... et la pluie tombe et lave le kosak comme pour un festin.

Ils dépassent les confluents de Kouska et de Ingulca; les czajkas vont de plus en plus vite. Les jeunes gens fixent leurs regards vers l'orient. Là bas, sur une même ligne, mais éloignées l'une de l'autre, brillent deux lumières, ce sont les phares d'Oczakow [1] et de Kinburn [2]. Les neveux de Mahomet, les maîtres de Stamboul [3], fiers de leur puissance, enflés du nom du prophète, ont élevé des deux côtés du Dnieper deux forteresses, coupé le courant de la rivière par six chaînes de fer, aux extrémités desquelles ils ont fixé des canons tirant au moindre choc, afin de barrer la route aux incursions des Kosaks, pour s'abriter contre leurs armes. Les Kosaks rient et se moquent des travaux des sultans, comme un bourdon d'une toile d'arai-

[1] Oczakow, *Axiaca*, ville et port de la Russie d'Europe (Kherson), à l'embouchure du Dnieper, rive droite, à 90 kilomètres O. de Kherson; 1,000 habitants; jadis grande et forte, aujourd'hui presque nulle. Près de cette ville sont les ruines de l'antique Olbia, colonie milésienne.—Oczakow fut prise par le général Munich et les Russes sur les Turcs en 1737, rendue en 1739; prise de nouveau après un siége opiniâtre par Potemkin et rasée (1788). (*N. du T.*)

[2] Kinburn, forteresse de la Russie d'Europe (Tauride), à 15 kilom. S. d'Oczakow, avec un très-petit faubourg. Souwarow remporta près de là sur les Turcs une victoire mémorable. (*N. du T.*)

[3] Stamboul (ét. gr. : εἰς dans, τὴν la, πόλις ville), nom que les Turcs donnent à Constantinople.

gnée; car est-il dans le monde un rempart capable d'arrêter la force et le courage des Kosaks? Ils en sont déjà à cent toises, l'attaman siffle... le premier il pousse les chênes de toute sa force; six anneaux de chaînes se brisent, les canons tirent douze fois, les boulets clapotent dans l'eau et se taisent, et les légères czajkas passent une à une dans la mer Noire. Les jeunes gens frappent l'eau de leurs rames et crient: Vive l'attaman! vive l'attaman! en avant! à Carogrod. Ils tapagent et s'ébattent comme des corneilles de mer, qui, après un long voyage, aperçoivent les limans et l'immensité des eaux que l'œil ne peut mesurer.

Dans les forteresses ce n'est que tumulte et désordre. Les sentinelles allument les feux et courent aux armes. Le pacha d'Oczakow sort avec ses janissaires, l'aga de Kinburn sort avec ses Arabes, et tous deux arrivent au bord du Dnieper. Des centaines de torches les éclairent, le Dnieper coule comme auparavant, avec force et rapidité, seulement les chaînes sont brisées et ont amené sur le rivage les chênes rameux. Le vieux pacha fait un signe de la main, remue la tête: Je sais quels sont, dit-il, les auteurs de ce beau fait. Et tous retournent au fort [1].

[1] Pour la construction des czajkas, la rupture des chaînes, et l'entrée dans la mer Noire, j'ai suivi un livre petit-russien, intitulé *Czorne-More*.

IV

D'Oczakow vole un Tartare, il presse son cheval
à lui faire rendre l'âme, à une werste du rivage
s'avance la masse des légères czajkas, les vagues
de la mer sont agitées comme les rames battent
l'eau en mesure, une blanche écume jaillit en
tourbillons. Le Tartare a atteint Belgorod[1], l'Arabe
a sauté sur son coursier, s'est affermi sur ses
étriers, a crié : Allach! Reisulach[2]! et faisant des
sauts de biche, il s'avance vers le Pruth. Sur les
czajkas kosakes on a relevé les mâts, déployé les
voiles au vent, et comme des flèches rapides elles
filent à travers l'espace; l'air murmure, la mer
Noire fait bonds sur bonds de joie, et les jeunes gens
crient : Gloire à Dieu! gloire aux Kosaks! Gloire
à l'attaman! Ils dépassent déjà l'embouchure du
slave Danube, ils laissent loin derrière eux les
remparts de Kilia[3] couverts d'herbes. A droite, ils

[1] Belgorod, ville de la Russie d'Europe (Koursk), à 80
kilom. N.-E. de Charkow; 10,000 habitants. Foires très-
fréquentées. (N. du T.)

[2] Allach, Dieu ; Reisulach, prophète. C'est le cri habituel des musulmans.

[3] Kilia (Nova), fille forte de la Bessarabie, sur le Danube
(rive gauche), à 130 kilom. S. de Bender; 6,000 habitants.
(N. du T.)

ont la sombre chaîne des Balkans[1], à gauche, les
vagues et l'écume de la mer, et devant eux est
Carogrod.

C'est un vendredi... le soleil envoie ses rayons
d'or, les mille minarets resplendissent d'or, et la
ville aux sept collines est pavée et couverte d'or.
Les Kosaks y clouent leurs regards, ils n'en peuvent détourner les yeux, ils ouvrent leurs bouches
toutes grandes et crient: Carogrod! Carogrod!
L'attaman crie: Jouez activement des rames. Mille
huit cents rames comme une seule ont frappé l'eau
une fois, deux fois, trois fois. Les czajkas rompent
le courant de la mer et abordent. L'attaman dit:
Que de chaque czajka descendent dix hommes,
cinq armés de faux, cinq d'armes à feu. A peine
a-t-il fini de parler que déjà trente carrés se dé-
ploient sur le rivage. Chaque carré dirige par devant le canon de ses fusils sur Péra, et sa ligne
de derrière se hérisse de faux comme un sanglier
de ses soies. Ceux qui sont restés près des czajkas
ont en un instant entouré d'un fossé une partie du
rivage et élevé un rempart. L'attaman agite son
sabre au-dessus de sa tête, le porte-bunczuk, son

[1] Balkans (monts) ou Emineh-Dagh, Hœmus, chaîne de
montagnes de la Turquie d'Europe, se lie, vers l'O., aux
Alpes, par les monts Dinariques, s'étend jusqu'à la mer
Noire et sépare la Bulgarie de l'ancienne Thrace. Ces
montagnes sont le boulevard de Constantinople, du côté
de la Russie.   (N. du T.)

bunczuk, l'enseigne déploie son drapeau, le chaudron a résonné, et les Kosaks s'avancent contre les
faubourgs.

Dans deux cent quarante mosquées, les muez-
zin et les muphti tirent doucement de leur poitrine un chant en l'honneur du Très-Haut, en
l'honneur du prophète. Les derviches abaissent
leurs fronts vers la terre, pressent les dalles de
leurs lèvres, et une foule de toutes races, de tout
âge, invoque Dieu, invoque Mahomet. Le Turc
crie : Allach !Allach ! l'Anatolien Tauri [1]! et l'Arabe
Haak! Dans la mosquée de Sainte-Sophie, où jadis
le patriarche de Constantinople, à la tête de l'Église
grecque, chantait des hymnes en l'honneur du
Dieu des chrétiens, aujourd'hui l'uléma loue le
prophète de Medine; le sultan Amurat, le grand-
vizir Kislar-Aga [2], le divan, toute la cour, les eunuques, les janissaires [3], les spahis [4] s'humilient et

[1] Tauri, Haak, mots qui signifient Dieu.
[2] Kizlar-Aga, chef des eunuques.
[3] Janissaires (des mots turcs *iem, tcheri*, nouveaux soldats), milice turque créée par Amurat Ier, en 1362, et qui
se recrutait principalement parmi les jeunes captifs chrétiens qu'on élevait dans l'islamisme. Ils rendirent d'abord
de grands services, puis devinrent redoutables aux sultans, qu'ils déposaient à leur gré. En 1826, le sultan
Mahmoud II les fit massacrer.   (N. du T.)
[4] Spahis ou sipahis. Les Turcs nomment ainsi un corps
de cavalerie légère qui fut institué par Amurat Ier.
                              (N. du T.)

prient dans les mosquées. Dans la ville tout se tait,
dans les rues règne le silence. L'esprit des Musulmans erre dans leur paradis, et ne pense pas un
moment à ce qui se passe sur cette terre. Tout à
coup les obusiers des bastions environnants font
feu, et l'on entend le bruit d'une vive mousque-
terie. Quelques spahis tombent dans la rue, fen-
dant la foule de leurs chevaux et criant : « Les
diables[1] sont à Péra. » Amurat fait briller son
sabre recourbé et s'écrie : « Au nom du prophète !
aux armes ! aux armes ! » Les janissaires courent à
Eskisaraj[2] chercher leurs armes, les spahis sellent
leurs chevaux dans le faubourg d'Eliub[3], de l'arsenal on amène des canons à la porte Orta Kapuzy[4],
et cette ville pieuse, silencieuse, comme le tombeau
de la Mecque, résonne du bruit des armes, retentit des cris furieux, de la guerre. On apporte du
harem le sandziar[5], les janissaires se groupent autour de lui. Dans le faubourg d'Eliub brille le
croissant d'or sur le bunczuk de Mahomet, les
spahis, sur leurs coursiers de feu, se rassemblent

---

[1] Les Turs, qui donnent des surnoms à tous les peuples,
appellent les Kosaks szajtan, diables ; les Polonais, fodal
giaour, ou chrétien vain, emporté, etc.

[2] Eskisaraj, caserne des janissaires.

[3] Les spahis, ou cavaliers turcs, sont casernés dans le
faubourg Eliub.

[4] Orta-Kapuzy, porte militaire conduisant à l'arsenal.

[5] Sandziar, étendard du sultan.

près de lui. Les wizirs, les lachas, les agas, les serasquiers, sur leurs coursiers blancs d'écume, parcourent les rangs. Le sultan a saisi le glaive du prophète, passé à sa ceinture le kindzar d'Ali ; il monte un cheval blanc comme neige et paré de housses richement brodées de pierres précieuses et d'or ; il se place devant les bandes des janissaires, et toute l'armée, comme les flots d'une superbe et large rivière, s'écoule en bon ordre vers le faubourg de Péra [1].

Les Kosaks ont occupé sans résistance Péra et Kassym-Pacha. Un millier d'Arnautes [2] qui y étaient en sentinelles, avaient opposé une faible résistance, n'avaient pu soutenir leur choc et s'étaient retirés sur Galata, les Kosaks ne cessaient de cracher de ieurs fusils du plomb et alors les obusiers faisaient feu : quelques cavaliers albanais couraient vers le sérail. Nalewajko occupe les maisons à l'entrée de Péra. Czorba envoie des renforts à Kassym-Pacha. Glenbowski disperse sur les murailles et dans les jardins ses tirailleurs de Teterow. Butowicz avec les siens

[1] Péra, Kassym Pacha, Galata, faubourgs N.-E. de Stamboul.
[2] Arnautes, d'un mot qui signifie vaillant dans la langue du pays, peuple belliqueux qui habite dans les montagnes de l'Albanie, et dans la partie de l'Illyrie située au S. de Drino et de Scutari. Ils servent encore aujourd'hui à recruter la milice des Turcs. *(N. du T.)*

pille, dévaste les maisons et traîne le butin vers les czajkas, et l'attaman à la tête de la sotnia de Sokol et de trois sotnias zaporogues poursuit les Arnautes et vole en toute hâte vers Galata ; là est l'arsenal maritime ; là est le palais de Kapudan Pacha[1]. Les Arnautes prennent aussitôt la fuite, marquant leurs traces par des cadavres : les Kosaks les poursuivent plus vite encore, ne se servent plus de leurs armes à feu, mais de leurs faux. L'attaman tourne comme une toupie au milieu des ennemis, frappe de son sabre, foule aux pieds les mourants, de nouveaux renforts sortent des portes de l'arsenal, touchent les soldats qui reculent, s'arrêtent un instant, se partagent en détachements minimes et rétrogradent. En vain, l'aga gardien veut fermer les portes, la foule se presse entre les verroux ; les Arnautes se ruent comme les débris d'une digue emportée, comme les glaçons au dégel d'une rivière. Les Kosaks les poursuivent, et ils tombent ensemble dans la cour de l'arsenal. L'Attaman crie : « Vivement au travail ! » Pour les encourager, il donne à droite, à gauche un coup de sabre, et deux têtes de musulmans tombent à terre. Les jeunes gens se démènent vivement, le soleil n'a pas avancé d'un doigt, et ils ont déjà taillé en pièces les Arnautes ; les marins de l'Ar-

---

[1] Kapudan Pacha, grand-amiral.

chipel se mettent à genoux et implorent la vie.

L'étendard kosak se balance sur le plus haut bastion de l'arsenal, et des cavaliers traînent vers Péra les canons des remparts; les artificiers grecs marchent sous la garde d'une sotnia de Zaporogues. Sokol s'est établi avec trois sotnias à l'arsenal. L'attaman avec le reste retourne près de Nalewajko.

On braque vingt canons contre la porte de Babihumajum et devant eux on creuse un fossé. L'attaman, sur un cheval arabe, parcourt les positions avec la rapidité de l'éclair. Chaque chose est bien à sa place. Les harems des Turcs, les bazars des Arméniens et des Grecs, les caveaux des Juifs, disent adieu pour toujours à leurs richesses. Les femmes, les odalisques et les esclaves mahométanes sont comme les oiseaux rendus à la liberté après une longue captivité, qui craignent le soleil et craignent le zéphyr; ils seraient heureux de battre de l'aile, de jouer, et la crainte colle leurs plumes et les retient captifs; ainsi on a ouvert à deux battants les portes du harem, on a brisé les poternes des jardins, et les jeunes femmes se cachent dans tous les coins et n'osent s'approcher du seuil de leur prison. Elles lancent seulement à la dérobée des regards enflammés aux jeunes gens, et les jeunes gens ne les regardent même pas; d'abord le devoir, après les distractions. Seulement ils se disent : Quand nous aurons suffisam-

14.

ment fait de butin, nous compterons après avec
ces petites belettes.

Les Kosaks se tiennent menaçants et en armes
dans les faubourgs de Péra, de Kassym-Pacha,
Galata. Les Ottomans se glissent à travers toutes
les rues du sérail, les spahis et les Albanais se
sont élancés à cheval d'Eliub, et leurs bataillons
tracent à droite un demi-cercle. L'attaman se tient
près des canons et fixe du regard Babihumajum. Les
artificiers grecs ont leurs mèches allumées et les
Zaporogues élèvent leurs faux au-dessus de leurs
têtes. L'œil de Szach ne s'amuse pas à regarder
les colonnades variées de la porte, ni les caprices
d'une grossière architecture, il cherche bien
autre chose. A peine les deux battants sont-
ils ouverts, à peine les turbans des janissaires
réflétant les couleurs de l'arc-en-ciel commencent-
ils à éblouir les yeux de leur lumière changeante,
l'attaman crie : « Feu! » les canons grondent, les
boulets déchirent l'air, la porte est ébranlée, à
l'entrée les cadavres sont renversés par tas. Les
janissaires enlèvent leurs morts et leurs blessés pour laisser le chemin libre. Le sultan fait
mettre le feu aux pièces, les boulets musulmans
volent, battent en brèche les maisons des faubourgs, et dansent et rebondissent sur le pavé des
rues ; les janissaires se disposent à une nouvelle
sortie, de nouveau les vingt canons grondent et

arrêtent l'élan des troupes turques. La cavalerie charge en avant, les queues des bunczuk balayent l'air, les sabres recourbés brillent au-dessus des têtes, et les lèvres pressent le manche du kindzar.

L'opium trotte dans la cervelle des cavaliers, et sous eux trottent leurs coursiers, ils galopent et crient ; déjà ils atteignent les faubourgs, et les diables ils ne les ont vus nulle part. Glenbocki laisse les Turcs s'engager dans les jardins, derrière les murs, et quand ils se sont bien enfoncés dans d'étroits passages, alors, comme signal, il tire son coup de fusil, et aussitôt, comme les fusées d'un feu d'artifice, des centaines de fusils ne cessent de tirer, les cavaliers se troublent, les uns crient Allach ! et grimpent aux murailles, les autres Aman ! et tombent aux pieds des vaiqueurs. Les chevaux se cabrent, écrasent de leurs sabots les corps humains, leurs ventrières éclatent... et le reste des cavaliers fuit dans la plaine... Les cavaliers ont fui, et des monceaux d'êtres à moitié morts se roulent dans la poussière ; là traîne à terre le rouge cafetan des spahis, le turban blanc des Albanais ; ici un cavalier se dégage avec peine de dessous son cheval tué ; plus loin un cheval veut arracher la bride que tient la main d'un cavalier tué.

Soixante fois les janissaires veulent sortir de

Babihumajum, soixante fois les boulets des canons
kosaks les repoussent en arrière. Dix agas et deux
pachas ont perdu la vie à cette porte, le vizir a
eu trois chevaux tués sous lui, et le sultan lui-
même a eu son turban vert percé de deux balles.
En vain les canons musulmans ont converti en ruines trente maisons, en vain ils ont renversé quelques dizaines de Kosaks, l'attaman crie : « Tenez
jusqu'au soir ! encore un instant et la victoire et le
butin sont à nous ! » Et ces recommandations même
sont inutiles à la jeunesse kosake ; ils sont tous
prêts à passer les jours et les nuits à combattre.
Que serait pour eux une vie sans gloire ? La mort,
ils ne la craignent pas, ils ne cessent de l'affron-
ter. Amurat écume de colère, il ordonne aux
enfants perdus [1] d'avancer. Kichaj-bey se place devant les bataillons des Serdenieszcy, ils ont des cafe-
tans noirs, des turbans d'un rouge de sang, des
yatagans d'un blanc d'argent poli avec soin, et de
longs fusils resplendissant d'un émail bleu. Au
milieu flotte le sandziar des sultans ; ce bataillon de
mort s'avance tristement, en silence, il entre sous
la porte, les canons kosaks tonnent, les premiers

[1] Serdenieszcy, les enfants perdus, les plus vaillants
soldats ottomans, ayant pour cri de guerre : Vaincre ou
mourir ! Ils ne se rendaient jamais, ne mendiaient jamais
la vie. Ils étaient composés en grande partie de Circassiens et de chrétiens convertis à l'islamisme ; c'étaient des
hommes d'un courage de lion et d'un cœur de tigre.

rangs sont renversés, et les survivants les esca-
ladent comme des échelles; les boulets sifflent une
seconde fois, les monceaux de cadavres augmentent à vue d'œil, mais déjà les *enfants perdus* ont
dépassé la porte. Les artificiers grecs tremblent,
mais l'attaman ne perd pas courage ; il regarde ses
vils prisonniers et sourit de pitié, il regarde les
calmes et joyeuses figures des Kosaks, et son
œil lance un éclair de joie, il descend de cheval et
s'écrie : « Que cinq sotnias de zaporogues me suivent! » Les faux des Kosaks résonnent, et ils volent en avant sur les pas de l'attaman.

Sur le pont d'un large fossé qui entoure la ville
du sérail se rencontrent les deux troupes. Les
Serdenieszcy jettent à terre leurs fusils et saisissent
leurs yatagans. Les Kosaks abattent leurs faux sur
les turbans, le pont tremble, les cadavres des Musulmans et des Kosaks, comme le grain sous les
coups du fléau, tombent des deux côtés dans le
canal qu'ils comblent de leurs corps.

La foule des janissaires court soutenir les
Serdenieszcy. Les soldats de Czorba et de Butowicz
se précipitent au secours des Zaporogues; cette
lutte sanglante dure jusqu'au soir. L'attaman
frappe de son sabre et crie : « Lardez, hachez l'ennemi ! » Kichaj-bey frappe de son yatagan et crie :
« Allach! mort à ces satanés giaours ! » En ce
moment Konaszewicz se fraye avec son sabre un

chemin à travers les bataillons serrés des ennemis et frappe de son fer tranchant le bois au haut duquel flottait le sandziar. Le bois vole en éclats et l'étendard tombe à terre. Les Musulmans s'écrient douloureusement: Aman![1] et commencent à courir vers le sérail. Une partie se rue vers la porte et les deux battants de Babihumajum se renferment sur eux, d'autres s'enfuient le long des murailles, et les Kosaks les poursuivent, les mettent à mort. La cavalerie aperçoit cette fuite désordonnée et rétrograde sur Eliub.

La terreur est au sérail. Amurat réunit le divan. Kizlar-Aga fait monter en litières les femmes et les odalisques du sultan et charger les trésors sur des chariots, et la porte de Top-Kapuzy[2], où périt le dernier des Paléologues, par laquelle les Turcs pénétrèrent pour la première fois dans la cité de Constantin, s'est ouverte maintenant pour laisser les Musulmans et leurs trésors passer de l'autre côté du Bosphore. Szach ne rêve plus butin, mais la conquête de Carogrod, il fait canonner la porte et préparer ses Kosaks à l'assaut. La porte gémit, les boulets entrent dans la muraille, les Kosaks s'assemblent par sotnia pour l'assaut, atta-

---

[1] Aman, grâce. En slave il n'est point de mot pour implorer la vie.
[2] Top-Kapuzy, porte orientale de Constantinople, par où les Turcs sont entrés pour la première fois dans la ville.

chent les échelles les unes aux autres, et pour
faire des fascines arrachent les ceps de vigne des
jardins du harem. En cet instant, un drapeau blanc
se balance sur la porte, le feu cesse, les deux battants s'ouvrent, et nombre de Turcs se dirigent
sur Péra.

L'attaman est assis sur les décombres d'une
maison ruinée, autour de lui sont les chefs militaires. Kichaj-bey, celui-là même qui commandait
les Serdenieszcy, le front levé, le regard assuré,
s'arrête devant l'attaman : Szach relève sa czapka et dit : « Infidèle, que viens-tu nous demander? ». Les chefs frisent leurs moustaches. Le
musulman n'est troublé ni de la voix menaçante
de l'attaman, ni des figures menaçantes des chefs,
il dit : « Kosak! mon maître, le neveu de Mahomet, le fils du soleil, le frère de la lune, le maître
de la terre et de la mer, le sultan de l'Europe, de
l'Asie, de l'Afrique, a été transporté de colère par
ton audace, et cependant, comme il sait apprécier
le courage même chez un ennemi, il permet que
tu emportes ce que tu as pillé dans les faubourgs;
peut-être même sa générosité y ajoutera-t-elle
quelque chose, pourvu seulement que tu délivres
ses yeux de ta présence. Parle, que désires-tu? »
Les doigts de Szach cherchent déjà son sabre pour
fermer la bouche à cet infidèle, mais il se rappelle
que la personne d'un ambassadeur est inviolable,

il retient sa colère et répond ainsi : « Dis à ton
sultan, ce reptile infidèle, cette charogne de cheval tartare, cette selle russe, ce Juif galeux, cette
langue d'Allemand, dis-lui qu'avant la nuit je cou-
vrirai tout le sérail de mes Kosaks, et obtiendrai
à coups de fouet de savoir où sont cachés vos trésors ! Je raserai les mosquées et taillerai en pièces
les Musulmans. Alors ton sultan ira faire paître
les cochons ou deviendra valet d'un paysan d'U-
kraine.. S'il s'humilie et m'en prie, je lui laisserai
son trône; il faut qu'il donne comme rançon: d'or
pur deux mesures polonaises, d'argent cinq mesures, de velours et de damas rouge quatre chariots
convenablement chargés, huit chariots de tapis
persan, deux de châles de cachemire, cinq mille
ceintures de Bagdad, cinq mille peaux de mouton
d'Astrakhan, trois cents chevaux arabes, ceci est
pour le peuple Ukrainien, pour le peuple Kosak...
et pour moi le blanc coursier que montait le sultan avec tout son harnachement, la plus belle jeune
fille géorgienne de son harem, et une coupe d'or
incrustée de saphirs de Basora, en outre trois cents
barques à voiles pour le transport; qu'il écrive
des ordres au pacha d'Oczakow et au khan de
Perekop pour qu'ils nous respectent comme les
alliés, les bienfaiteurs de la Porte. Cette nuit, tout
ce qui se trouve dans les faubourgs sera pris par
les miens et pour les miens; demain, quand on

apportera le tribut, nous quitterons le territoire
turc; je lui donne pour répondre le temps qui reste
avant que le soleil se plonge à moitié dans la
mer, après quoi nous donnons l'assaut [1].» Il finit.
Kichaj-Bey dit : « J'exposerai tes désirs à mon
maître : sa miséricorde est grande; au temps mar-
qué tu auras en réponse ou une balle ou son assentiment, » et il retourne au sérail. L'attaman rit de
l'orgueil de l'infidèle, les Kosaks reprennent des forces, peut-être pour une lutte longue et sanglante.

Le soleil est encore à un bon pied de la mer,
quand Kichaj-Bey revient, descend de cheval, porte
la main à son côté gauche et dit : « Attaman des
Kosaks! mon maître s'est amouraché de toi, tu
vas avoir tout ce que tu désires; maintenant passons aux conditions du traité; voici les pleins pou-
voirs du sultan, » et il montre un parchemin couvert d'étranges caractères. Le Turc apporte un
vase rempli d'eau et le pose à terre; d'après la
coutume tartare, l'attaman et Kichaj-Bey tirent
leurs sabres et en plongent les pointes dans l'eau,
et Kichaj-Bey commence ainsi : « Le sultan, mon
maître, jure au nom du prophète, par le tombeau

[1] Toute la réponse de Szach est historique. J'ai sauté
quelques expressions trop fortes; on les peut trouver dans
les livres russes sur les Kosaks et les manuscrits que
possèdent beaucoup de personnes en Ukraine. Je les ai
lues dans un de ses manuscrits, puis dans un article
publié à Charkow par les amis de la langue russe.

de la Mecque, par le septième ciel, de déposer dans tes mains, attaman,... » et là il commence d'énumérer toutes les conditions imposées par Szach, il jure de conserver l'alliance avec les Kosaks, de défendre sous peine de mort aux Tartares de faire des incursions en Ukraine, de leur ordonner de vivre avec les Kosaks comme avec les alliés les meilleurs de la Porte. L'attaman à son tour dit : « Au nom du Dieu des chrétiens, au nom des souffrances du Christ et de la pureté de la Vierge, sa mère, je jure que je quitterai en ami le territoire turc, et que depuis cet instant les Kosaks resteront en bonne intelligence avec le sultan et ses sujets. » Ils retirent leurs sabres de l'eau, sans en essuyer les lames, les remettent au fourreau, portent les mains à leurs côtés gauches en signe de bonne amitié, et Szach dit : « Maintenant, cher Kichaj, accepte de moi ce sabre étincelant ; Dieu fasse qu'il te serve aussi bien contre les Allemands qu'il m'a servi contre vous ; » il détache son sabre et le remet au musulman. Kichaj répond : « Attaman, je te remercie, le présent d'un brave est toujours cher ; accepte de moi à ton tour ce véritable nejdy[1], qu'il te porte contre les esprits mauvais, et jamais contre les enfants chéris du prophète. »

[1] Les Turcs appellent ainsi des chevaux arabes très-rapides à la course et très-braves au combat. On les tire du Nejd, partie centrale de l'Arabie.

On remet aux mains des jeunes gens le noir
coursier et ses harnais, et Kichaj ajoute : « Le
sultan, mon maître, voudrait honorer d'un présent
le courage de l'audacieux qui a percé les rangs des
Serdenieszey et frappé le bois saint du sandziar.
Parle, valeureux jeune homme, que désires-tu? »
Konaszewicz sort des rangs et répond: « Musulman, pour toi est saint le tombeau du prophète,
pour toi est saint son nom, et pour moi est saint
l'homme-Dieu, Jésus de Nazareth, j'ai de l'acier
et ne veux point d'or. Dans les steppes d'Ukraine
paissent des chevaux magnifiques, et dans les villages d'Ukraine il ne manque pas de jeunes filles
aux sourcils noirs, au teint fleuri. Si le sultan veut
me faire un cadeau digne de moi, digne de lui,
qu'il me donne l'image du Christ crucifié, devant
laquelle jadis les fronts des chrétiens s'inclinaient
dans l'église de Sainte-Sophie, et qui se trouve
maintenant dans les trésors du maître de la sublime Porte[1]. » Kichaj prend congé de l'attaman,
prend congé des soldats kosaks, et se dirige vers
le sérail. L'attaman crie: « Mes frères! le serment
chez les Turcs est inviolable, la trahison n'est
point dans leur cœur comme chez l'Allemand ; nous
pouvons nous livrer en toute sûreté au plaisir,
cette nuit vous appartient. Kosaks! demain, à

[1] C'est historique. Ce tableau fut suspendu dans le
temple de la sicz par Konaszewicz.

l'aube, que chacun soit à sa place. » L'attaman a dit,
les Kosaks se répandent dans les rues en criant :
Vive notre père l'attaman! honneur, gloire et
plaisir au peuple Kosak.

V

Il fait nuit... dans le harem de Kapudan-Pacha
des milliers de lumières brillent. Dans des urnes
d'albâtre brûlent des parfums d'Arabie, dans des
vases d'albâtre bouillent et écument les sorbets. Les
eunuques répandent jasmins et roses sur les tapis.
Les szezdars résonnent de tons variés; dans les
jardins chantent des milliers de rossignols. Les
jeunes filles en dansant tournent sur elles-mêmes,
sautent, et à chaque saut, leurs vêtements se plis-
sent en élégantes draperies, et leurs pieds légers
effleurent, caressent les laines des tapis. La Cir-
cassienne brille par l'éclat de ses yeux noirs, la
Géorgienne par le velouté de son angélique visage,
la Mongole attire par ses lèvres de corail et la blancheur de ses dents, la Grecque par sa taille élancée et flexible, l'Italienne a le visage brillant
comme de la lave fondue, et la fière Polonaise,
quoique prisonnière, reçoit de son maître un tribut
d'hommages. L'attaman est assis sur de moelleux
coussins, il se tient les côtes et regarde... Son œil

erre de tous côtés, son sang bout dans les veines, ses jambes tremblent aux jointures. L'attaman est assis et ne peut rester assis; il rejette son turban, son yatagan, saute au milieu, frappe ses talons l'un contre l'autre, saisit pour la danse la première jeune fille qui lui tombe sous la main, puis une seconde, une troisième, et toutes eurent leur tour. Il se baisse, se relève, saute; ivre comme un diable, l'attaman s'amuse dans le harem de Kapudan Pacha, les Kosaks, comme des ivrognes endiablés, s'amusent dans les harems des infidèles.

Les lumières sont à moitié éteintes, les szezdar, se sont tus, les eunuques ont disparu comme sous terre; il n'y a plus dans le harem ni danses, ni chants, seulement des conversations à voix basse, seulement de tendres chuchottements se répandent dans l'air de la nuit silencieuse, et les rossignols leur répondent par leurs chants célestes.

Déjà le jour va paraître... les Kosaks ne se frottent pas les yeux, car le sommeil ne les a pas fermés. Ils se secouent... ils font leurs adieux et sortent; plus d'un sent son cœur près d'éclater, et tous ses désirs se réveiller. Mais que faire! puisque tel est le malheur du Kosak, qu'il ne peut nulle part chauffer un logement?

Et dans les harems on pleure aussi un peu, tant est vrai le proverbe kosak : *Le Diable n'est pas si terrible qu'on le peint.* Les jeunes filles tremblaient

15.

devant un visage kosak, maintenant elle les baignent dans la rosée de leurs larmes; car un Kosak joyeux compagnon est plus agréable qu'un Turc fier et tout-puissant seigneur.

Les Kosaks se disposent par sotnia, l'attaman accourt sur son nejdy noir; avec lui accourent l'yessaoul et le porte-bunczuk. L'attaman ôte sa czapka et dit: « Comment va la santé, jeunes gens! » Les Kosaks jettent en l'air leur czapka et crient: « Bonne santé à notre père l'attaman! » Le visage de Szach resplendit d'orgueil, de bonheur; sous lui sa monture se cabre, se bat les flancs de la queue, hérisse sa crinière, et s'enorgueillit de porter un tel cavalier. Le visage des Kosaks s'est éclairci, ils relèvent leur fronts orgueilleux, et balancent d'un air menaçant les faux et les fusils.

De Babihumajum[1] arrivent des chariots, de Giersz descendent trente bateaux à voile. Kichaj-Bey et l'attaman se saluent et se dirigent vers le rivage. Devant les rangs on conduit le blanc cheval du sultan, tout couvert d'or, de pierres précieuses et de housses dorées; huit eunuques noirs suivent, portant une litière fermée, puis une file de chariots chacun attelé de six mulets; les Kosaks comptent d'une seule haleine deux mesures d'or,

---

[1] Babihumajum, porte élevée conduisant au sérail, Giers, port où se tenaient ordinairement les bateaux.

cinq mesures d'argent, et jettent à terre les sabres, les janezars, les yatagans. Ils retirent de quatre chariots les damas, les taffetas, de huit chariots les tapis de perse, de deux autres les châles de cachemire, les ceintures de Bagdad, les fourrures, ils les étalent à terre et les comptent. Après quoi Kichaj-Bey remet à l'attaman, dans un étui de peau de chagrin, une coupe d'or incrustée de saphirs de Basora, et à Konaszewicz, enveloppée dans de la toile, l'image du Christ crucifié. Les Kosaks empaquètent vivement leur butin dans les bateaux. L'attaman dit à Konaszewicz : « Monsieur l'yessaoul des Zaporogues ! vous êtes le plus jeune de tous les chefs Kosaks, mais aussi le plus tempérant ; vous monterez avec trois cents jeunes gens des chevaux arabes et courrez par terre en Ukraine ; mais gardez-vous en route des luttes et des pillages. — C'est bien, père attaman, répond Konaszewicz, ta volonté sera accomplie, et le premier dont la main s'allongera pour rien prendre, celui-là sa tête tombera sous mon sabre. » Kichaj lui remet un szeryf pour la sûreté du voyage de l'yessaoul zaporogue, disant : « Ce choix est très-agréable à mon maître. » Cent jeunes gens creusent une fosse profonde, y jettent les corps des quatre-vingt-six Kosaks tués la veille, les recouvrent de terre et élèvent un immense tertre tumulaire ; ils leur font cent adieux, ils

chantent la chanson pour les morts et s'en retournent à leurs czajkas.

Tout est prêt ; de la litière sort une jeune fille
élancée, élégante; les formes de son corps flattent
délicieusement les yeux, à peine si ses pieds touchent la terre. L'attaman disant : « Une Kosake
ne doit pas être cachée, » rejette son voile, ouvre la
bouche toute grande, s'écrie : « Ah ! ah ! » Son œil
sombre brille comme un diamant de la plus belle
eau, ses cheveux d'un blond clair tombent sur ses
épaules blanches comme la neige encore vierge;
la pudeur a répandu sur ses joues un rouge qui
. l'embellit cent fois davantage, quoiqu'on ne puisse
trouver une mortelle qui la surpasse en beauté.
La dignité d'attaman empêche Szach de l'embras-
ser, il se mord les lèvres, tourne sa langue dans la
bouche, prend encore une fois congé en frère de
Kichaj-Bey et crie : « A vos czajkas, à vos bateaux !
messieurs les Kosaks. »

Le long du rivage, avec Konaszewicz courent les
jeunes gens au galop de leurs chevaux arabes.
Sur mer voguent les czajkas, chacune montée par
six Kosaks, et les barques, chargées de butin,
ayant chacune vingt Kosaks pour rameurs. Sur la
czajka de l'attaman, son drapeau amarante se joue
avec les vents; dans la czajka la main rude de l'attaman caresse les joues satinées de la Géorgienne.
Sur le premier bateau à voile, le blanc cheval du

sultan et le noir nejdy hennissent et grattent le
plancher du sabot. Ils arrivent à l'embouchure du
père Dnieper, les Turcs d'Oczakow, sur les remparts
et au pied des remparts, les regardent tranquillement et ne disent rien. Les Kosaks avancent péniblement contre le courant de la rivière, on travaille
sans cesse des rames; tantôt grondent les eaux du
Dnieper, tantôt retentissent les chansons des jeunes gens. Les Tartares errent à travers les steppes,
regardent curieusement le retour des Kosaks, mais
tirer leurs flèches contre eux, ils ne l'osent. Ils
naviguent ainsi quinze jours, le seizième ils abordent au premier îlot; les bateaux à voile touchent
au rivage, et sur les chariots amenés des fermes
environnantes l'on dépose le butin et on le tran-
sporte par terre en côtoyant le Dnieper. Les czajkas dépassent les îlots et s'arrêtent près de Chortyca. Trois jours ballada l'attaman dans la sicz
zaporogue, trois jours balladèrent les Kosaks. Le
quatrième, arrive Konaszewicz avec ses étalons
arabes. L'attaman prend sa place, les chefs prennent leurs places au conseil, et l'on procède au
partage du butin. Chaque Kosak reçoit une four-
rure d'Astrakhan, une ceinture de Bagdad, un
sabre de Damas, un yatagan et un janczar, six
aunes de taffetas rouge et quatre de damas, un
tapis perse et un suslik de pièces d'argent. Messieurs les colonels, les attamans en second et les

chefs militaires reçoivent en plus chacun deux étalons arabes, les sotniks chacun un étalon, et les dziesientnik[1] deux suslyk[2] de pièces d'argent; l'attaman six étalons, douze tapis, cent aunes de taffetas et cinquante de damas, et six suslyk de pièces d'or; le reste du butin est déposé dans le trésor de la Szczebiewiszcza militaire. De l'argent on fond une cloche pour le temple de la sicz; de l'or, la moitié est distribuée dans les temples, la moitié pour les frais de la guerre; on lâche le reste des étalons arabes au milieu des troupeaux de chevaux kosaks. Konaszewicz dépose dans le temple l'image du Christ crucifié, et le pope le bénit en disant: « Que ton nom et ta gloire se répandent aussi loin chez les Kosaks que la foi du Christ dans le monde. »

Szach revient à Trechtymirow. Ses pieds foulent des tapis perses, des tentures de damas recouvrent les murailles, de sa fenêtre il aperçoit la coupole d'or du temple[3]. Rusadan, la belle Géorgienne, cajole l'attaman et se presse contre lui, et chante comme l'amant de la rose[4], danse comme une

---

[1] Dziesientnik, dizainiers (qui commande dix hommes).

[2] Mesure de capacité usitée en Pologne.　　(N. du T.)

[3] La fameuse cloche coulée en pur argent faisait partie du butin de Szach. Cette cloche a été transportée, en 1774, de la sicz à saint-Pétersbourg, et fondue en argent comptant.

[4] Dans les poésies orientales, l'amant de la rose est le rossignol, appelé bubbul.

houri et joue sur le szezdar[1] comme un musicien
ambulant. Souvent l'attaman trempe ses lèvres
dans la coupe d'or, non dans un sorbet sucré,
mais dans l'hydromel mousseux, mais dans l'eau-
de-vie. Les coursiers fougueux hennissent dans
les écuries de l'attaman, dans les steppes Szach
bondit sur le blanc cheval du sultan, sur le noir
nejdy; ses lévriers forts et agiles sont les premiers à poursuivre le lièvre, à attaquer le loup.
Parfois il ballade comme par le passé. Rien ne lui
manque, il a tout en abondance et dans la maison, et hors la maison. A peine s'est-il tenu trois
mois tranquille que déjà il réfléchit, il s'ennuie.
La belle Géorgienne lui demande tendrement:
« Cher! Qu'est-ce qui te manque? » L'attaman répond: « Des chevaux tartares, des lévriers valaques. » Oh! ce n'est ni des chevaux, ni des lévriers,
c'est la gloire militaire que tu ambitionnes, attaman. Qui a une fois bu dans cette coupe, il faut
qu'il y boive sans cesse, autrement il mourrait
d'ennui et de chagrin.

[1] Szezdar, instrument asiatique qui ressemble au théorbe.

VI

SKATOZUB DANS LE CHATEAU
DES SEPT-TOURS.

I

Tout est calme, le vent sommeille, la mer est unie comme une surface de verre ; sous la voûte du ciel des milliers d'étoiles entr'ouvrent leurs paupières, brillent, scintillent, jettent des rayons d'or et d'argent, sourient coquettement et se mirent dans le miroir transparent des eaux. Il se répand dans l'air des sons étranges, surnaturels, que l'oreille ne peut saisir, mais que l'âme entend comme nous entendons l'écho du chant des anges que crée notre imagination. Un physicien dira : C'est l'élasticité, le mouvement de l'air produit par un corps qui tombe vers le centre de gravité, et autres raisons semblables ; mais l'homme dont l'esprit ne s'est pas courbé sous les formules des choses matérielles, élève plus haut ses pensées ; dans la nature il voit la force créatrice de la Divinité ; pour lui cette harmonie enchanteresse découle des lèvres de Dieu : autrement pourrait-elle verser dans son âme cette ineffable joie, si douce, si pure, si désirée, que ne souille jamais le souffle des passions?

Au milieu de la mer Noire se trouve un vaisseau que l'on dirait comme cloué en sa place ; à peine se balance-t-il par son propre poids, comme un enfant déjà endormi dans son berceau. Les voiles dorment déployées, les mâts et les cordages reflètent sur l'eau une ombre bizarrement découpée. Il y a fête sur le pont. Osman aga[1], par une générosité qui lui est peu ordinaire, fait distribuer, parmi ses Janissaires et ses Majnotes[2], double ration de riz, de dattes et de mouton et, à chacun, quatre tasses de café moka. Osman aga, fils de Kapudan, pacha d'un caractère plus sauvage, plus sombre que son père, porte le surnom de Kaplan[3]. Devant

---

[1] Aga (littéral. chef gardien), nom donné chez les Orientaux, et particulièrement chez les Turcs, à celui qui est chargé d'un commandement. Aga des topdchi, ou artilleurs; des silihidar, ou de l'infanterie; des spahis, ou de la cavalerie; aga des janissaires, aga des eunuques blancs, aga des eunuques noirs, etc.   (N. du T.)

[2] Majnotes, habitants de la Majna, canton de la Morée, correspondant à l'ancienne Laconie.   (N. du T.)

[3] C'est une coutume chez les Turcs de donner aux individus des surnoms qui, au physique comme au moral,

16

un de ses regards, cent cinquante Mjanotes mettent genoux en terre, et le frisson court dans les veines des cinquante Janissaires qui composent l'équipage; il est en plus belle humeur aujourd'hui, car il a promis d'assister à la fin du repas, et même d'y amener Zopire, belle esclave grecque, odalisque du sauvage aga. Les matelots et les soldats se sont assis en masse et mangent du pilaf[1] et des dattes. Les musulmans sont silencieux; mille pensées leur passent dans l'esprit : peut-être Osman veut-il punir quelques giaours des environs pour le payement incomplet du tribut, tailler en pièces au moins la moitié de ces infidèles, piller et brûler leurs maisons et, par une fête pareille, réveiller le courage de ses sol-

peignent leurs qualités, et plus souvent leurs défauts. L'homme au cœur cruel est appelé kaplan, tigre.—On appelle communément le sultan Arstan, le lion, et les enfants du sultan, les lionceaux d'Arstan.—Ces surnoms, donnés aux nations comme aux individus, rendent le plus souvent incompréhensibles pour les savants européens les traditions historiques conservées dans la langue turque. Leurs recherches laborieuses leur font voir dans les manuscrits des lions, des tigres combattant avec des diables, et ils déclarent de bonne foi ces traditions historiques des contes émanés de l'imagination orientale. Des études sérieuses sur ce sujet jetteraient un grand jour sur l'histoire des Turcs et des peuples en lutte avec eux.

[1] Pilaf; riz cuit avec du beurre ou de la graisse et de la viande, généralement du mouton. C'est le plat favori des mahométans.   (N. du T.)

dats. Les Grecs disent tout bas : Peut-être Dieu tout-puissant a-t-il eu pitié de notre sort. Zopire est chrétienne, elle est Majnote, elle aime sa religion, sa patrie; l'aga est jeune et fier de son pouvoir, il aime la jeune fille ; souvent le Très-Haut, afin de faire éclater sa puissance, choisit une jeune fille pour l'accomplissement d'une œuvre impossible à un guerrier; depuis trop longtemps les adorateurs du Christ se courbent devant les enfants de ce prophète infernal, il est temps que la croix fasse pâlir le croissant. Les uns réfléchissent, les autres causent tout bas : leur corps se repaît de nourriture et leur âme est bien loin de se réjouir. C'est comme un festin auquel prennent part des chiens et des chats ; ils grincent des dents, s'envoient les uns aux autres de terribles coups d'œil, ils voudraient se dévorer, mais la crainte du fouet du maître maintient parmi eux une apparence de paix.

Osman entre... Les musulmans se lèvent, inclinent la tête et portent la main droite à leur côté gauche. Les Majnotes s'agenouillent et frappent leurs têtes contre le pont du navire. L'aga, que toutes ces démonstrations ennuient, les fait cesser d'un signe de main, et tous de nouveau reprennent leurs places au festin ; lui-même s'assied sur un tapis qu'étendent deux esclaves noirs, il ploie et croise ses jambes sous lui, il porte à ses

lèvres le long tuyau d'un chibouque[1]; près de lui,
l'on place une tasse en porcelaine de Japon, d'où
s'échappe le subtile parfum du café moka. Osman
est à la fleur de ses ans: son œil est noir, enflam-
mé, sa moustache noire comme de la poix se dessine sur une brune figure, et ses veines sont tellement tendues qu'on y voit presque bouillonner
le sang; sa taille est pleine de force et de beauté;
il a sur lui un cafetan rouge, comme le sang d'une
brebis égorgée, et tout doublé d'hermine; à son
côté, dans un fourreau étincelant d'or, pend un
yatagan recourbé; autour de sa tête s'enroule un
turban vert[2] sur lequel se balance, attachée par
une agrafe de diamants, une plume d'autruche,
signe d'une haute naissance. Près de lui, derrière
deux esclaves, se tient un vil szyfat[3] en habits

[1] Chibouque, pipe à long tuyau dont on se sert en
Orient.   (N. du T.)
[2] La couleur verte indique chez les Turcs une personne
d'un haut rang et alliée à la famille du sultan.
[3] Szyfat, surnom donné aux juifs par les Turcs, signifie
un vil chien, un criminel, un misérable. J'ai déjà dit l'importance des surnoms. Voici comment, dans leurs traditions écrites ou parlées, ils désignent les principaux peuples. Les Tartares, Laszjezi ou Laszjci, mangeurs de charogne; les Indiens, Dilenzi, les médecins; les Arabes,
Akylsiz, les enragés; les Grecs, Bojnuz Sizkojun, les
béliers sans cornes; les Albanais, Zigerzi, ou marchands
de peaux de mouton; les habitants des îles, Dziemizi,
les écumeurs de mer; les Moldaves, Nudan-Bogdans,
les inhumains; les Bulgares et les Serbes, Hajduk, les
voleurs; les Ragusains, Szusos, les espions; les Bo-

d'israélite ; il est agité comme la feuille du tremble, et il jette en dessous un regard rusé et craintif, comme un renard qui, à la vue des chiens, s'échappe des joncs où il se tenait caché.

Le repas est déjà fini, et l'on prend le café. Osman fait signe à un esclave, et celui-ci, avec la rapidité de l'éclair, descend les marches et disparaît dans l'intérieur du navire.

Bientôt apparaît une jeune fille... Ses blancs vêtements lui tombent jusqu'à la cheville et bruissent comme des flocons de neige. Des bottines bleues serrent ses pieds petits et gracieux ; en haut une ganse d'argent à filet noir s'enroule comme un serpent ; le commencement en est à la jointure du pied, et la fin l'œil la cherche en vain, il lui est interdit de l'apercevoir. Une veste bleue, bordée d'un galon d'argent, ouverte par devant, dessine sa taille svelte et élancée. Combien de gens auraient sacrifié de riches trésors, de longues années, pour un instant seulement tenir lieu à la jeune fille de cette veste bienheureuse ! Des

niens, Patur, les destructeurs ; les Russes, Ruzimenzius, mauvaises âmes ; les Allemands, Gurur Kiafir, les audacieux blasphémateurs ; les Vénitiens, Bali-Kiz, les pécheurs ; les Italiens, Fireng Hezarreng, hommes de diverses couleurs ; les Français, Ajnezi, les superbes ; les Hollandais, Pejnerz, les marchands de fromages ; les Anglais, Szokazi, qui travaillent la laine ; les Espagnols, Tembel, les indolents, etc.

16.

cheveux d'un noir de corbeau, doux comme de la
soie, brillants comme en automne une toile d'araignée dans les champs, se font jour sous un turban
bleu broché d'argent, et sa figure est cachée par
un voile épais qui arrête l'œil curieux, mais offre
mille amorces à l'imagination. L'aga fait un signe
de la main, et Zopire, légère comme la fleur du
saule qui se détache et tombe, s'assied près de lui.

Osman dit : « Chantez, giaours! » et en un clin
d'œil les Majnotes en casaquins rouges, des turbans rouges sur la tête, et en szarawary [1] blancs,
se mettent en ligne et entonnent un hymne à la
gloire du Créateur, car ils pensent que l'aga n'attend que le moment de se convertir à la foi du
Fils de Dieu. Mais à peine prononcent-ils les noms
du Christ et de la vierge Marie, qu'Osman fronce
les sourcils et que ses yeux lancent des éclairs de
colère. Les lèvres des chrétiens se glacent, la
frayeur retient la voix dans leur poitrine. L'aga
leur fait signe de commencer un autre chant...
Eux, jugeant qu'ils n'est pas temps encore de verser dans l'oreille du Turc des accords religieux,
entonnent un chant guerrier; Osman écoute tant
qu'ils dépeignent dans leurs chants la plaine de
Marathon et l'étroit défilé des Thermopyles, et le
courage invincible de Miltiade et le dévoue-

[1] Szarawary, les larges pantalons des Orientaux. (N. du T.)

ment héroïque du roi de Sparte; mais quand ils s'écrient : « Patrie sainte! liberté sainte! » l'aga saisit un pistolet, l'arme, presse la détente, la poudre éclate, la balle siffle, et un des Majnotes tombe mort. Zopire pousse un cri douloureux et s'évanouit. Les chrétiens tombent à genoux et élèvent leurs mains au ciel. Les janissaires tirent leurs glaives et s'écrient : « Mort aux giaours! » Osman fait feu de son second pistolet, le chef des janissaires roule noyé dans son sang, et les janissaires, comme pour demander pardon, remettent leurs glaives au fourreau et baissent leur tête vers la terre. L'aga donne un ordre muet de jeter les cadavres à la mer, et les corps du janissaire et du Majnote plongent et descendent en frères pour servir ensemble de pâture aux voraces poissons : avec la vie, la haine les a quittés. On lave le pont ensanglanté, Osman lui-même fait revenir à elle la jeune fille qu'il aime; tout est silencieux comme auparavant, et quelqu'un qui aurait vu de loin ce qui venait de se passer, aurait juré que c'était un rêve et non une réalité.

Zopire chante sur les péris, l'Eden, le septième ciel, le prophète et l'amour, et ses doigts parcourent les cordes d'un luth comme une houri; sa voix, son maintien enchante, l'aga écoute, et envoie de légères bouffées de fumée; son front s'est éclairci... Il fait encore distribuer entre les matelots et les soldats deux tasses de café à chaque homme; mais déjà les janissaires ne présagent pas de sa générosité le massacre des giaours, ni les Majnotes ne voient plus en Zopire le génie tutélaire de la Grèce, et dans Osman l'instrument de sa puissance miraculeuse. L'aga se lève et s'éloigne avec Zopire; sur un signe de lui deux esclaves et le juif les suivent. A peine l'aga est-il entré dans sa chambre et s'est-il assis, qu'il fait signe de la main aux esclaves de sortir, puis parle ainsi à Zopire : « Chrétienne! tout ce que tu entendras ici doit s'abîmer dans ta mémoire aussi profondément que dans le puits d'Alkahira; pour un seul mot échappé de tes lèvres, ta belle tête ferait connaissance avec la mort. » La Majnote baisse la tête en signe de sa muette obéissance, et l'aga parle ainsi au juif : « Chien, répète ce que tu as vu; mais autant de mensonges tu feras, autant ton corps tournera de fois sur un pal. » Le juif tremble, ses yeux égarés courent de tous côtés, ses genoux plient et vont toucher la terre. « Je jure par le Cherym, par Jéhovah, par le Messie, par le jour du jugement dernier, que je dirai la sainte vérité. Entre Sinope et Trébizonde, j'ai vu cent czajkas[1] de démons, j'ai été au milieu

---

[1] Les Kosaks pillaient souvent le littoral de la Turquie d'Asie. Ils ne s'éloignaient jamais des rivages, et leurs czajkas naviguaient facilement au milieu des eaux basses,

d'eux, j'ai reçu de leur or et leur ai promis de leur servir d'espion ; la nuit prochaine ils doivent arriver par mer sous les murs du sérail, et cette fois brûler et piller non les faubourgs, mais la ville elle-même. Ils sont commandés non par ce jeune homme que le maître du monde, le sultan Amurat, a comblé de ses dons, mais par le vieillard qui se tenait assis sur le rivage près des czajkas.—Tu es sûr, demande Osman, que le jour ils se cachent le long du rivage, et qu'ils ont dessein de ne naviguer que la nuit?—Fils du grand Kaplan! ornement de l'armée musulmane! j'en suis aussi sûr qu'aujourd'hui est le jour du sabbat.—Maintenant, va, chien infidèle, attends-toi à recevoir de l'or si tu as dit la vérité, la mort si tu as menti. » Le juif se glisse hors de la chambre; l'aga reste seul avec son amante; il découvre son voile, les joues de Zopire brillent comme l'aube du jour, la rougeur s'étend sur son sein blanc comme le lait, ses yeux jettent l'éclat d'un charbon allumé, ses sourcils se dessinent au-dessus

où aucun navire n'aurait pu avancer. Ils se reposaient le jour et avançaient la nuit.—Bentinck (dans ses *Remarques sur l'histoire des Khans tartares*) dit des Kosaks dans une note : Intrépides dans le combat, et passés maîtres dans l'art de tromper, aucun peuple ne peut se montrer en cela supérieur à eux. Dans la mer Noire ils ont souvent fatigué des flottes entières par de vaines poursuites, et quand ils en avaient assez, ils regagnaient leurs retraites avec de riches dépouilles.

dès yeux de la couleur d'un tronc noirci par le feu. L'aga dit : « Par tes yeux je jure, belle houri, qu'aucun de ces démons n'échappera à la mort; trente vaisseaux musulmans leur coupent déjà la retraite. Ils payeront de leur sang leur fête de Galata, dans le sérail de mon père, » et il embrasse et caresse la belle Grecque. Ils ne respirent que l'amour, l'amour est devenu leur vie.

Sur le navire les chrétiens et les mahométans sont assis: ils ne dorment pas, ils ne parlent pas, et regardent tristement l'eau, car deux cadavres encore intacts reposent à sa surface et reprochent à ces hommes leur lâcheté, puisqu'un seul, fort de sa volonté, les mène comme un troupeau de bétail, et ils ont des bras, et ils ont des armes... mais il leur manque volonté et union.

II

Les étoiles s'éteignent, l'aube matinale envoie ses rayons argentés; le long des rives de l'Anatolie grisonne sur l'eau une masse de taches sombres. Ce sont les czajkas kosakes ! Elles viennent d'arriver, car l'eau bouillonne encore aux flancs des bateaux, et de gros flocons d'écume vont se briser au rivage. Les Kosaks jurent contre ce silence de la mer, étendent leurs membres en-

gourdis par le froid et l'eau, tellement, que leurs
os en claquent aux jointures, puis se ployant en
deux sous leurs bancs, se préparent aux repos. Ils
dorment en sûreté, car ils sont trop loin du rivage
pour que cavaliers ou fantassins puissent sauter
du bord sur leurs czajkas; et une chaloupe turque
ne peut atteindre ces bas-fonds ; puis le bruit de
la poudre, le sifflement des balles réveillent le
Kosak en un instant. Pendant ce temps, sur la
czajka de l'attaman s'assemblent les chefs de
l'armée[1] : ils sont assis en rond. L'attaman Skatozub leur parle ainsi : « Mes frères! jusqu'à
présent tout nous a réussi à souhait. Le pacha
d'Oczakow a tardé de tendre les chaînes, et nos
czajkas ont filé si doucement qu'aucun chien n'a
même aboyé; depuis huit jours nous côtoyons
l'Asie, et aucun œil humain ne nous a aperçus.
L'espion juif a juré sur le Talmud que Stamboul
est sans défense, qu'on y a déjà oublié les Kosaks.
La nuit prochaine nous nous rappelierons à eux,
nous fondrons sur le sérail, et plongerons nos

[1] Pendant la guerre l'attaman n'était pas obligé de convoquer au conseil les chefs de l'armée; son pouvoir dictatorial laissait à son expérience la conduite de la guerre.
Pourtant le conseil se réunissait assez souvent, comme on
peut le voir dans les ouvrages où l'on parle des Kosaks.
Bohdan Chmielnicki lui-même, si désireux qu'il fût du pouvoir absolu, convoquait quelquefois le conseil pendant
ses expéditions.

mains dans les trésors du sultan; un instant nous
travaillerons avec le fer et l feu, puis remonte-
rons sur nos czajkas, et d'un vol l'aigle retournerons à nos flots. » Après lui le Zaporogue Solop
prend la parole : « Je n'y vois pas plus loin que le
bout de mon fusil ou le tranchant de mon sabre;
il me semble cependant qu'il serait plus sûr de
piller Trébizonde et Sinope que d'aller jusqu'à la
capitale des Ottomans. » L'attaman répond :
« Celui qui ne désire rien, n'a rien. Un Tartare se
contente d'un simple pillage, au Kosak il lui faut
étonner le monde, et s'il y avait une échelle jusqu'au ciel, et un escalier jusqu'en enfer, là encore
il irait faire ripaille.—C'est bien! c'est bien! vive
notre père l'attaman! s'écrient tous les assistants, » et Solop serre les dents, et de honte rougit jusqu'aux oreilles; ensuite parle Glenbocki de
Teterow : « Père attaman, nous irons n'importe
où tu nous mèneras, quand ce serait pour combattre le chef même des diables; mais serment de
juif, serment de chien : pour de l'argent il servira
le Christ et l'Antechrist, pour de l'argent il ven-
dra l'un comme l'autre. On ne peut se reposer sur
sa parole, et l'on dit avec raison : Si tu prends un
juif, un jésuite, tue-les, et pends encore leurs
cadavres. » Skatozub répond ainsi : « J'ai donné
de l'or, j'ai promis de l'or, et pour de l'or un juif
fera tout; et puis quand même il trahirait, le

Kosak n'a-t-il pas un sabre pour démêler les filets qu'on lui tend? nous attendrons tout le jour, et nous verrons la nuit les lanternes du sérail.— Sainte est la volonté de notre père l'attaman, répondent tous les chefs, et chacun gagne sa czajka pour s'y reposer[1]. »

Il fait déjà grand jour, le ciel est couvert de nuages, le vent du nord commence à souffler, la surface de l'eau s'agite, se soulève, se gonfle, éclate en mille endroits, et les vagues bondissent sur les czajkas kosakes. Les Kosaks, ceux du moins qui sont déjà éveillés, maudissent le vent, car il leur faudra travailler l'eau avec leurs rames ; ceux qui dorment ne bougent même pas, car pour eux les caresses des vagues sont comme les baisers maternels à un enfant qui dort. Voilà qu'un Kosak aperçoit comme une tache grise qui glisse à la surface de la mer : il ne fait qu'un bond, et de czajka en czajka arrive à l'attaman et le réveille. L'attaman se frotte les yeux, met sur sa tête sa czapka à la plume de grue, et fixe ses regards sur l'endroit désigné. Skalozub, quoiqu'il

[1] J'ai tiré le récit de la bataille, aussi fidèlement que possible, des descriptions d'expéditions semblables par Bantysz Kaminski, dans son Histoire, et d'un article sur les Kosaks et leurs guerres, paru dans la *Bibliothèque des lectures*, recueil périodique russe de l'année 1834. Cet article, du savant Sekowski, se recommande par la fidélité des recherches et l'amas de documents sur l'histoire slave.

17

compte six dixaines d'ans et qu'il ait des cheveux gris comme les plumes d'un ramier, a le regard du faucon; il a fait trente expéditions sur mer, et il la connaît comme son boire et son manger. Il regarde et s'écrie : « C'est un vaisseau ottoman! jeunes gens à vos rames. » Cet ordre se répand de czajka en czajka, et ce que n'avaient pu le sifflement du vent et les vagues écumantes, un mot de l'attaman l'a fait. Les Kosaks se réveillent, se lèvent, se secouent, et saisissent leurs rames.

La tache grise croît à vue d'œil et s'approche des Kosaks; déjà se dessinent les mâts, les cordages et la flamme rouge des Musulmans. L'attaman crie : « A droite et à gauche au rivage! » Les czajkas se partagent en deux troupes, une fumée légère s'élève du vaisseau, une forte détonation de canons se fait entendre, et l'eau, à la place que viennent de quitter les czajkas, bout et jaillit en montagne. Les czajkas sautillent et dansent sur les vagues, et les jeunes gens aiguisent sur les pierres leurs poignards et leurs yatagans. Les canons tonnent une seconde, une troisième, une quatrième fois, et leurs décharges se succèdent sans cesse. L'attaman crie : « Le vaisseau est à nous! un ignorant le commande, bas les mâts, en rond les Kosaks! » Les mâts tombent, de l'un, de l'autre côté les czajkas glissent sur les eaux et ceignent le vaisseau d'une large couronne. Les

canons des infidèles tirent toujours ; déjà les fusils
des janissaires font feu, et les balles plongent dans
l'eau devant les czajkas, qu'atteignent seulement
les bulles d'écume de la mer agitée. Les Kosaks,
comme impatientés de ce bruit, tirent un coup de
temps à autre. Déjà le feu des canons a cessé, on
n'entend plus que les fusils, l'attaman crie : « A
l'assaut ! au vaisseau ! là, la poudre leur man-
quera ! » Le porte-bunczuk donne le signal en
balançant trois fois son bunczuk dans les airs, les
jeunes gens donnent fortement des rames, deux
hommes dans chaque czajka soulèvent des crocs
de fer emmanchés dans de fortes branches, et
toutes les czajkas filent comme une flèche vers le
vaisseau. Les quarante canons du vaisseau rugis-
sent. Dix czajkas sont renversées, et des gens qui
les montaient, les uns roulent sans vie avec les
vagues, les autres travaillent des pieds et des
mains pour atteindre le vaisseau ou les czajkas ;
mais déjà quatre-vingts grappins sont accrochés
aux flancs du navire ; il se débat et saute, et les
czajkas se tiennent à lui comme des chiens à la
peau d'un sanglier. L'attaman crie : « A l'assaut !
frappez, lardez les infidèles. » Les jeunes gens
crient : « Gloire à Dieu ! » et s'élancent sur le
pont. Osman aga, hurle : « Mort à ces démons !—
Allah ! Allah ! » répondent les janissaires, et de
leurs sabres ils défendent l'abord aux Kosaks. Les

mains, les têtes, tombent de tous côtés, le sang jaillit, les blessés gémissent, les combattants poussent des clameurs furibondes. Les Musulmans se défendent en enragés; les Kosaks les pressent en enragés. L'attaman crie : « Suivez-moi! » et il s'ouvre de son sabre un large passage. L'aga crie : « Par le Prophète, je jure que celui qui reculera périra de ma main, » et de son yatagan ensanglanté il frappe à gauche, à droite. Les Kosaks crient à pleins poumons : « Gloire à Dieu! » et surmontent tout obstacle; les Majnotes prient pour leur vie : « Nous reconnaissons le même Dieu que vous; » mais le Kosak n'a plus d'oreilles, il est sourd, il n'entend pas leurs supplications, et sa main les taille du poignard et du sabre. Les janissaires, réunis autour de l'aga, et dont les rangs s'éclaircissent, vont céder; tout à coup apparaît une jeune fille, les cheveux en désordre, un stylet à la main; elle se place au côté d'Osman. L'étonnement arrête un instant les Kosaks. Les Musulmans font quelques pas en avant, et une lutte acharnée s'engage de nouveau. Zopire a surmonté la timidité de son sexe, oublié son Dieu, car elle aime Osman, et un amour passionné est plus fort que la religion et que la peur; elle combat du stylet près de son bien-aimé, qu'elle voudrait couvrir de son corps, et l'aga, de son sabre, écarte les coups qui lui sont portés. Toute la troupe des Musulmans est anéantie, eux deux demeurent seuls debout à l'extrémité du pont, séparés des ennemis par des monceaux de cadavres. Osman presse contre son sein la jeune fille, et l'embrasse aussi fort que s'il lui voulait passer son âme ; puis il la saisit par les cheveux, son sabre siffle, le sang jaillit, et la tête, souriante d'amour, lui reste dans la main ; il la tourne, puis la jette dans la mer, disant : « Excepté moi, aucun homme n'a touché ses lèvres de mon vivant, aucun ne les touchera après ma mort ; » puis, comme un enragé, il se jette au milieu des Kosaks. L'attaman le frappe le premier de son sabre à la tête, l'aga roule à terre en maudissant ses ennemis. « Vous êtes perdus, dit-il, démons maudits, le chien a trahi les chiens. » Il marmotte encore quelques mots inintelligibles, crache le sang ; aussitôt il est mis en pièces par les sabres kosaks. On jette les cadavres à la mer, les Kosaks se mettent à piller. Il n'y avait là ni lingots d'or et d'argent, ni de riches étoffes de soie, mais des armes et des costumes musulmans De la chambre de l'aga l'on retire deux esclaves noirs et un juif tremblant de peur. Skalozub reconnaît l'espion et s'écrie : « Chien d'infidèle, que fais-tu là ? » Et le juif voyant qu'on ne lui a pas tranché la tête, répond : « Grand, puissant, très-haut monarque ! seigneur attaman, j'ai moi-même tout exprès

17.

amené ce vaisseau pour le, livrer aux enfants du
seigneur attaman, à messieurs les Kosaks; par le
Talmud, par la Joura, par mes enfants, je jure
que je dis la vérité. » En ce moment les Kosaks
s'écrient : « Trahison! trahison! Notre père attaman! vois comme les vaisseaux turcs nous entourent. » L'attaman crie : « A vos czajkas, jeunes
gens, » et il remet à Glenbocki le soin de punir le
juif et d'incendier le vaisseau turc. Les Kosaks se
glissent dans les czajkas. Glenbocki ordonne de
scier et de tailler en pal le mât du milieu. Le juif
pleure et tremble, saisit ses mains, s'accroche à
ses pieds, et crie : « Je suis innocent! je suis innocent! seigneurs, ayez pitié!... » Cela ne lui sert de
rien : comme une volaille à la broche on plante le
juif sur le pal, on l'y enfonce en le prenant d'en
haut, après quoi les Kosaks qui restent mettent
de tous côtés le feu au vaisseau, et, descendant
dans leurs czajkas, se joignent au père l'attaman.
Le navire flambe et nage tout en feu sur la mer;
le juif supplicié sur l'eau demande de l'eau à
grands cris, ouvre les lèvres, et la flamme s'élance
jusque dans son gosier; il souffre et agonise ainsi
jusqu'à ce que les flancs consumés du navire
aient éclaté et broyé toute la carcasse.

Les czajkas kosakes s'assemblent toutes en un
tas; de quelque côté que regarde l'attaman, partout il voit des vaisseaux turcs; déjà il ne pense

plus à Stamboul, mais au moyen d'échapper à
cette maudite situation. Il ordonne de ramer vers
le rivage, mais aussitôt d'innombrables chaloupes
se détachent des navires, et voguent à pleines
voiles de ce côté, et le bord se couvre de janissaires, de spahis et de canons turcs. Les czajkas
reviennent de nouveau dans des eaux plus profondes. L'attaman réfléchit un instant... puis
montre à Glenbocki l'espace le plus grand entre
deux navires, et lui dit :

« Monsieur le colonel, c'est par là que vous pas-
serez avec toutes vos czajkas quand avec quelques-
unes je livrerai bataille aux chaloupes du rivage;
nous nous réunirons à l'embouchure du Dnieper,
si Dieu le permet. » Glenbocki et les Kosacks s'é-
crient : « Non, notre père attaman ! nous périrons
tous avec toi, mais nous ne te quitterons pas! »
Alors, l'attaman, dominant le tumulte de sa voix de
tonnerre : « Telle est ma volonté ! dit-il, sera puni de
mort quiconque désobéira, quiconque osera revenir ou engager la lutte! » Les jeunes gens regardent tristement, l'attaman choisit dix czajkas, et
avec elles se dirige vers le rivage; le reste demeure en place. Les Kosaks qui accompagnent
l'attaman sont joyeux, et leur front est serein. Les
czajkas voguent en silence, les chaloupes se tournent contre elles, et à peine se sont-elles appro-
chées d'un millier de pas, que du rivage et des

chaloupes, canons et fusils tirent contre elles.

Le désordre se met dans les czajkas, mais de vigoureux coups de rames les poussent en avant, elles tombent au milieu des chaloupes, s'y accrochent par leurs grappins, et les Kosaks abandonnant leurs rames et leurs czajkas, sautent, tout armés de leurs sabres, sur les chaloupes des infidèles. Un massacre horrible commence, des Musulmans tombent, des Kosaks tombent, les sabres sifflent, les yatagans grincent sur les corps. L'attaman ranime les siens et combat; sa czajka est tombée, et sur la tête seule il a déjà reçu sept blessures. Tout à coup grondent dans le lointain les canons des vaisseaux, l'attaman se lève sur la pointe des pieds, regarde et s'écrie : « Les nôtres sont sauvés! maintenant le diable lui-même ne peut les atteindre! Frères, il nous faut vendre chèrement notre vie, » et de son sabre il recommence à démolir les Musulmans, et les Kosaks à ses côtés font *la noce*, sautent de chaloupes en chaloupes; mais les Turcs aussi combattent valeureusement; cent fois plus forts en nombre ils fondent sur eux de toutes parts. L'attaman reçoit un coup dans la poitrine et tombe; à peine quelques Kosaks restent en vie, et grièvement blessés ils se défendent encore et succombent enfin. Le combat cesse, les Musulmans serrent de cordes et de chaînes les mains et les pieds de l'attaman mourant et de sept

Kosaks, et ils les portent sur le vaisseau du kapitan-pacha. Le kapitan jure par Allah, par Mahomet, de venger la mort de son fils, et l'insulte que
trois années n'ont pu effacer de sa mémoire ; il
s'acharnerait bien en personne sur les prisonniers, les tuerait de sa main ; mais cet homme
vide, vaniteux, a besoin d'un triomphe public, et
son ressentiment sauvage leur prépare des tor-
tures plus cruelles encore. L'attaman peut à peine
ouvrir les yeux, il n'entend pas leurs malédic-
tions, ne craint pas leur vengeance, et ses pensées sont joyeuses, car il a préservé les trois
quarts des Kosaks. Un navire vole rapide comme
l'éclair vers Stamboul, avec la nouvelle, nouvelle
comme il n'y en avait pas eue depuis la naissance
de Mahomet : « Le chef des démons et sept de ses
guerriers sont prisonniers ; avant le coucher du
soleil le sultan les verra, et ils le verront aussi
les fidèles enfants du Prophète. »

III

Dans la seconde cour du sérail[1], dans un édi-
fice splendide, s'assemble le divan. Les dignitaires

---

[1] Le palais dans lequel se rassemble le divan est situé
dans la seconde cour de la partie murée de la ville appelée
Seraj.

de la Sublime Porte sont assis sur des tapis, les pieds ramenés sous eux ; au milieu, sur un trône élevé, siège le sultan Amurat ; il a à sa droite le grand ulema, à sa gauche le grand vizir, et devant lui se tient l'envoyé du kapitan-pacha. Devant les portes et dans la cour s'étendent en ligne et armés les janissaires et les eunuques. L'envoyé raconte l'incendie du vaisseau, le combat d'Osman aga, et il termine ainsi : « Neveu du Prophète! padischah du monde! devant ton nom tout s'incline, tout tombe devant ta puissance : si tu disais un mot, le soleil s'arrêterait, la mer se dessècherait tout entière. Le kapitan-pacha, ton serviteur, ton fidèle sujet, ton esclave, en ton nom et au nom du Prophète a ceint le glaive, a menacé, et les démons innombrables comme le sable de la mer ont disparu pleins de terreur. Avant le coucher du soleil ton œil dominateur apercevra sept de ces sauvages giaours, et un huitième, leur chef, cruel comme une hyène, astucieux comme une vipère, et terrible comme Iblis [1] lui-même. » Tout le monde reste silencieux, pas un mot n'échappe des lèvres du conseil, car un esclave peut-il parler sans la permission de son maître?... Amurat [2]

[1] Iblis, nom que les musulmans donnent à Lucifer, le chef des démons.
[2] Amurat III craignait tant les Kosaks, qu'il ne pouvait passer une nuit sans en rêver ; il se réveillait et appelait

répond ces mots : « Fidèle croyant du Prophète !
pour cette bonne nouvelle tu recevras ce que tu
voudras, ou un cheval tartare, ou une jeune fille
chrétienne ; le kaplan, je le comblerai de tant
d'or et d'esclaves, qu'il en oubliera la mort de son
fils. Toi, vizir, qui gouvernes sous moi, donne
ordre que les spahis, les janissaires, les albanais,
soient toute la nuit sous les armes. Qu'on enferme
dans le château des Sept-Tours ¹ l'Iblis et ses
enfants. Que quatre mille janissaires, deux mille
spahis et mille barques sur les eaux de la Marmara veillent sur eux comme sur la prunelle de
leurs yeux ; car on a difficilement raison de ces
démons, ils sont toujours prêts à délivrer leur
chef, et à détruire par le fer et le feu la capitale
du monde. Toi, Kizlar aga, au point du jour tu te
rendras dans la prison, et diras au chef des démons, que dans notre grande bonté nous lui don-
nerons la vie, le comblerons d'honneurs et de
richesses, s'il promet de recevoir avec les siens
la foi du Prophète, et de couvrir de leurs poitrines

ses gardes, leur demandait si les Kosaks n'avaient pas
surpris le sérail ? Si on prononçait seulement leur nom,
son front s'assombrissait et sa sévérité redoublait. Il voulut plusieurs fois faire alliance avec eux. (*Voir* Bergeron,
Kantemir, Storch, Lesur.)

¹ Le château des Sept Tours, magnifique résidence des
Césars byzantins, changée en prison. Aujourd'hui, au mi-
lieu des ruines, il ne reste debout que trois tours. (*Voir
Dictionnaire de l'Académie française*, Constantinople.)

la Sublime Porte contre l'engeance des Russes et les autres giaours. S'il rejette notre don, qu'on les étrangle au coucher du soleil, et qu'on expose leurs têtes aux yeux du peuple, sur la porte de Babi-Humajum. » Le sultan finit, aucun de ses ancêtres n'a parlé aussi longtemps ; il se lève... Tous tombent à terre devant lui. Amurat sort, le divan se sépare.

Il est nuit... le ciel est noir comme de la suie, on n'y voit pas la moindre lumière ; mais en revanche, sur la mer de Marmara et sur le rivage mille feux se promènent. D'invisibles esprits errent dans les airs, et les hommes, semblables à des esprits, passent et repassent, et sur terre et sur mer. Ces deux mondes se touchent, ces apparitions sans corps nourrissent leurs esprits de souvenirs, se complaisent à voler dans les endroits où ils ont vécu d'amour, de gloire et de richesses, ou de misère et d'infortunes, car on aime toujours ce qui n'est plus ; ils regardent les hommes comme leurs enfants, car dans les hommes ils voient un reflet d'eux-mêmes. L'œil d'une créature terrestre ne peut pénétrer le monde invisible, et cependant l'homme frissonne comme possédé d'une terreur inconnue, d'un sentiment incompréhensible. C'est la fièvre ! c'est le combat secret mais puissant de l'âme avec le corps, l'équilibre des forces matérielles et intellectuelles. Il y a jusqu'à huit mille

Musulmans sur pied, ils sont éveillés, et pourtant ils rêvent sans cesse d'Iblis et des habitants du Dzéhem. Leurs langues versent à flots des fanfaronnades, et la crainte maîtrise leurs pensées, un sifflement très-fort qui traverserait l'air disperserait plutôt cette multitude que cent coups de canon. Les factionnaires se relèvent, et cependant personne ne dort, chacun promène partout un œil inquiet, les pensées encore plus inquiétantes qui traversent les esprits éloignent le sommeil. L'antique château des Césars byzantins dessine l'énorme silhouette noire de ses sept tours sur un fond plus noir encore, et reflète son ombre gigantesque dans les eaux de la mer qu'éclairent des milliers de torches; la fumée des lumières et la respiration des hommes entourent d'un léger brouillard les murailles couvertes de mousse, et les hommes regardent cela d'en bas comme la sueur occasionnée par une lutte si longue de ce château contre la suite des siècles. Dans la tour du milieu brillent deux lumières l'une au-dessus de l'autre; dans la cellule d'en haut on a enfermé l'attaman, dans celle d'en bas les sept Kosaks. Le vent siffle à travers les barreaux de fer, la lumière de la lampe est vacillante, belle, triste comme l'œil d'une jeune fille mourante. Sur la paille Skalozub est étendu, garrotté de chaînes; son devoir est accompli, la pureté de sa conscience verse le

18

calme dans son âme, et les fatigues du jour le
plongent dans le sommeil et apportent un soulagement à ses blessures. Dans son sommeil des rêves
dorés bercent agréablement l'esprit de l'attaman,
il voit les steppes étendus de l'Ukraine et les eaux
bleues du père Dnieper; dans les villages il entend des cris joyeux et une bruyante musique;
autour des tables les Lachs banquètent avec les
Kosaks; là un jeune et beau Kosak va épouser
une jeune et belle Laszka; plus loin un gentilhomme blasonné conduit à l'autel une jeune fille
d'Ukraine aux noirs sourcils; les popes grecs et
les prêtres catholiques se donnent la main comme
des frères; on dit tour à tour des messes dans les
églises et dans les temples. Le métropolitain de
Kiow et l'archimandrite de Kaniow occupent à côté
des évêques lachs des siéges sénatoriaux. Le roi
Sigismond avec l'attaman et MM. les hetmans
de Pologne et de Lithuanie délibèrent sur les
affaires militaires, et l'on crie partout : Vive la
Pologne ! Les doux rêves de l'attaman continuent,
mais le spectacle qu'il voit est différent... Dans la
cour le noir cheval de l'attaman creuse du sabot
la terre, devant les portes s'assemblent les sotnias kosaks et les régiments lachs, ils vont marcher contre les Tartares. L'attaman fait ses adieux,
attache son sabre, prend sa pelisse... En cet
instant, sur les cailloux, résonnent les sabots des

chevaux de cavaliers infidèles, l'écho en arrive jusqu'à la tour, l'attaman s'agite, s'écrie : « Messieurs les Kosaks, à cheval ! » Il veut se lever, mais ses chaînes bruissent, il soupire tristement, se perd dans ses pensées. Ce n'est pas la crainte de la mort, mais l'esclavage qui lui fait peine ; il se réjouit du sort de ses frères libres, et envie celui de ceux qui sont morts dans le combat, il maudit les balles qui l'ont manqué, maudit les sabres qui ne l'ont pas arraché de la vie. Et les Kosaks enchaînés pleurent aussi leur infortune; c'est peu de chose que de périr avec honneur dans le combat, mais subir les mauvais traitements, servir de jouet et de risée aux infidèles, voilà, voilà ce qui les peine.

L'aube matinale commence à pénétrer à travers les barreaux. Il est pénible au Kosak de regarder de dessous un toit le crépuscule du matin, il aime que son œil se joue sur un ciel nu, comme sa main se joue sur un champ de bataille. Les portes grincent sur leurs gonds, et Kizlar aga, entre dans la prison de l'attaman. Skalozub éclaircit son front, et regarde fièrement l'esclave qui se tient devant lui. Le Turc ne peut soutenir l'éclat de l'œil de l'enfant libre du steppe, il baisse la tête et parle ainsi : « Le padischah des fidèles musulmans, le maître du monde, dont les possessions s'étendent de la mer de sable du Sahara aux sommets neigeux du Caucase, mon maître et sultan, malgré

votre mauvaise foi, comme il y a trois ans, de
même aujourd'hui encore il désire vous faire
grâce ; sur toi, attaman, il verse d'une main libé-
rale la vie, les richesses, les honneurs, il jure par
l'étendard du Prophète de conserver aux Kosaks
leur liberté, pourvu seulement que vous acceptiez
la foi mahométane et que vous juriez en plus de
protéger les frontières de la Porte contre les invasions des giaours. » Kizlar aga se tait, et Skalozub, d'une voix tonnante, quoique fréquemment
interrompue par la douleur, répond ainsi : « Il y
a trois ans, nous avons fait don à ton sultan de la
vie et du trône. L'attaman Szach a juré, et il a
tenu son serment ; tant qu'il tint le bunczuk et le
bâton de commandement, l'empire d'Amurat n'a
pas vu un Kosak. Moi, je n'ai point fait de traité
avec les infidèles, ni n'ai le projet d'en faire un.
Dis à ton sultan que je rejette ses présents en
mon nom et au nom des Kosaks. La tête d'un
attaman ne vaut point tant que vous croyez.
Chaque Kosak est digne d'être attaman, et saura
venger notre mort et raser à fleur de terre les
palais ottomans. »

L'attaman secoue la tête, il a fini. Kizlar aga,
reprend : « Les moments sont précieux, réfléchis, attaman, change ta réponse. » Skalozub
répond avec contrainte et dureté : « Un Kosak
ne revient pas sur ce qu'une fois il a dit,

porte ma réponse à ton maître; moi, j'attends les tourments et la mort. » L'aga frappe ses mains l'une contre l'autre ; quatre eunuques entrent aussitôt avec une corde; ils s'effrayent et tremblent à la vue du prisonnier. Kizlar aga saisit la poignée de son yatagan. Les eunuques se précipitent sur Skalozub, lui passent une corde autour du cou, pèsent de leurs genoux sur sa poitrine, et commencent à l'étrangler. L'attaman, pieds et poings liés, râle, un sang mêlé d'écume coule de ses lèvres, les yeux lui sortent de la tête, il grince des dents, ses veines se tendent et commencent à bleuir; deux fois la corde s'agite violemment, et deux fois, comme les poires d'un arbre secoué, les eunuques volent aux extrémités de la chambre. Tels qu'un loup sur la proie qui fume encore d'un sang chaud, les infidèles avec la même rage fondent sur l'attaman à demi mort; l'attaman s'épuise, eux de leur corde le pressent, l'étranglent, l'artère se rompt en son gosier, les veines éclatent et il expire. Kizlar aga tire son yatagan, et d'un coup habile détache la tête du corps. De la cellule d'en bas l'on sort les sept têtes des Kosaks, et le cortége se rend triomphalement sous la porte Babi-Saadef, où est le harem et la demeure ordinaire du sultan. Amurat sort, regarde... et, quoique fier de sa victoire, il ne peut écarter de lui tout chagrin, car il connaît bien la bravoure

18.

du peuple kosak, et il voulait sincèrement l'assimiler aux musulmans.

Le soleil perce les nuages de ses rayons ; comme dans les jours de grande fête les Turcs s'assemblent en foule près de la porte de Babi-Humajum ; tous y courent, Arabes, Arméniens, Grecs, juifs, différents de langues, différents de costumes, différents de couleur ; et devant la porte se dressent huit pals, et sur chaque pal une tête kosake, et sur chacune une czapka noire et un beau kolbak, et sur la czapka de l'attaman se balance une plume de héron ; tous en la regardant frissonnent, et le janissaire impitoyable, et le spahis inflammable comme la poudre, et l'Albanais qui ne connaît pas la crainte, et qui est aussi habitué à la mort que l'ivrogne à l'eau-de-vie ; car les moustaches de l'Attaman semblent trembloter, ses yeux se tourner du côté de l'Ukraine, et ses lèvres murmurer d'une voix souterraine : Vengeance ! vengeance [1] !

[1] L'expédition de Skalozub, la victoire des Turcs, et la mort de l'attaman, sont tombés en l'année 1593. Dans le récit de cette histoire j'ai suivi fidèlement, et pas à pas, le prince Kantémir sur la *Puissance ottomane*, tom. II. Skalozub était un vieux guerrier favorable à la Pologne. Sous son commandement, le roi Sigismond espérait faire accepter le catholicisme aux Kosaks (selon Lesur et Scherer). Skalozub avait fait trente expéditions sur les czajkas contre les Turcs, et deux fois plus sur terre contre les Tartares. Il était fier, rusé. Sa mort jeta une haine éternelle entre les Turcs et les Kosaks.

VII

L'ATTAMAN KUNICKI.

I

Le roi Jean, au bras puissant mais à la tête faible, tient le sceptre de Pologne; du tranchant de son sabre il a courbé les dos des infidèles, puni les trahisons des Valaques, arrêté les invasions tartares, et il n'a pas déchiré le traité d'Andruszow [1] qui abandonnait aux czars de Moscou [2]

---

[1] Le traité conclu entre la Russie et la Pologne à Andruszow, en l'année 1667, donna au premier des deux empires toute l'Ukraine d'au delà le Dnieper et la ville de Kiow. Michel Korybut, par sa propre faiblesse et les continuelles intrigues de l'hetman Sobieski, ne put rompre cette alliance; quand Sobieski fut devenu roi, et que la paix avec la Russie fut assurée en l'année 1686 par Grzymultowski et Oginski, il confirma le traité d'Andruszow, appelé communément depuis traité de Grzymultowski.

[2] On les appelait encore à cette époque czars de Moscou et non pas czars de Russie.

l'Ukraine d'au delà le Dnieper et la moitié des Kosaks, et il l'a signé sans plus de difficultés que si c'était une affaire de gentilhomme à gentilhomme, et qu'il se fût agi de quelques arpents de terre. La licence effrénée des seigneurs privilégiés et l'orgueil de quelques attamans n'ont pu jusqu'à présent opérer la complète séparation des Kosaks et des Polonais; ils se séparent quelquefois un instant, mais aussitôt les Kosaks retournent à leur mère patrie, comme une fille qui, incitée par les paroles mielleuses de son séducteur, abandonne la maison paternelle, et bientôt, revenue à de meilleurs sentiments, reconnaît son erreur, et retourne au cœur toujours prêt à s'ouvrir à elle. Tout est pardonné, tout est oublié à jamais; deux peuples frères ne font qu'un seul corps, grand et puissant, et opposent un front menaçant à leurs communs ennemis. Aujourd'hui le roi Jean, par un traité, a coupé en deux le peuple kosak, en disposant comme d'un troupeau de bétail, et le jetant dédaigneusement au premier venu; et il a ainsi plus indisposé les cœurs que s'il s'était attaqué à leur liberté, à leurs croyances, que s'il avait fait tomber un millier de têtes sous le glaive du bourreau.

Dans Gluchow les cloches gémissent comme en un jour de deuil; sous Poltawa la Worskla se gonfle de larmes; à Baturyn le vieux château se couvre tristement de mousse, et sur la rive gauche du Dnieper, au delà du Doniec et des steppes de Nizow, les Kosaks baissent les sourcils sur leurs yeux. Au souvenir des frères lachs, le cœur est saisi d'une poignante douleur, et l'orgueil offensé arrête comme avec une main de fer l'élan de tout sentiment généreux, et excite à la vengeance.

Les pères disent : « Malheur à la maison où la femme mène le branle et où le mari danse comme une souris à la chaîne ! mais cent fois malheur au royaume où le roi gouverne du bras et la reine de la tête ! Longtemps la Pologne pleurera sur ce règne d'or en apparence, en réalité d'un métal sans valeur. »

Du côté droit de la rivière tout est triste et silencieux ; il n'y a ni bruyants festins ni chants joyeux, car la joie peut-elle régner où le deuil étreint le cœur et l'écrase sous le poids de ses lourds baisers?... Ils sont fidèles à la Pologne, mais regrettant leurs frères d'au delà le Dnieper, ils étendent vers eux leurs mains et invoquent leur mère commune.

L'attaman Kunicki fait venir de leurs quartiers d'hiver les régiments réguliers et les bataillons zaporogues à Biala-Cerkiew, et quand les bords de la transparente Rosa se sont couverts de buissons de janczarka, d'une forêt de lances et de faux, de troupes, de chevaux, et d'une masse

d'hommes armés, l'attaman convoque les chefs,
et, entrant au milieu de l'assemblée, il ôte sa
czapka, salue chacun tour à tour, et parle ainsi :
« Messieurs les chefs, j'ai reçu un ordre du roi et
de la république ; sans votre conseil, sans votre
consentement je ne puis ni ne veux rien décider ;
j'ai résolu de vous le mettre sous les yeux, et
après la lecture nous délibérerons sur la répo. .
et les démarches que nous avons à faire. Monsieur le secrétaire [1], prenez et lisez la lettre
royale. » L'attaman a fini et se couvre la tête ;
l'écrivain tire de son sein la lettre enveloppée
d'un linge, déploie le parchemin, tousse, crache
et se met à lire : « Monsieur l'attaman d'Ukraine !
le danger qui menace la chrétienté et les malheurs qui ont assailli notre frère l'empereur d'Allemagne, sur le point d'être accablé par les armes
des infidèles, nous ont contraint à décider une
expédition pour opposer une barrière à la puissance ottomane. C'est pourquoi en mon nom et
en celui de la république nous vous appelons,
Monsieur l'attaman, vous et les Kosaks, à partici-
per avec nous à la guerre que nous venons d'en-
treprendre. Votre fidélité, la valeur et l'empressement des Kosaks nous sont bien connus. Nous

[1] *Pisarz*, l'écrivain ou chancelier des Kosaks, rédigeait
tous leurs actes, lisait au conseil les dépêches reçues, et
écrivait les réponses du conseil ou ses demandes.

espérons qu'à la réception de notre lettre, Monsieur l'attaman, à la tête de toute l'infanterie,
vous vous dirigerez aussitôt vers Multany, où,
vous réunissant à Petryczejko, notre fidèle hospodar de ce pays, vous commencerez à parcourir en
tous sens et à piller les contrées qui reconnaissent l'autorité du sultan, et en même temps bar-
rerez le chemin aux renforts qu'il enverrait en
Allemagne. Quant à la cavalerie kosake, la confiant à un colonel, vous l'enverrez par la Russie-
Rouge pour se réunir à moi. Nous vous recom-
mandons à la protection de Dieu, et restons
toujours bien disposé à votre égard. Votre roi et
seigneur, Jean III[1]. » Longtemps personne ne dit
mot ; les langues sont immobiles mais les esprits

[1] L'envoi de Kunicki en Valachie était d'un chef bien
avisé. En ce temps, l'art militaire ne connaissait pas encore
ces vastes plans et ces profondes combinaisons qu'on
aurait regardés chez Frédéric de Prusse et Napoléon
comme le fruit de leur génie militaire, mais dont nos
historiens ne tinrent aucun compte à Jean III; ou ils passèrent sous silence, ou ils ne mentionnèrent que très-
légèrement un événement si glorieux pour le sauveur de
Vienne.—Kantemir, l'ennemi de la Pologne, et qui détes-
tait Jean Sobieski (dans son *Histoire de la puissance de l'empire ottoman*), décrit avec exactitude l'épisode de l'expédition conduite par Kunicki et Petryczejko, et montre les
grands avantages que Sobieski retira de cette diversion.
Les Turcs craignaient que les Polonais ne leur rendissent
le retour impossible : c'est pour cela qu'ils firent sous
Vienne une si faible résistance et précipitèrent tant leur
retraite.

travaillent dans les têtes comme les abeilles dans
une ruche, personne ne peut apercevoir ce qu'elles
font ni comment, et quand on voit leur ouvrage
on dit alors : Elles ont dû travailler. Ivan, colonel du régiment de Czerkas, vieillard septuagé-
naire, caresse sa barbe grise et dit : « Mes
frères ! Monsieur l'attaman ! il serait plus honnête
à la république et au roi guerrier d'effacer la
tache du traité d'Andruszow, et de réunir autour
du foyer de la mère Pologne tous ses enfants dispersés ; car, que gagnerons-nous à notre union
avec les Allemands? Mais que faire? Puisque telle
est la volonté de la république, marchons contre
les infidèles ; peut-être nos services dans cette
guerre nous concilieront-ils les cœurs de nos frères
lachs, et, cette expédition terminée, peut-être en
ferons-nous une seconde contre le czar blanc. »
Ce discours plaît, car de toutes les larges poitrines
s'échappe un même mot sur la même note : « D'accord ! d'accord ! — Maintenant, Messieurs les
chefs, dit l'attaman, aux ordres de qui confierons-
nous la cavalerie? » Tous, comme s'ils s'étaient
entendus d'avance, répondent : « A Mohyla[1],
colonel du régiment de Korsunski, il a conduit

---

[1] Mohyla, après la délivrance de Vienne, fut envoyé en
Hongrie pour chasser les Turcs de ce pays. Il accomplit
sa mission et se couvrit d'une grande gloire. (Voir Lesur,
Scherer). Ce même Mohyla, après la mort de Kunicki,
fut élu attaman des Kosaks.

bien des fois la danse folle avec les Tartares, bien des fois fouetté de son sabre les paysans russes, c'est lui qui mènera le mieux la cavalerie, et en combattant près des Lachs il ne nous fera pas honte au nom kosak. » Tous poussent des cris de joie, Mohyla salue les chefs tout à l'entour ; cette assemblée courte mais décisive s'est séparée. L'attaman donne des ordres pour l'expédition ; les chefs se dispersent. L'attaman monte à cheval et se dirige vers Biala-Cerkiew.

II

A Konela, à deux pas d'une forêt de chênes, est un château en bois [1] proprement blanchi, avec un toit couvert de kalennica [2] ; sur les côtés, des hangars et des granges ; derrière, les étables, les écuries et la basse-cour, le tout entouré d'un treillage de branchages et d'un large fossé. Le soleil, en se couchant, jette des rayons lumineux, mais tristes, comme le sont toujours des rayons d'adieu ; c'est de ce même éclat, triste et tendre, que brille

[1] La plupart des maisons, même des maisons seigneuriales, étaient faites en bois, ce qui, dans un climat si froid, préservait mieux les habitants de l'humidité. (*N. du T.*)

[2] La paille pour recouvrir les toits, mouillée dans l'argile détrempée, s'appelait kalennica. Ces sortes de toits résistaient davantage au feu.

l'œil d'une amante quand elle souhaite à son bien-
aimé une bonne nuit jusqu'au lendemain; car
pour son cœur le lendemain est terriblement
éloigné. Le bétail prend ses ébats en revenant des
champs, les flancs tellement gonflés de nourriture que peu s'en faut que leur peau n'en éclate,
et les pis des vaches dégouttent de lait; les mou-
tons traînent à terre leurs queues grasses et ornées
de mauvaises herbes et de bodiak; les juments
courent par troupes dans le steppe, et devant elles
leurs poulains, se balayant les reins de la queue,
galopent en ligne comme un escadron qui charge.
Les charrues crient, les herses grincent, les bou-
viers, les vachers font claquer leurs fouets, et
les laboureurs chantonnent différents airs.

Sur la pelouse, devant la maison, est assise
une jeune femme aux yeux noirs; quoiqu'elle
ait avancé d'un bon pas dans le printemps de
la vie, elle est cependant aussi fraîche qu'une
baie qui est déjà mûre, mais qui n'est pas encore
trop mûre; sa taille est élancée, ses lèvres saines
et vermeilles à y boire de l'eau. Près d'elle se
tient un garçon de sept ans; ses yeux sont d'un
gris sombre et pleins de malice, ses cheveux
blonds resplendissent si un rayon de soleil vient
à les éclairer, et alors autour de cette tête enfantine la lumière forme en se reflétant comme l'au-
réole d'un ange. Il ne peut rester un instant en

place ; il court comme un écureuil, de là pelouse sur le chemin, du chemin sur la muraille. L'œil de la mère lance des éclairs de joie, le garçon accourt, tend la joue, et reprend sa course. Voilà que le petit Sawka s'arrête tout à coup, se lève sur la pointe des pieds, se redresse, puis s'écrie : « Maman ! maman ! ne vois-tu pas comme papa vole vers les portes sur son cheval bai clair ? » La jeune femme regarde, reconnaît son mari, et s'élance vers les portes. L'attaman descend de cheval, jette ses brides sur la selle, serre sa femme dans ses bras ; elle se presse contre lui et dit : « Salut, cher époux, Sawka t'a aperçu le premier ; resteras-tu longtemps avec nous ? » Le petit garçon saute sur les épaules de son père et passe ses mains dans ses cheveux noirs : « Oh ! peu de temps, Handzia ! peu de temps, mon fils, je resterai avec vous ; comment allez-vous ? Portez-vous bien. Tel est le malheur du Kosak : la volonté du roi et de la république m'ordonne de marcher contre les infidèles, un simple Kosak ne peut lui désobéir, à plus forte raison un attaman. Femme, essuie tes larmes ; mon fils, ne fronce pas le front. Si Dieu le permet, je reviendrai ici sain et sauf ; si le destin m'unit à un tertre tumulaire, souviens-toi, femme, que tu es mère de cet enfant : il faut qu'il soit Kosak, et un Kosak agile et vigoureux. Maintenant, portez-vous bien ! je ne puis rester plus longtemps avec vous, mon cœur fondrait, et pleurer ne va pas à la figure d'un attaman. » Il serre dans ses bras sa femme, son fils, et quoiqu'il dévore son chagrin une larme pend à ses cils; il est monté à cheval, et son coursier bai clair le reporte au galop là d'où il est venu. La mère est noyée de larmes, Sawka sanglote et se presse contre le visage d'Handzia, et ce double attendrissement augmente encore l'expansion de la douleur, mais calme et soulage le cœur.

III

Les bataillons [1] kosaks entrent dans le Budziak;

[1] Il y a dans le texte *tabor*. Le *tabor* est l'ordre de bataille dans lequel combattait l'infanterie kosake; chaque sotnia avait une certaine quantité de grands charriots, à chacun desquels on attelait une paire de bœufs. Dans le temps des marches à travers les steppes, où ils pouvaient à chaque instant être attaqués par les Tartares, les Kosaks se formaient en carrés, et les charriots roulaient devant, derrière et aux deux ailes, ainsi avançait ce carré mouvant; en cas de besoin, les chariots du devant étaient placés les timons en arrière, de manière que les bœufs ne les traînaient pas, mais les poussaient. Si l'ennemi attaquait les Kosaks de derrière, leurs chariots le saluaient d'une décharge de leurs fusils, souvent même repoussaient à coup de faux les infidèles. Ils attaquaient en s'élançant tout à coup de derrière leurs chariots; et ils étaient si habiles dans ce genre de combats, que cent soldats d'infanterie en *tabor* pouvaient résister avec avantage à deux mille cavaliers d'élite.

tout est désert, silencieux devant eux et derrière eux ; le steppe seul et les nuages les entourent. On ne voit point de visage humain, on n'entend point de voix humaine ; seulement le loup fauve hurle dans les vallons lointains, le corbeau, en planant au-dessus des têtes, pousse des croassements sinistres, le boa siffle dans l'herbe de sa poitrine glissante, le léger sumak[1], dans son effroi, agite tout à coup les szuwar[2]; les outardes, postées une à une sur des monticules, veillent, comme les sentinelles dans un camp, sur la sûreté de celles de leurs compagnes qui paissent dans la vallée. Les hommes, que sont-ils devenus?.. Les guerriers ont suivi le khan sous les murs de Vienne ; les vieillards, les enfants et les femmes se sont enfuis à Perekop.

Les Kosaks ont traversé le Budziak et le laissent comme ils l'ont trouvé, désert, silencieux, mort. Devant eux s'étend une belle et riche contrée ; les villes blanchissent à l'horizon, les villages sont dispersés en couronne au milieu des collines ; les vignobles, par leurs grappes d'or et de rubis, attirent à elles les yeux ; les filets d'une eau pure ser-

---

[1] Sumak, espèce de chèvres sauvage, légère et rapide, qu'on ne trouve que dans les grands steppes de l'Ukraine.

[2] Szuwar, espèce de joncs des steppes très-hauts et qui brillent quand le soleil les éclaire comme s'ils étaient d'argent.

pentent au travers des vallées ; les bois projettent
leur ombre, et des troupeaux de toutes sortes de
bétail couvrent les champs. L'attaman arrête ses
bataillons et parle ainsi : « Mes frères, chez les
Kosaks être absents de la sicz signifie la même
chose que faire du butin. Vous voyez le Budziak,
et il leur montre, de la main, les steppes déserts ; et
vous voyez la Moldavie, il leur indique cette riche
contrée, il faut que ces deux pays n'en fassent
qu'un, telle est la volonté de la république, telle est la
volonté du roi. « C'est bien, père attaman ! » s'écrient
les Kosaks, et dans ces acclamations il y a quelque
chose d'infernal. Dans l'air se déchaîne un terrible
et violent orage ; les oiseaux s'envolent au loin,
les troupeaux se réfugient au fond du pays, les
coups de tonnerre se succèdent sans interruption,
le vent siffle et jette de rares mais grosses gouttes
de pluie ; les Kosaks sourient et jurent de tenir la
promesse faite à l'attaman

La tempête a cessé, les Kosaks entrent en Moldavie, et, à la frontière même, ils rencontrent le
camp de Petryczejko, hospodar de Moldavie ; après
une courte délibération des deux chefs, comme
les éclairs que le soleil envoie, ainsi s'éparpillent
de tous côtés les bataillons kosaks et les cavaliers
moldaves. Il fait encore jour et le soleil n'est point
encore couché que déjà la Moldavie et la Valachie
entière flambent comme un seul bûcher. Kisz-

new[1] est consumé par le feu, les maisons des belles femmes de Jassy[2] s'abîment dans les flammes, les habitants s'en échappent par bandes, criant : Oh! Jassy! oh! belle Jassy! tu n'étais pas ainsi avant l'arrivée des Kosaks. L'armée de l'hospodar a même disparu comme une paille emportée par le vent, les spahis et les janissaires ont quitté leurs postes et rétrogradent vers le Danube en hurlant : *Aman! Aman*[3]*!* Mais il n'y a point d'aman chez les Kosaks, leurs faux coupent comme des lames de rasoir, et le canon de leur fusil rayé porte au loin le plomb et atteint les fuyards. Les bataillons de l'attaman couvrent la terre de guerriers ; les bandes de l'hospodar taillent en pièces les gens désarmés ; les ruisseaux se teignent de sang, et les ossements s'élèvent en monticules à leur surface. Comme des sauterelles, ils ont dévoré

[1] Kisznew ou Kichnau, sur le Byk, ville de Bessarabie, à 53 kilom. N.-O. de Bender; 3,500 habitants. Aujourd'hui elle appartient à la Russie. L'exarque métropolitain de Kiszenew et de Khotin et l'évêque de Bender et d'Akkerman y résident. *(N. du T.)*

[2] Jassy, Jasch des Moldaves, *Jassorum municipium*, capitale de la Modalvie, sur le Bachlni, à 17 kilom. du Pruth, à 700 kil. N. de Constantinople ; 40,000 habitants. Jassy était très-importante du temps des Romains. Elle a été souvent prise par les Russes. Le 5 janvier 1792 un traité de paix y fut signé entre la Russie et la Porte. C'est par ce traité que le Dniester fut établi pour limite entre les deux empires. *(N. du T.)*

[3] *Aman*, le pardon, grâce des Turcs. *(N. du T.)*

le pays en tous sens, semant, comme graines, la ruine et la mort. Ils dépassent le vieux Danube. Toute l'armée s'assemble sur les frontières du pays de Silistrie ; Kunicki et Petryczejko se donnent la main en signe que le frère a bien secondé le frère.

Les Kosaks s'écrient : Père attaman ! ce qu'un Kosak promet il le tient : regarde la Valachie, la Moldavie, est ce qu'elles ne sont pas aussi unies, aussi désertes que le Budziak ? L'œil des habitants ne reconnaîtrait pas leur terre natale, tant elle est déserte, morte, dépeuplée. « C'est bien, mes frères, répond l'attaman, mais il n'est pas de fin aux actions des Kosaks, comme il n'est pas de fin aux nuages ; le champ de nos amusements, de nos exploits, c'est le monde entier dans toute sa longueur, dans toute sa largeur. Vous voyez Silistrie. Il nous faut labourer ici, qu'on s'en souvienne de long-temps. » De tous côtés s'élèvent les cris : Vive la république, vive l'attaman ! mort aux musulmans ! Après une courte halte, pour se reposer un peu et partager le butin, l'armée se divise en dix corps qui prennent chacun un chemin différent et se dirigent vers Babadadzy, en détruisant tout par le fer et le feu. Le quinzième jour tous ces corps se réunissent sous les remparts fortifiés de Babadadzy[1].

[1] Babadadzy ou la Montagne Mère : A peu de distance de la ville s'élève une haute montagne de ce nom, nom qu'elle a donné à la capitale de la province de Silistrie.

La capitale du pays de Silistrie avait fermé ses portes, et ses retranchements sont couverts d'obusiers et de soldats ottomans. Les Kosaks s'irritent de cet obstacle et crient : A l'assaut, à l'assaut ! L'attaman fait un signe de main, le timbalier fait résonner ses timbales, et les Kosaks descendent comme une inondation sur les retranchements et les portes. Une seule fois les obusiers sont allumés, tonnent et se taisent, les portes s'écroulent... l'étendard rouge d'Ukraine et le bunczuk de l'attaman se balancent sur les retranchements, et les jeunes gens dans les rues taillent, comme des choux, les têtes des infidèles. De l'autre côté de la ville, arrive la cavalerie moldave, sabrant, écrasant sous les pieds de ses chevaux, la foule des fuyards; il ne reste pas un être en vie; toute la ville n'est qu'un lac immense, d'un sang épais, figé, brillant d'une couleur rouge, sombre[1], et, à sa surface, les cadavres humains, comme autant de débris d'un naufrage. Les Kosaks et les Moldaves assassinent dans les rues, dépouillent, pillent les maisons et

---

[1] Quelques lecteurs trouveront peut-être ce tableau exagéré; moi, je ne le crois pas, car j'ai vu de mes propres yeux, dans une rencontre, le sang si largement répandu qu'il s'en forma une mare, et les chevaux en y passant barbotaient, et leurs sabots y disparaissaient en entier. Dans une autre rencontre, la nuit, la terre était tellement imprégnée de sang, qu'il y avait de la boue en cet endroit malgré la sécheresse.

les mosquées, et emmènent le butin hors de la
ville. Le pillage achevé, ils allument quelques
tisons et incendient ensemble cent maisons de
bois ; le bruit des planches qui éclatent, le sang
qui bout, et les hourras sauvages des vainqueurs
chantaient le chant des morts sur Babadadzy expi-
rante. Les fumées s'unissent par pelotons et s'élèvent aux nues, portant au ciel le frisson de feu
d'une pluie d'étincelles. La montagne Mère, avec
son sommet aigu, a disparu dans des flots de
fumée et ses flancs sont éclairés de l'incendie. Les
Dziudzien[1] sifflaient tristement en étouffant et en
grillant, et les vieux aigles criaient comme de
désespoir et s'abattaient dans la fumée, ne pouvant se détacher de leurs nids et de leurs petits.
Bien des années s'écoulent avant que le Tartare
n'empenne sa flèche d'une plume de leur queue,
ni que l'habitant de Silistrie[2] n'emplisse sa bourse
en vendant cette marchandise de prix.

[1] Dziudzien, espèce d'aigles. Leurs plumes sont excel-
lentes pour les flèches ; elles ont cette propriété que,
mises à côté d'autres plumes, elles les dévorent complé-
tement. Les Turcs les payent 30 bourses, car c'est l'un des
principaux articles de commerce des habitants de Babadadzy.

[2] Silistrie ou Distri, Durostorum, Tirista, ville de Bulgarie, au confluent de la Dristra ou Missovo et du Danube ; 20,000 habit. Les environs de cette ville furent le
théâtre de divers combats entre les Russes et les Turcs
en 1793. Les Russes, plus heureux que dans la dernière
guerre, la prirent en 1829.   (*N. du T.*)

Au milieu de ces victoires et de ces pillages s'endort l'attaman des Kosaks ; et aussi s'endort l'hospodar Petryczejko. Depuis quatre mois dure cette vie de plaisirs, il serait temps de revenir vers les frontières de l'Ukraine. Déjà arrive la nouvelle que le roi Jean a délivré Vienne ; que Mohyla, avec la cavalerie kosake, nettoie la Hongrie des souillures des Musulmans ; que le khan de Perekop, avec une horde de cinquante mille hommes, se dirige de la Serbie vers le Budziak : quoique battu, il est encore menaçant. De fortes gelées fendent la terre, et la neige vole dans l'air en flocons épais ; aussi la mortalité éclaircit-elle les rangs de l'armée. Les chefs voient tout cela avec indifférence : Petryczejko ruine de fond en comble le pays et massacre les habitants ; l'attaman a campé et s'est fortifié dans la vallée de Walitromba[1], vallée de malheur, où Sobieski éprouva par deux fois de graves échecs, une fois comme hetman, une autre comme roi. Les Kosaks n'aiment pas cette vallée maudite ; mais ainsi le veut le père attaman : il faut à la guerre danser, sauter, selon la volonté du chef. Les chefs se tiennent en repos ; en temps de

---

[1] La vallée de Walitromba, appelée vallée de malheur dans tous les contes des peuples slaves établis au-dessus du Danube ; aucun n'y passera sans réciter ses prières. Jean Sobieski y fut deux fois battu. Là Kunicki perdit la fleur de l'armée kosake, et là Pierre le Grand fut terriblement défait par les Turcs. (*Voir* Kantemir.)

guerre la parole de l'attaman est comme la parole de Dieu, et quand on devrait donner sa tête, il le faut faire et sans murmurer. Deux semaines les Kosaks attendent dans l'inaction l'arrivée de Petryczejko, et de jour en jour la mort prend pour tribut une tête après l'autre. L'attaman, près du feu, s'appuie sur le coude ; les Kosaks ne murmurent pas, mais sont profondément tristes.

Vers le commencement du troisième dimanche, aux sentinelles postées sur les monticules apparaît, rétrogradant sans ordre, la cavalerie moldave, et sur ses derrières, lancée à sa poursuite, une nuée de Tartares. L'attaman dispose ses bataillons et s'avance dans la plaine : les infidèles s'arrêtent. L'hospodar, avec les débris de ses troupes, se réfugie derrière les retranchements ; les Kosaks s'en retournent, et ce jour il n'y a aucune rencontre : seulement, la nuit tout est en mouvement dans le camp ; on charge les voitures de butin, on aiguise les faux, on nettoie les fusils ;... au matin ils se doivent mettre en route. La neige a comme couvert la terre de duvet ; au point du jour, elle tombe encore, au milieu du silence : ils abandonnent le camp, les débris de la cavalerie moldave sont au milieu, et sur les côtés s'avancent les Kosaks en nombreux bataillons ; au centre des bataillons, les riches dépouilles ; aux ailes, devant et derrière roulent les chariots de guerre ; leurs roues entou-

rées de neige tournent comme les vagues de la mer.
Ils marchent ainsi un quart de lieue dans la vallée
silencieuse, quand tout à coup ils aperçoivent devant
eux les hordes tartares rangées en demi-cercle [1];
ils regardent en arrière, et là-bas aussi les cavaliers
volent en demi-cercle; la ligne courbe s'étend,
l'aile rejoint l'aile, et ils entourent en cercle les
Kosaks. L'attaman ordonne de prendre les fusils
et de marcher en avant. Le bunczuk du khan se
balance dans les airs, le drapeau blanc s'agite
dans les airs comme des flocons de neige chassés
par le vent; on joue de la tabalszana [2]; une grêle
de traits empoisonnés fond sur les Kosaks et en
tue un grand nombre. Les Kosaks s'agenouillent
derrière leurs chariots, ajustent leurs fusils, font
feu, et la ligne de leur cercle unie, égale, se dé-
coupe en franges et regarde par cent ouvertures.
La neige se teint de sang et se couvre des pelisses
de peaux de mouton. Les hordes se remettent de
nouveau en ligne et saluent de leurs traits les
Kosaks; de nouveau les fusils détonnent et le

[1] Les Turcs combattaient aussi de cette manière, s'éten-
daient en demi-cercles, entouraient l'ennemi, et couraient
jusqu'à ce que les extrémités de leurs demi-cercles se
touchassent et que l'ennemi fût enveloppé.
[2] *Tabalssana*, musique tartare composée de chaudrons.
Près du khan se trouvait un musicien avec un chaudron
d'argent; un coup sur ce chaudron servait d'ordre; le drapeau blanc déployé annonçait la présence du khan à la
bataille.

20 .

cercle se rompt ; cent fois ils attaquent, et ils sont repoussés cent fois ; les Kosaks sortent déjà de la vallée, quand les Tartares furieux, criant : Allach ! Allach ! et, les sabres levés, se précipitent sur les bataillons kosaks. Les chevaux frappent les chariots de leur poitrail et reculent ; plus d'un Kosak ayant déchargé son fusil, saisit sa faux et en atteint une tête de cheval ou un crâne tartare, et les partage en deux. Les hordes commencent à reculer, les Kosaks s'élancent déjà comme des enragés de derrière leurs chariots, criant : Lardez, hachez l'ennemi ! Même la cavalerie moldave se met à poursuivre les fuyards. L'attaman comprime leur ardeur ; il connaît les trahisons, les ruses des Tartares : il ordonne de se remettre en ordre et d'aller en avant. Ils sortent de la vallée maudite avec gloire, mais avec une perte désolante : cinq mille Kosaks ont succombé dans le combat, on a jeté des chariots la majeure partie du butin, et l'on met à la place les guerriers blessés. Le Tartare a fait une perte trois fois plus grande, mais ses forces augmentent, et aucun renfort n'arrive aux Kosaks ; des monceaux de cadavres d'hommes et de chevaux ont presque comblé la vallée de malheur : là, gémit l'homme expirant, et l'aigle aiguise ses serres sur son crâne en attendant que l'âme s'exhale ; ici, un cheval traîne ses entrailles et hennit douloureusement ; derrière lui

sautent des corbeaux, déchirant ses chairs à coup
de bec; plus loin, on voit une tête kosake, un
tulub tartare; là, un ennemi presse un ennemi
mourant, un autre repousse les siens, et il n'y a
pas trace de neige dans la vallée; elle a disparu
sous le sang et sous les cadavres fumants.

IV

Les bataillons kosaks entrent en Valachie; le
pays est dévasté, la neige couvre les ruines et les
cendres; partout le sol est uni, égal; nulle part de
village, de ferme, de bois pour le feu, de blé pour
la nourriture; seulement on distingue sur la
blanche neige des traces de gibier, et les Tartares
crient comme des hirondelles de mer, tournent
tout autour et lancent des traits trempés dans le
venin de vipères. La faim, le froid, les maladies
et le fer tartare déciment les Kosaks; ils abandonnent sur leur route les chariots et les riches
dépouilles; ils laissent dans leur retraite des traces
sanglantes de leur passage. L'attaman éloigne de
lui le désespoir; il veille sur l'armée comme un
père sur ses enfants, les ranime, les excite à la
persévérance; il calcule et prévoit comme un chef,
et combat comme un simple Kosak. Sa czapka est
percée de traits comme un crible, sa pelisse trouée

en plus d'un endroit, et son corps, comme par une puissance surnaturelle, est préservé de toute blessure.

Ils ont dépassé la Valachie, ils ont dépassé la Moldavie; ils s'avancent dans le Budziak, inquiétés jour et nuit par les Tartares. Et quoique cette belle armée d'Ukraine, si nombreuse et si valeureuse, ne compte plus que cinq cents Kosaks, pourtant les hordes n'osent l'attaquer en bataille rangée; ils se contentent de la harceler de loin en lui décochant des traits. La leçon de la vallée de malheur n'est pas perdue; à peine ont-ils atteint les bords de la Kodema, que les cavaliers tartares les quittent et se perdent dans les steppes. Petryczejko se dirige vers Kamienka avec quelques soldats seulement, et l'attaman, avec trois cents Kosaks à peine, court vers l'Ukraine. Il est triste; souvent il soupire : son cheval bai clair balaye du vent de ses narines la neige du chemin et hennit tristement. C'est un mauvais présage; le cheval de l'attaman est d'ordinaire toujours vif et allègre : il doit prévoir un malheur.

Au-dessus de Kamienka il rencontre les premières sentinelles zaporogues; les frères se saluent en silence, les uns n'interrogent pas, les autres ne parlent pas des événements de la guerre, seulement le sotnik remet aux mains de l'attaman un écrit des chefs, lui ordonnant de se rendre directement à Biala-Cerkiew. L'attaman, seigneur tout-puissant sur son armée hors des frontières, une fois qu'il a mis le pied en Ukraine, doit se soumettre en tout au conseil des chefs. Il n'y a dans l'écrit ni menaces, ni reproches, et cependant Kunicki sent le frisson parcourir tout son corps; le cheval bai clair bronche deux fois, peu s'en faut qu'il ne tombe la tête la première. Dans les villages d'Ukraine les habitants sortent pour saluer le père attaman; mais quand ils voient une poignée de Kosaks, amaigris, pâles comme s'ils revenaient de l'autre monde, à la place de chants joyeux ils versent une larme, au lieu d'acclamations bruyantes ils serrent en silence la main de leurs compagnons. Enfin ils arrivent à Biala-Cerkiew; le peuple ne sort pas au-devant d'eux, seulement quelques chefs dispersent les Kosaks dans leurs casemates, et l'un d'eux conduit l'attaman dans la salle où se tient réuni le conseil.

Tout autour, sur des bancs, sont assis les vieux chefs, en pelisses de peau de mouton, la tête couverte de czapkas grises; au milieu une table, sur cette table l'Évangile et la croix, et dans un coin de la salle est l'archimandrite en rasa[1] noire. L'attaman entre, salue, et dit : « Messieurs les

---

[1] *Rasa*, robe de dessus que portent les prêtres grecs.

20.

chefs, je viens entendre votre volonté.—Père attaman, reprend un des plus vieux, qu'as-tu fait de l'armée d'Ukraine? où as-tu perdu la fleur des Kosaks?—Messieurs les chefs, dit l'attaman en ôtant sa czapka et se tenant au milieu, tête découverte, l'orgueil de l'homme s'accroît en voyant le courage des Kosaks, et le cœur saigne au souvenir des désastres que nous avons éprouvés; des villes et des villages détruits, les habitants de deux provinces taillés en pièces, voilà nos actes! Les maladies, la faim, le froid, ont détruit notre armée, telle est la volonté du Très-Haut et mon malheur. Dieu m'est témoin, et avec Dieu le reste des Kosaks échappés, que je n'ai point caché ma poitrine, ni épargné mon bras pour la défense des Kosaks.—Le jureras-tu? demande de nouveau le vieillard.—Je le jurerai, répond l'attaman... Alors l'archimandrite commence à lire la formule du serment, et l'attaman s'agenouillant et embrassant la croix, jure par la passion du Christ qu'il dira la sainte vérité; puis il se lève, et du commencement à la fin raconte dans tous ses détails cette malheureuse expédition. Les chefs sont attendris jusqu'aux larmes et secouent leurs têtes grises; quand il a fini ils passent dans une autre salle. L'attaman reste seul, la tête baissée vers la terre, la main appuyée sur la poignée de son sabre, et il se tient en place, immobile comme une

statue. Après quelques instants les portes s'ouvrent et les membres du conseil reviennent, l'un
d'eux prend la parole : « Les chefs ne t'accusent
ni de trahison, ni de lâcheté, ils rendent témoi-
gnage de ta valeur, et ne se plaignent pas de ta
fidélité; mais comme jusqu'à présent il n'y a pas
eu d'exemple chez les Kosaks qu'un chef revînt
après avoir perdu son armée, pour prévenir le
retour d'événements semblables à celui qui t'arrive aujourd'hui, le conseil a résolu de punir cette
action de la mort. Père attaman, tu périras par le
glaive, mais tu périras avec tous les honneurs dus
à ton rang, et l'on n'élira un nouvel attaman
qu'après ta mort. » Kunicki lève la tête, promène
tranquillement ses regards sur l'assemblée, et
parle ainsi : « Messieurs les chefs! loin de moi
toute prière, que votre jugement s'accomplisse,
mais avant ma mort je voudrais voir ma femme,
mon fils, leur dire adieu. Fixez un jour, et je me
présenterai, foi de Kosak, foi d'attaman. » Plusieurs voix lui répondent tristement : « Père attaman! prends autant de temps que tu voudras. »
Kunicki dit : « Plus cela dure, plus c'est triste, ce
qu'on diffère n'en arrive pas moins ; un jour me
suffit, je vous remercie pour cela aussi; Messieurs
les chefs, au revoir. » Il sort, monte à cheval, et
part. Les larmes se pressent aux paupières des
membres du conseil; c'est une bien lourde charge

pour leur cœur que de juger, et quand la nécessité l'ordonne, d'aller contrairement aux plus
chers sentiments de l'âme.

V

En la vaste salle de la blanche maison, un grand
feu flambe dans le poêle ; le bois pétille et envoie
des étincelles et de chaudes bouffées de flamme
au dehors ; tout autour sont assises les jeunes
femmes, et le plus près du feu l'attamanycha[1] ; le
petit Sawka, dans l'alcôve, dort comme un mort
sur sa couchette. Les rouets tournent, les que-
nouilles se dévident promptement, le fil siffle dans
les doigts, et les fuseaux bruissent en touchant
terre. Les jeunes femmes tantôt chantonnent,
tantôt parlent des vampires et des sorciers ; et
parmi elles règne une telle égalité, une telle
liberté de parole, qu'il ne viendrait à l'idée de
personne que parmi elles se trouve la femme de
l'attaman, du chef des Kosaks. Handzia sourit
quelquefois, mais aussitôt le chagrin obscurcit de
nouveau son front, la nouvelle d'un épouvantable
désastre est arrivée sourdement jusqu'à elle. Il est
vrai que tout le monde répète que l'attaman vit

[1] Attamanycha, femme de l'attaman.

et se porte bien, mais la femme ressent toujours une double douleur comme épouse du chef et comme Kosake.

Déjà il est près de minuit, quand tout à coup les chiens aboient dans la cour; sur la route couverte de neige retentissent les sabots d'un cheval, une voix fait entendre ces mots : Hop! hop! Le cœur d'Handzia tremblotte, cette voix lui est bien connue, c'est la voix de son mari. Elle s'écrie : « C'est lui! » et court vers les portes; mais déjà le vieux Iakow en a ouvert les deux battants, et l'attaman, blanc de neige et gelé comme un arbre couvert de givre, rencontre sa femme au pas de la porte, la presse dans ses bras, l'embrasse, et entre avec elle dans la salle. Il jette sa pelisse de dessus ses épaules, détache son sabre, s'assied sur un tabouret, promène son regard sur sa femme, sur les murs qui ont vu ses ancêtres; une larme brûle sa paupière, il ne demande rien de son fils, il se tait; Handzia respecte le silence du chef, craint de lui demander quoi que ce soit, pour ne pas toucher la corde sensible de la défaite reçue. Ce silence dure quelque temps. Enfin l'attaman l'interrompt en demandant à sa femme ce qui s'était passé pendant son absence, il exige les détails les plus minutieux, puis cause des soins de la maison, des hommes les plus propres à servir de protecteurs à son fils; tout cela, il le dit tranquillement, mais avec autant d'insistance que s'il se préparait à un voyage lointain. Sa femme est frappée de stupeur, et dit : « Est-ce qu'il y aura une nouvelle expédition? Cher époux, il est temps de prendre du repos après tant de fatigues et de soucis; il est temps que nous adoucissions tes chagrins passés. —Ce n'est pas à une expédition, chère épouse, que je pense maintenant ; mais l'homme est mortel, vit aujourd'hui, peut mourir demain, et ce n'est pas le temps de donner à manger aux lévriers quand on part pour la chasse.—Vois au moins Sawka, ton pauvre petit enfant; » elle prend son mari par la main et l'entraine vers l'alcôve. Elle éclaire de sa lumière le visage du jeune garçon. « Vois comme il te sourit, il te prie de rester avec nous. » L'infortunée jeune femme ne sait pas qu'elle enfonce un fer rouge dans son cœur de père. L'attaman s'incline au-dessus de la couchette, effleure de sa moustache les lèvres de l'enfant, arrose ses joues de larmes; Sawka se secoue et tourne sa figure sur son oreiller. Kunicki sort vite de l'alcôve, et se promène à grands pas dans la chambre. Sa femme demande s'il veut manger. Il répond : « J'ai soupé chez le voisin.—Peut-être veux-tu te reposer, mon cher?—Je ne puis, il faut que je sois avant le jour à Biala-Cerkiew, au conseil des chefs; » il tremble en disant ces mots, puis appelle Iakow : « Qu'on m'amène le cheval.

—Lequel, père attaman ? dit le serviteur.—Le bai clair s'est assez reposé, je n'en veux point d'autre, il me rendra encore ce dernier service. » Il embrasse sa femme, prend sa pelisse, attache son sabre, se promène encore un instant dans la chambre en regardant les murs, l'alcôve où dort son enfant. Handzia est triste, ne peut lever la tête, sent ses pieds se dérober sous elle. L'attaman entend le pas du cheval devant la maison, se jette dans les bras de sa femme, la soulève en l'air ; Handzia se pend à ses lèvres ; il s'arrache soudain de son étreinte, s'élance hors la porte, saute à cheval, et quand sa femme lui dit : « Reviens vite, car je suis triste, » il répond : « Qu'il soit fait selon la volonté de Dieu, nous nous reverrons pour ne plus nous séparer. »

Il dit un mot de son fils, presse son cheval, et ses larmes découlent sur sa pelisse, en vain l'attaman frappe des talons, en vain fouette-t-il son cheval de sa nahajka[1], le bai-clair baisse la queue, s'éloigne à pas lents du village natal, et regarde sans cesse en arrière. Kunicki pleure et réfléchit. Personne ne le voit... il peut lâcher les brides à son chagrin ; et ce n'est pas gai d'abandonner une femme jolie, un fils unique, la récompense d'un

[1] Nabajka, fouet kosak, de la longueur d'une cravache, formé de lanières de peau tressées.

père, et la gloire de l'attaman, pour errer quelque part dans l'autre monde, sans savoir d'où l'on vient ni où l'on va. Il pourrait faire un écart et fuir en Podolie, mais cette pensée est loin de lui; la parole d'un attaman est sacrée, et Kunicki veut être attaman jusqu'à la fin.

Déjà le jour brille d'un vif éclat. Sur la place de Biala-Cerkiew sont assemblés les chefs. Du reste, il n'y a qu'eux; dans la ville aucun mouvement, sur la physionomie du peuple une douleur amère. Devant les chefs, sur deux forts poteaux, est un billot en planches d'aunes, et auprès, un prisonnier tartare un énorme sabre à la main. Au galop arrive du steppe le cheval bai clair avec l'attaman; l'attaman est calme, sombre, il descend de cheval, jette ses brides, caresse le cou du cheval en signe d'adieu, et se met en place : « Messieurs les chefs! que votre volonté s'accomplisse; je mets mon fils sous votre protection, qu'il serve les Kosaks et la liberté... qu'il soit plus heureux que son père. Saluez mes compagnons de malheur, et vous-mêmes soyez heureux! Que le peuple kosak soit grand et libre! » Il dit, s'agenouille, place sa tête sur le billot... aucun ne répond à l'attaman, leurs larmes se figent dans leurs yeux.... seulement le père, plein de joie, s'écrie : « Achmet, à ton ouvrage! » Le prisonnier tartare retrousse ses manches jusqu'aux épaules, élève son sabre en l'air, le fer s'abat en sifflant... la tête de l'attaman tombe et rebondit plusieurs fois sur la neige, sa pelisse roule à quelques pas. Quelques Kosaks viennent avec un brancard et emportent le corps de l'attaman. Les chefs, après cette sauvage leçon, s'en reviennent chez eux le cœur serré; le cheval bai clair hennit douloureusement, se retourne et vole au galop vers la rivière de la Konela[1].

[1] Kunicki, gentilhomme polonais, élu attaman des Kosaks, fut tué par les siens pour sa retraite. (Lesur, Scherer.) Kunicki ramena des huit mille hommes qu'il avait en Valachie à peine quelques centaines d'hommes, ce qui le fit condamner à mort par les Kosaks. Kunicki avait été jugé par les chefs; on nomma un nouvel attaman après lui. (Bantyzs, Kaminski.) Ces deux derniers historiens, comme les plus instruits et les plus dignes de foi, m'ont servi pour la partie historique de ce conte.

VIII

ORLIK ET ORLENKO[1].

I

Le bonheur n'accompagne pas toujours la richesse; la décadence d'un peuple commence souvent avec sa célébrité; on ne peut acheter avec de l'or la paix du cœur, les mérites des ancêtres ne purifient pas une conscience souillée.—Une puissante dame régit par droit de succession quinze villages près de Tryhury[2], elle est en droite ligne petite-fille du grand Wyhowski[3] et veuve du

---

[1] Orlik et Orlenko, diminutifs du mot orzel, aigle.

[2] Tryhury, village sur la rivière de Teterow à trois lieues de Zytomierz, entouré de bois et de rochers; c'est un des sites les plus beaux des bords du Teterow.

[3] Jean Wyhowski, écrivain des Kosaks sous l'attaman Bohdan Chmielnicki, après la mort de Bohdan, en 1658, commanda les Kosaks avec Georges Chmielnicki, pro-

staroste Woronicz[1]. Elle compte à peine quarante
ans, et son front est déjà sillonné de rides, sa

clamé attaman de l'Ukraine. Quand ce dernier se démit
du commandement, Wyhowski devint attaman; aussitôt
il rompit l'alliance avec la Russie, et conclut un traité
avec la Pologne sur la base du traité de Biala-Cerkiew,
en l'an 1660; il tailla les Russes en pièces à Konotopami;
le sénat de la république et le roi le nommèrent wojewode
de Kïow. La bataille de Konotopami fut livrée selon les
règles introduites en Allemagne par Gustave-Adolphe; ce
n'était pas une rencontre sans calcul, sans combinaisons,
comme celles qui avaient lieu journellement dans ces
temps-là. Etienne Czarniecki, wojewode de Russie, fameux
capitaine polonais, était alors en Ukraine avec l'armée de la
couronne, et y avait droit de vie et de mort; envieux de
la gloire de Wyhowski, qu'on commençait alors à regarder comme son égal, poussé en outre par les coquins de
jésuites, ennemis de l'attaman qui suivait le rite grec, il
l'invita à se rendre à Biala-Cerkiew. Wyhowski, confiant
dans la parole du wojewode et les bons rapports qui
existaient avec la Pologne, s'y rendit sans aucune escorte,
mais là, au lieu d'être reçu en ami, il fut jugé pour des
négociations imaginaires avec la Russie, et décapité en
l'an 1662. Cet acte ternit pour toujours la gloire de Czar-
nieski, et détruisit tout espoir de paix entre les Polonais
et les Kosaks. Jean Wyhowski fut un homme plein de
grandes vertus et de grands talents.

Les papiers et les priviléges de Jean Wyhowski, en l'année 1830, se trouvaient dans les mains d'Anne Berkowska,
épouse d'Ambroise Wyhowski, dans le village de Sio-
maka et le district de Zytomierz.

[1] Les Woronicz, famille russe, étaient possesseurs de Trihury par le mariage de Woronicz, staroste de Smolensk,
avec Wyhowska, fille du colonel du régiment de Braclaw;
les pièces déposées dans le procès pour limites entre les
prêtres basiliens et les héritiers du village de Bukow en
font foi.

taille élevée se courbe en arc, et son œil, ce reflet de l'âme, ce fidèle interprète du cœur, a perdu le calme des sentiments de jeune fille : il n'étincelle pas de colère, n'éclate pas d'orgueil, il semble mort à toutes choses; mais qui du regard sait lire les sentiments dans la physionomie humaine, celui-là en déchirera facilement le voile et apercevra que, dans son âme, le désespoir et le chagrin la rongent comme l'insecte un arbre malade.

La veuve du staroste a deux fils; l'aîné, on ne sait pourquoi, a quitté le toit paternel, changé de nom, et s'est engagé parmi les Zaporogues; le plus jeune est toujours près de sa mère, chacun l'appelle le modèle des fils, sa mère seule ne le sent pas; son amour lui en dit autant que la parole à une statue; souvent les voisins énumèrent les qualités de M. Pierre, elle écoute, mais ne sourit même pas, n'approuve même pas de la tête; mais s'il leur échappe parfois un mot sur le fils aîné, aussitôt les larmes mouillent sa paupière, elle s'enferme dans sa chambre, passe les nuits et les jours en sanglots et en prières; tout le monde s'étonne de cette partialité dans les sentiments d'une mère.

Les détails sur la vie de la veuve du staroste sont inconnus dans le voisinage. Après la mort si déplorable de Jean Wyhowski, ses parents aban-

donnèrent Trihury pour s'établir à Smila[1]. L'orgueil et la haine de l'envieux Czarnieck, envenimée par la langue de vipère des jésuites, en
faisant tomber la tête du vertueux attaman, dé-
truisaient pour bien des siècles l'union et la bonne
harmonie entre les enfants d'une même mère; on
confisqua les biens des Wyhowski au profit des
jésuites. Bientôt Georges Chmielnicki[2] vint ré-
clamer le bâton d'attaman qu'il avait déjà déposé
une fois. Le gouvernement faible ou indolent de
Pologne n'avait su ni n'avait pu profiter de l'offre
que faisait le fils pour réparer la faute du père;
mais la noblesse polonaise courut soutenir les
projets de Georges, car elle soutenait en cela la
cause de la Pologne. Simon Worowicz faisait partie
de l'expédition; à la bataille de Czehryn, la fortune
abandonna Chmielnicki, et la noblesse polonaise
regagna ses foyers. Woronicz reparut enfin, après
quatre ans, comme époux de Jeanne Wyhowska

[1] Smila, petite ville dans le district de Kïow, appartenait
autrefois à la famille Wyhowski, et maintenant est encla-
vée dans les possessions de Lopuchinow. Smila est entourée de bois qui ont joué un grand rôle dans l'histoire
kosake; là, dans les derniers temps, ils préparaient leur expédition contre la Pologne; c'est aussi là que se cachèrent
les femmes et les enfants au temps des invasions tartares.
[2] Georges Chmielnicki, après la mort de Wyhowski,
vint, appuyé par les Polonais, demander le bâton d'attaman; mais, battu à Czehryn, il dut céder la place à Doroszenko, qui fut élu attaman en l'an 1666.

21.

et seigneur de son bien héréditaire de Trihury. Michel Korybut [1], en mémoire des rapports d'amitié de son père avec la famille Wyhowski, malgré les craintes qu'inspirait alors la société de Jésus, fit rendre ses biens à la petite-fille de l'attaman décapité. Les Woronicz arrivèrent de l'Ukraine avec leur fils aîné; le plus jeune naquit à Trihury. Les époux habitèrent dix ans ensemble; on ne les voyait ni se quereller, ni mal vivre, mais aussi l'on ne pouvait apercevoir entre eux ni amour, ni même un tendre attachement. Une fois seulement, un vieux domestique, compagnon d'armes de M. le staroste, raconta que Monsieur avait prononcé, en colère, d'une voix élevée, quelques mots, avait frappé du pied et même battu sa femme. Madame ne pleurait pas, mais était très-pâle et gardait le silence. Quelques semaines après, tous deux partirent pour aller voir à Czehryn l'attaman Mazeppa [2]; là-bas, en banquetant, M. le

[1] Michel Korybut Viszniowiecki, roi de Pologne après Kasimir V (1669-1673), était d'une famille noble : il n'accepta qu'à regret la couronne; eut grand'peine à dissoudre la confédération formée contre lui par Sobieski, ne se soutint que par la protection de l'Autriche, vit la Pologne ravagée à la fois par les Tartares, les Kosaks, les Turcs, crut se débarrasser de ceux-ci en signant le traité de Buczacz, 1672. Il mourut la veille de l'éclatante victoire remportée sur les Turcs, par Sobieski, à Choczim; le vainqueur ne tarda pas à lui succéder. (N. du T.)

[2] Mazeppa, fameux attaman kosak, le héros d'un des

staroste outrepassa toute mesure dans le boire et mourut subitement. Sa femme revint en deuil et ses deux fils s'habillèrent de noir; de riches revenus, une large hospitalité attiraient des masses de visiteurs au château de Tryhury; on y recevait avec autant de sincérité et de munificence et les chefs kosaks et la noblesse polonaise, et les catholiques et les schismatiques. Les jésuites, tombés du pouvoir, abandonnèrent Tryhury et le couvent qu'occupèrent de nouveau les frères basiliens[1].

poëmes de lord Byron. Mazeppa était un gentilhomme polonais, né dans le Palatinat de Podolie; il avait été élevé page de Jean Kasimir, et avait pris à la cour quelque teinture des belles-lettres. Une intrigue qu'il eut dans sa jeunesse, avec la femme d'un gentilhomme polonais, ayant été découverte, le mari le fit lier tout nu sur un cheval farouche, et le laissa aller en cet état. Le cheval, qui était du pays de l'Ukraine, y retourna, et y porta Mazeppa, demi-mort de fatigue et de faim. Quelques paysans le secoururent: il resta longtemps parmi eux et se signala dans plusieurs courses contre les Tartares.

La supériorité de ses lumières lui donna une grande considération parmi les Kosaks; sa réputation s'augmentant de jour en jour, obligea le czar à le faire prince de l'Ukraine.

(Voltaire, *Histoire de Charles XII*.)

Mazeppa, d'abord secrétaire de l'attaman, fut élu en 1687 attaman. Il s'allia à Charles XII, comprenant que les Kosaks, pour exister, devaient écraser les Russes. Il suivit le roi après Pultava, en Valachie, puis à Bender, où il mourut en 1709. (*N. du T.*)

[1] Les frères basiliens demeurent depuis des siècles à Tryhury; ils ont une fois abandonné la place aux jésuites, puis sont revenus; aujourd'hui ils possèdent d'immenses

Quand le deuil fut passé, souvent une bruyante musique retentissait dans le vieux château ; les tables pliaient sous des plats d'argent chargés de mets exquis et abondants ; les vins d'outre-mer imprimaient tantôt la couleur d'or de l'ambre, tantôt le rouge éclatant du rubis aux coupes et aux flacons transparents : sa nombreuse maison, revêtue d'une éclatante livrée, était toujours sur pied. Souvent la meute bruyante et le clairon des chasseurs ébranlaient d'un écho sonore les bois de pins. Le fils ainé, avec la jeunesse d'alentour, durant des jours entiers, à travers les rochers qui bordent le Teterow, poursuivait les chèvres sauvages ou guettait un loup. Le plus jeune s'enterrait dans les livres, comme un juif dans le Talmud ; de là de fréquentes arrivées de bacheliers à Tryhury, et de spirituels dialogues[1] tirés de l'Écriture sainte pour l'amusement des hôtes. Dans tout le château régnaient un air princier, une joie éclatant. La veuve du staroste souriait alors. Était-ce des lèvres ou du cœur ? On l'ignorait, car il est difficile

richesses que leur rapportent leurs bois, leurs villages, et les indulgences , pour la vente desquelles le peuple s'assemble plusieurs fois par an à Tryhury.

[1] Dans les grandes maisons on donnait des espèces de spectacles appelés *Dialogues ;* le fond en était tiré de l'Écriture sainte ; les costumes et la scène étaient le plus possible appropriés au sujet, et les personnes les plus distinguées étaient actrices.

de deviner les secrets de l'âme. Déjà le fils aîné
a crû en beauté et en années; il faisait mille ma-
lices, gâtait mille choses; mais on l'aimait, car
ses pensées n'étaient pas autres que ses paroles;
il ne fermait pas sa main au malheureux, il n'hésitait pas devant un précipice quand il pouvait
secourir le prochain; ses yeux semblaient dire :
J'ai de la vie pour moi et pour les autres; j'ai du
bien, partagez tous avec moi. Sa mère le pressait
souvent sur son sein, et arrosait les joues du jeune
homme des larmes que versait son œil noir : la
veuve du staroste, près de son Ivan bien-aimé,
resplendissait d'orgueil maternel, la plus belle
parure d'une femme.

Les années s'écoulaient ainsi, quand un jour;
c'était justement après la défaite de Mazeppa sous
Pultawa[1], Ivan parcourait les papiers de la cas-
sette de sa mère : dans un tiroir secret il trouva
un papier sali, chiffonné; il l'ouvrit, le lut; son
front s'obscurcit; il réfléchit un instant, puis
regarda le papier de l'œil d'un aigle rapace, et se
mit à se promener à grands pas dans la chambre.
Sa mère survint; voyant ce papier dans la main
d'Ivan, trembla, s'écria : « Malheureux ! » et tomba

---

[1] La bataille de Pultawa détruisit les projets de Charles XII et de Mazeppa, et porta en même temps un coup
terrible à la Pologne, qui espérait toujours que les Kosaks
retourneraient dans son sein.

a terre. Ivan la releva, la déposa sur un lit et s'occupa de la faire revenir à elle ; quand elle reprit
ses sens il fit éloigner les domestiques, ferma les
portes, et ils restèrent tous deux seuls. On vit à
travers les fentes qu'il était agenouillé près du lit
de sa mère, qu'il lui baisait les pieds et les mains,
et elle pressait ses cheveux contre ses lèvres ; ils
parlaient bas, on put entendre seulement ces mots :
« Je les aurai ! » Près du lit, dans une autre boîte,
était caché le sabre de l'attaman Jean Wyhowski,
orné de pierres précieuses. Ivan le retira, le prit en
main avec le plaisir d'un amant qui presse légere-
ment les doigts de sa maîtresse, puis mit un genou
en terre, et dit : « Ma mère, bénis-moi ! » La veuve
du staroste se releva, un crucifix en main, dit
adieu au jeune homme, tous deux ils embrassèrent
l'image du Christ ; enfin le jeune homme sortit ;
le soir il alla au couvent, remit au supérieur trois
bonnes poignées d'or et de pierres précieuses pour
orner l'image de la sainte Vierge, resta agenouillé
quelque temps dans l'église devant le grand autel,
et pria avec ardeur : on alluma à son intention
trente cierges en cire ; il revint avec son frère,
causa longtemps avec lui, ils s'embrassèrent cent
fois ; puis il écrivit à ses amis, leur envoya en
cadeaux ses chiens, ses chevaux, tout son attirail
de chasseur. Il partagea entre ses serviteurs son
argent, ses habits, et, par chaque groupe de quinze

villages, fixa une large somme pour les églises,
les pauvres et l'anniversaire de la Saint-Michel[1].
Madame, pendant ce temps, causa longuement
avec le vieux Kosak Neczaj : il avait été autrefois
joueur de theorbe près de l'attaman, puis avait
accompagné le père de Madame, et l'avait elle-
même bercé dans ses bras[2]. Il aimait le jeune
Ivan comme son propre fils.

Sur le soir, on amena devant le perron une jument gris-sombre et un cheval alezan, les deux
plus belles bêtes de l'écurie de Tryhury, harna-
chées toutes deux. Ivan attacha à son côté le sabre
d'attaman, jeta une pelisse sur ses épaules; Neczaj
prit son habit de guerre, et au bruit du sabre, au
frôlement de la pelisse, il paraissait rajeuni de
moitié. Les adieux de la mère furent tendres, son
fils et elle pleuraient... elle versait des larmes
d'une douleur sans espoir, et lui d'une joie mêlée

[1] Dans tous les environs de Teterow, et plus loin près
du Hujwa et de l'Huylopiat, le 8 octobre, dans les villages
on célèbre la cérémonie appelée la *fête de Saint-Michel.*
Les seigneurs contribuent de leur argent et sont souvent
présents à cette cérémonie. Universellement on y boit de
l'hydromel mêlé à de l'eau, que l'on appelle kannus, et
l'argent qu'on ramasse sert à l'ornement de l'église.

[2] C'est une coutume en Ukraine, que les Kosaks de cour
portent dans leurs bras les enfants du seigneur; plus d'un
vieillard en voyant son maître ou sa maîtresse leur rappelle qu'il les a bercés autrefois ; ces tendres souvenirs
prouvent que les paysans peuvent aimer même leurs seigneurs.

de tristesse; il renonçait à un cœur de mère, mais tendait les bras vers la gloire des combats. Neczaj lui-même sentait une larme humecter sa paupière, et quand sa maîtresse dit : « Souviens-toi, Neczaj. —Soyez tranquille, Madame, » répondit-il. Ivan sauta sur sa jument gris-sombre, Neczaj s'élança sur son cheval bai, et ils partirent. Depuis ce moment, six ans se sont écoulés, et ni le temps, ni les distractions n'ont apporté aucun soulagement au chagrin muet qui dévore le cœur de la veuve du staroste.

II

Pourquoi ce désordre qui règne dans le château de Trihury? Les lumières se promènent dans les chambres, des torches[1] éclairent la cour, et il n'y a aucune fête, on n'attend aucun hôte. A la lumière vacillante des torches, on voit que la hâte s'allie à la crainte sur le visage des gens de la maison qui courent à qui mieux mieux. M. Pierre se tord les mains et donne des ordres; peu s'en

[1] Kaganiec. Ce sont des pelotons d'étoupe arrosée de poix, enfoncés sur un pied de fer et qu'on tient au moyen d'une main en bois. Encore maintenant, c'est de cette manière que l'on éclaire les routes dans les voyages; un homme à cheval court près de la voiture avec des kaganiec.

faut qu'il ne pousse lui-même les envoyés. C'est que la staroste est tombée grièvement malade, le médecin de sa maison a perdu tout espoir de la sauver, et des gens, de relais en relais, courent en chercher d'autres; et, pendant ce temps, le prêtre vient avec le bon Dieu; en secourant le corps, il ne faut pas négliger l'âme; il arrive souvent qu'en enlevant un grand poids de la conscience, les forces et la santé reviennent au corps. Il y a un lien incompréhensible, invisible, mais très-fort, entre l'âme et l'enveloppe terrestre; en vain un savant bouffi d'orgueil perd son temps et use sa langue pour expliquer les rapports entre l'esprit et les sens : il bégaye et erre comme un voyageur dans la nuit, au milieu des steppes couvertes de neige; partout le chemin est ouvert devant lui, et il ne peut apercevoir la fin de son voyage. Ce qu'une main d'homme a fait, une main d'homme peut le défaire; ce que la toute-puissance de Dieu a créé, la pensée de l'homme ne peut le pénétrer.

Sur un lit d'ébène, incrusté de paillettes d'or, est étendue madame la staroste; à la tête du lit, brûle une chandelle bénie, et, quoique la blanche lumière se joue à travers les rideaux amarantes, la figure de la malade est pâle comme le dessous de la feuille du tremble; ses lèvres, jaunissantes comme de la cire, sont ombrées; vers les coins de la bouche déjà apparaissent des taches livides; ses yeux

22

sont profondément enfoncés dans leurs orbites et projettent des regards égarés ; une sueur froide découle de son front ; sa respiration est pénible, et ses dents sont serrées de manière à ne pas laisser passer le moindre mot, la moindre plainte.

Le prêtre entra et dit : « Que Dieu soit loué ! » et les assistants répondirent : « dans les siècles des siècles. Amen. » Alors le respectable chapelain, se tournant vers la malade, lui demanda d'une voix douce : « Madame la staroste recevra-t-elle les secours de la religion ? Aucun danger ne menace sa vie ; mais s'en remettre à Dieu soulage l'âme et le corps. » La staroste fit de la tête un signe d'assentiment ; le prêtre fit éloigner tous les témoins et resta seul près du lit de la malade. C'est un pénible devoir de porter des paroles de consolation à une créature sur le point de quitter ce monde, qui est une vallée de douleurs pour les vivants et qui se change pour eux, à l'instant de leur mort, en un monde de bonheur ; mais il est cent fois plus pénible encore d'arracher des paroles d'humilité ou des aveux à un cœur qu'a pétrifié la nécessité du silence. Longtemps le chapelain observa les yeux de la malade qui se tournaient doucement, comme s'ils cherchaient quelque chose, puis, se dirigeaient vers lui, et où y lisait une prière et des remords de conscience ; enfin le prêtre, touché jusqu'aux larmes de l'état de la malade et pénétré de l'importance de son devoir, dit : « Jeanne, en quoi as-tu offensé Dieu? sa miséricorde est grande ; il te pardonnera tout. » La staroste entr'ouvrit les dents, et, avec un violent effort, répondit : « Il ne me pardonnera pas ! »

—Jeanne, y a-t-il longtemps que tu ne t'es confessée ?

—Il y a dix-sept ans.

—Quels sont tes péchés?

—Des crimes.

—Parle ! aie confiance en la miséricorde divine. Il n'est pas de pécheur que notre père le Créateur n'appelle à lui, quand il lui crie : « Je me repens de mes fautes. » — La staroste gardait le silence, fixant seulement le prêtre du regard. Celui-ci continua : « Le repentir peut tout. »

—Je n'ai pas le temps de me repentir, dit d'une faible voix la staroste, je meurs.

—Un seul instant de repentir profond remplacera pour toi de longues années de pénitence. Jeanne ! au nom du Très-Haut, je t'adjure de révéler tes fautes.

—J'ai trahi.

—Qui?... Ton mari ?

—Non ! J'ai été fidèle à mon mari, de corps... mais non d'âme.

—Jeanne, avoue tes fautes.

—J'ai trahi.

—Qui ?

—Mon bien-aimé.

—Mais ton mari était ton bien-aimé.

—Non ! je ne l'ai jamais aimé.

—Tu n'as offensé Dieu d'aucune autre façon ?

—J'ai accompli un grand crime.

—Lequel ?

—Un meurtre.

—Qui as-tu tué ? s'écria le prêtre d'une voix plus
pressante.

—Ce n'est pas moi; mais il l'a tué, et je le
savais.

—Qui l'a tué ? qui a-t-il tué ? » La staroste res-
serra les dents; les menaces, les prières du prêtre
furent inutiles, alors il s'écria : « Jeanne, te re-
pens-tu de tes péchés? » Elle répondit : « Je m'en
repens, et je m'en repens fortement, » et le prêtre
prononça ces mots d'une voix solennelle : « Au
nom de Dieu infiniment saint, au nom de la sainte
Trinité, Jeanne, je te remets tes péchés, » et il la
signa du signe de la croix sainte, et quand il lui
offrit l'image du Christ à baiser, elle releva un peu
la tête, et reçut la communion. Sa physionomie
redevint calme un instant, elle appela même son
fils Pierre et pressa son front de ses lèvres glacées.
Elle pria le prêtre de remettre en mains propres la
lettre qu'elle lui confiait, le priant de taire la

signature. Le prêtre le promit et serra la lettre. Elle ne dit rien du fils aîné, mais quand elle entendit dans la cour le bruit des chevaux, elle s'écria : « C'est lui, c'est mon Ivan! J'avais un pressentiment que je le verrais avant de mourir, » et elle voulait se relever. L'âme, dans ses dernières luttes avec le corps, au moment de s'envoler pour d'autres pays que la terre, revêt davantage la livrée céleste; son oreille prophétique devine la cause du moindre bruit, son œil prophétique perce les murs et sa parole prophétique revèle aux assistants ce qu'elle entend, ce qu'elle voit.

La staroste ne s'était point trompée, c'était son fils chéri qui, sur sa jument gris-sombre, était accouru de pays lointains; mais il était difficile de reconnaître dans Ivan Orlenko, yessaoul près de l'attaman en chef des Zaporogues, l'Ivan Woronicz d'autrefois, le fils du staroste. L'yessaoul, un beau jeune homme, sauta à terre et s'écria : « Comment allez-vous? Où est ma mère? Dzura, prends mon cheval, » et le jeune Zaporogue qui l'avait suivi prit les rênes du cheval gris-sombre. Pierre serrait son frère dans ses bras, mais ne disait rien et sanglotait. Ivan dit douloureusement : « Elle est morte! » Pierre répondit tristement : « Elle se meurt? » Orlenko s'arracha des bras de son frère, et, dans son costume guerrier, tomba comme un fou dans la

22.

chambre de sa mère mourante. La staroste se releva et s'assit; mais déjà ses yeux brillaient de l'éclat d'un autre monde, et elle regardait toujours son fils chéri : il était pâle et immobile. Sa mère dit enfin d'une voix sépulcrale : « C'est ainsi que j'ai vu en rêve ton grand-père [1]... C'est ainsi qu'il était quand il me dit adieu pour la dernière fois...» Et là elle prononça un mot qu'on n'entendit pas et retomba sur son oreiller. Ses deux fils s'agenouillèrent près de son lit; elle dit d'une voix faible : « Aimez-vous tous deux... Ivan, tu resteras avec ton frère.—Non, ma mère chérie, je ne puis; pour lui le nom de Woronicz et ses richesses, pour moi le sabre et le nom gagné par le sabre.—Mon fils, dit-elle de nouveau, reste, reste!—Ma mère, le nom de Woronicz n'est pas pour moi; je suis Orlenko!—Orlenko! Orlenko! dit d'une voix pénétrante la staroste; qui t'a donné ce nom? — L'attaman et mes frères zaporogues. » On garda le silence quelques moments; on voyait seulement que la main de la mourante était occupée; enfin elle retira de son doigt une bague d'argent [2], dont elle ne s'était

---

[1] J'ai entendu raconter aux vieillards, et j'ai vu de mes propres yeux des personnes mourantes dire ce qui se passait loin d'elles, comme si elles avaient reçu le don de la prophétie.

[2] Jusqu'aujourd'hui les Kosaks de l'Ukraine attachent

jamais séparée, et la donnant à Ivan, elle dit faible
ment et dans le râle de l'agonie : « Ivan! porte-la
à ton doigt..., après tu connaîtras son... » Et là,
sans achever sa phrase, elle expira. Pierre pleurait, sanglotait. Orlenko, comme une statue, se
tenait immobile à sa place, les bras croisés. Le
prêtre lisait encore les prières des agonisants, et
les suivantes revêtaient la morte de ses habits
mortuaires en pleurant et criant.

III

Trois jours le corps resta dans la maison; le
quatrième, arriva le char funèbre voilé d'un crêpe
noir : il était traîné par six chevaux harnachés de
noir. Un paysan, vêtu d'un manteau noir, tenait
chaque cheval par la bride; des deux côtés s'a-
vançaient, vêtus de noir, une longue file d'hommes
portant des torches. Puis venaient les popes des
quinze villages environnants, dans leurs chapes
de deuil, et les quinze bannières des paroisses; les
prêtres basiliens [1] avec leurs surplis blancs, leurs

---

un grand prix à un anneau d'argent: le jeune homme le
plus riche, comme premier cadeau, doit donner à sa bien-
aimée un anneau d'argent.

[1] Saint Basile, au IVe siècle, en Orient, fonda l'ordre des
Basiliens, pour rapprocher autant que possible l'hérésie

barettes noires; une foule de voisins; la vaste cour
en était couverte : des tonneaux de résine brûlaient
d'un feu clair; la lumière frappait les yeux et la
figure de l'assemblée mortuaire, et, comme de
l'or, répandait ses rouges rayons dans l'espace et
ajoutait un cachet céleste de beauté à ce tableau
mouvant : par la blanche couleur de l'innocence
le ciel appelle à soi l'âme du mort, et l'enfer l'attire à soi par la noire couleur du crime[1]. On
emporta le cercueil, couvert de damas, entouré
d'un galon d'argent; sur son sommet un crucifix,
et devant lui deux coussins de velours avec les
armes des Wyhowski et des Woronicz. Le prêtre
lut dans les quatre Évangiles, puis le prédicateur
fit un discours au moment de mettre la bière sur
le char funèbre, et l'on se dirigea à pas lents
vers l'église.

---

d'Arius de l'orthodoxie chrétienne; c'est le seul ordre que
possède l'Eglise d'Orient; voués entièrement à l'étude et
à la vie contemplative, les Basiliens sont restés sans influence sur la société, leur ordre étant forcément station-
naire, comme tout juste-milieu. (*Les Slaves*, d'*Adam
Mickiewicz.*)   (*N. du T.*)

[1] J'ai entendu dire à un vieux prêtre carmélite de Berdyczew que le blanc et le noir sont portés dans le deuil
pour marquer la lutte du diable avec l'ange quand ils se
disputent une âme, et en même temps pour montrer que
les parents sont dans l'incertitude si le mort est dans le
ciel ou dans le purgatoire, et de cette manière ne cessent
de demander grâce pour lui.

Ses fils, la tête découverte, avec des kontusz noirs et des jupans blancs[1], suivaient les premiers le char funèbre ; après eux les parents, les alliés et les familles des deux amis. Pierre essuyait souvent les larmes qui se pressaient sous ses paupières ; Orlenko fixait un regard inerte sur le cercueil, et avançait comme s'il n'entendait rien, ne voyait rien. Le char funèbre s'arrêta douze fois en route, douze fois les prêtres prononcèrent en polonais et en russe un discours en l'honneur de la défunte. Enfin on déposa le cercueil sur un échafaudage élevé ; on recouvrit d'un tapis noir chaque marche surchargée de chandeliers d'argent, dans lesquels brûlaient de blancs cierges : pendant quelque temps le triste écho du chant funèbre se brisa contre les voûtes de l'église ; enfin tout se tut ; seulement le vent hurlait et sonnait à travers les vitres cassées, et les torches se consumaient doucement, tristement.

Minuit a sonné aux horloges du château. Or-

[1] Le jupan est une espèce de pourpoint très-juste, laissant le cou découvert et descendant jusqu'aux genoux. Les Persans l'appellent *jubbé*.

La ceinture s'enroule autour du jupan. Quand on sort ou les jours de gala, on endosse sur le jupan une espèce de pardessus, appelé kontusz, et semblable à celui que portent maintenant les Géorgiens et les autres peuplades guerrières du Caucase. *(N. du T.)*

lenko s'est enveloppé dans son manteau, a raf-
fermi sa czapka sur sa tête et a franchi rapidement
les chambres qu'encombrait la foule ; personne ne
l'a arrêté, car un désespoir muet commande le respect ; il repousse avec impatience les consolateurs
qui accourent avec des encouragements et des conseils ; sorti du château d'un pas rapide, il se laisse
glisser jusqu'au bord du Tétérow : la rivière coule
d'un courant rapide, et la musique de son eau,
semblable au bruissement d'une harpe, résonne
fortement en frappant les rochers dans son lit res-
serré, elle prend un ton doux et uniforme, débouche
ensuite dans une plaine et l'écho devient de plus en
plus faible, enfin l'oreille ne l'entend plus et l'âme
écoute encore ; ainsi sous les doigts d'une habile
joueuse de harpe les cordes résonnent subitement
comme si elles allaient se briser, puis des tons char-
mants se succèdent, s'affaiblissent et exhalent en
mourant l'harmonie divine de l'agonie. Orlenko suit
quelque temps le cours de l'eau, puis, abandonnant
la rive, gravit les hauteurs. Entre les fentes des rocs,
il y a une ouverture qui conduit à une grotte profonde. Le peuple l'appelait la grotte [1] des Cygains,

[1] Cette grotte existe encore à Trihury ; c'est là que se
cachèrent les familles de Woronicz et de Dzialynski, au
temps du massacre de Human, ainsi nommé de la ville
d'Human en Ukraine.
Ce massacre ne rappelle malheureusement que trop

et pour tous les trésors du monde, pour la promesse du ciel, aucun habitant n'y aurait été de son plein gré à minuit. La vieille cygaine Chima a élu domicile dans la caverne ; c'est là qu'elle prépare ses sortiléges, qu'elle donne des fêtes et entre en pourparlers avec les démons.

Orlenko se glissa dans la caverne ; dans un coin brillaient d'une lumière mourante des branches à moitié consumées, et, près de la cendre rouge des feuilles sèches, était couché un chat noir dont les yeux étincelaient comme des charbons ardents ; du côté opposé, sur une longue perche, se balançait un coq noir ; non loin du feu, sur un paillasson, et couverte d'une peau de chèvre, dormait la vieille cygaine ; à sa tête gisaient des pots et des plats cassés, des espèces de sacs et des figurines en bois. Le chat clignota méchamment des yeux et se frappa tellement le dos avec sa queue que des étincelles en jaillirent ; le coq poussa un cri d'effroi ; la vieille Chima se releva de terre et prononça un mot dans une langue inconnue. Ses yeux brillaient comme l'éclair avant la foudre, et sa figure jaune, couverte de raies rouges et livides,

celui qui a eu lieu en Galicie en 1846, avec cette seule différence que le premier massacre a été causé par des émissaires russes, le second par les agents autrichiens ; les Russes comme les Autrichiens excitèrent les paysans à égorger les nobles et les israélites. (N. du T.)

ressemblait à une carte géographique traversée de
rivières et de routes ; son costume cygain se com-
posait de haillons de couleurs variées, et à travers
les trous apparaissait un corps nu, desséché jusqu'aux os, et une peau couverte de rides. Orlenko
ne s'effraya pas, n'hésita pas et continua à avancer ;
alors la cygaine dit : « Homme ! que me veux-tu à
cette heure ? le diable t'a-t-il poussé ici ? » Le jeune
homme jeta une poignée d'or et s'écria : « Lis mon
passé et mon avenir ; voici de l'or.—Reprends, reprends ton or, répondit la cygaine, aujourd'hui mes
lèvres sont muettes comme le tombeau ; je ne dirai
rien. » Alors Orlenko tira son kindzar, saisit la
vieille par le bras : « Tu n'as pas voulu d'or, lui
cria-t-il, voici du fer. » En ce moment le chat s'ap-
prêta à lui sauter aux yeux. Chima, nullement effrayée, dit : « Maruszka, va te coucher, » et le chat
retourna en miaulant à sa place. « Jeune homme
fougueux, ton fer n'est pas pour moi : il a soif d'un
sang plus précieux, et il en boira ; tu ne m'as pas
séduite avec ton or ; tu ne m'as pas effrayée avec
ton fer ; mais le diable regarde par tes yeux, l'enfer
s'est logé dans ton cœur. Assieds-toi donc et écoute
ce que je puis te dire. » Orlenko s'assit sur la natte ;
la cygaine transporta le feu au milieu, y ajouta
des branches et des feuilles, et alluma un grand
feu. Alors elle s'écria : « Maruszka, en avant ! » Et le
chat aussitôt commença à faire le tour du feu en

frappant des pattes, en creusant avec ses ongles et en miaulant doucement. Chimá plaça un pot avec de l'eau et une poêle dans laquelle elle jeta plusieurs morceaux de cire jaune, ordonna à Orlenko de se placer dans le cercle, et, avec une baguette, elle traça à terre des chiffres serrés d'une forme étrange, puis elle retira un flacon au hasard et en vida le contenu dans le pot. En cet instant, le coq chanta, le chat se réfugia dans un coin, et la cygaine versa la cire sur l'eau ; longtemps elle remua la tête, clignota les yeux, tordit sa lèvre. Enfin elle dit : « Tremble ! imprudent, ton corps est à la terre, ton âme est à l'enfer ; regarde comme a poussé cette rose. Oh ! c'est une belle fleur ! car c'est la fleur de l'amour ; tu es né avec elle. Mais regarde plus loin, comme cette raie livide s'étend : c'est du sang ! La fleur de l'amour, le fruit de l'amour, t'ont conduit au meurtre ; de toi est né un crime. Mais voilà une tête de mort, et près d'elle encore une rose : dans ton cœur règnent la tristesse et l'amour. Et regarde de nouveau cette raie livide et ce glaive : tu as été la cause d'un meurtre ; tu deviendras un grand, un bien grand criminel ! Tu vengeras un crime, mais l'enfer t'attend ; un grand nom te sourit, mais le bonheur est mort pour toi. Tu subiras les tourments de ta conscience en ce monde, les tourments de ton âme en l'autre. Maruszka ! ici, près de moi ; il est notre frère. » Alors

23

la cygaine se renversa à terre et écuma au milieu
de convulsions. Le chat sauta près d'Orlenko et le
caressa. Lui était plongé dans une profonde mé-
ditation, son cœur se serrait, une fièvre infernale
maîtrisait sa pensée. Le coq chanta pour la seconde fois; Chima revint à elle et dit : « Tu as ce
que tu désirais. » Orlenko répondit : « J'en veux
plus encore. — Tu l'auras, car tu es mien, tu es
nôtre! Prends, bois. » Et elle lui tendit un flacon où
était un philtre magique. Orlenko le vida... resta
un instant en place ; mais sa figure rougissait, ses
yeux lançaient des regards rapides, égarés, et il
s'écria dans son délire : « La lettre de ma mère
est dans les mains de l'attaman ! » et il se tut. Un
instant après, il s'élança comme un fou hors du
cercle, en s'écriant : « La fille de Dewlet partage
la couche d'un étranger ! Zulma ! Zulma ! tu m'ap-
pelles à ton secours, et je suis ici ; » et il bondit hors
de la caverne. Chima murmura en souriant : « Il est
nôtre ! il est nôtre ! Maruszka. » Le chat miaulait
et se roulait sur le sable, et le coq, une patte levée, chanta pour la troisième fois[1].

Déjà le jour a paru ; du château et des villages
la foule se rend à la messe funèbre. Dans l'église,
des lumières surmontent le catafalque, et au pied
est agenouillé Orlenko, pâle comme s'il revenait

---

[1] J'ai puisé cette description des sorcelleries de cygains
dans les récits des vieilles gens du pays.

de l'autre monde, en délire comme s'il s'était gorgé de belladone. Tous disent : « Quelle douleur! quel attachement pour sa mère! Il a passé la nuit entière à genoux près de son corps. » Orlenko regrette amèrement sa mère, et son esprit égaré cherche à comprendre la prédiction de la cygaine. La messe funèbre est finie, le prêtre lui-même a prêché du haut de la chaire sur la vie de Jeanne Wyhowska, veuve de Woronicz, de sainte mémoire; il a terminé en recommandant à chacun de dire trois *Pater*, trois *Ave*, et un *Credo* pour l'âme de la défunte, puis il monta les degrés du catafalque, ouvrit la bière, aspergea le corps d'eau bénite, y déposa un passe-port pour l'autre monde et quelques pièces d'argent[1], et referma le couvercle. Un chœur nombreux entonna la litanie des morts. Quatre des plus proches parents et les deux fils descendirent le cercueil; on ouvrit le caveau de la famille Woronicz, le prêtre lut l'Évangile, le frère du staroste, le juge de la ville, Adalbert Woronicz, fit un discours d'adieu, puis, avec des cordes, on laissa glisser le corps au tombeau, cette dernière demeure des morts. Les fils,

---

[1] C'est une coutume dans le rite grec de déposer dans le cercueil, près du mort, quelques pièces d'argent et un passe-port pour l'autre monde, où l'on recommande le défunt en énumérant ses mérites, et l'on demande pour lui la libre entrée du paradis.

les parents, les alliés, les domestiques et tous les assistants jetèrent chacun une poignée de sable; les portes du caveau se fermèrent, et l'hymne du repos éternel, sortant de toutes les poitrines, monta vers les voûtes de l'église.

Tout est fini. Les prêtres, les seigneurs, et toute la réunion se rendent au repas funèbre, car il en est ainsi en ce monde : qu'un homme naisse ou qu'un homme meure, l'événement heureux ou malheureux doit se terminer par un banquet. L'âme se réjouit-elle, pour rétablir l'équilibre, il faut rassasier les sens; l'âme est-elle triste, pour la soulager il faut nourrir les sens. C'est un mauvais baptême, un mauvais enterrement que celui où la boisson n'arrose pas largement la joie ou le chagrin. Pierre, l'œil humide, le cœur brisé, invite les convives à se mettre à table; les parents offrent aux vénérables prêtres un petit verre d'eau-de-vie avant le repas. Orlenko a crié à Dzura : « Petit, selle nos chevaux, selle-les vite, selle-les bien. » Déjà à table, la flamme se balance au-dessus des plats; devant le perron, la jument gris-sombre d'Orlenko bat la terre de son sabot; près d'elle est le petit cheval noir de Dzura. Pierre se pend au cou de son frère et le supplie : « Reste, mon frère, reste avec nous. » Orlenko, le cœur déchiré, s'arrache des bras de son frère : « Je ne puis, je mourrais, si je restais. » Ses parents l'en conjurent : « Ivan, reste avec nous! » Orlenko est déjà en selle et Dzura enfile les étriers. Les domestiques et la compagnie se pendent à ses jambes : « Seigneur, restez avec nous! » Mais déjà la jument gris sombre et le cheval noir ont franchi les portes.

Les convives s'asseoient autour des tables abondamment servies; on verse à flots des vins exquis; la compagnie se rassasie de viande, s'emplit d'hydromel et d'eau-de-vie, et tout cela en mémoire de la défunte staroste. Orlenko et Dzura se dirigent au galop à travers les bois vers Slobodyszcze ; le vent siffle à leurs oreilles et balaye derrière eux le sable en tourbillons.

IV

Bakczysaraj [1], résidence de la famille Ghiray [2], élève aux cieux une forêt de dômes, de minarets, et sème à terre une couronne de blanches maisons. Le château du khan et le harem du khan règnent

[1] Bakczysaraj ou Simphéropol, ville jadis résidence des fameux kans tartares Ghiray , aujourd'hui chef-lieu de la Crimée.   (N. du T.)
[2] Parmi les historiens, les uns appellent l'ancienne famille régnante de Crimée Ghieray, les autres Ghiray ; j'ai interrogé des Tartares de la classe la plus civilisée, et

au milieu d'elles comme deux chênes immenses au milieu des groseilliers, ou comme le Czatyr-dach et le Kikeneis [1] au milieu des montagnes de Crimée.

Dans le harem, dans un riche appartement, où le luxe oriental étend sous les pieds des tapis de mille couleurs, voile les murs de tapisserie rele-vée de soie et d'or, où des croissants d'or brillent d'un vif éclat, comme les étoiles sous la sombre voûte des cieux; où, dans des vases d'albâtre, les sorbets s'agitent et dégagent une subtile odeur qui se mêlant à la légère fumée de l'encens arabe, remplit l'air d'un parfum délicieux; sur un moelleux sofa, appuyée sur un oreiller, se te-nait, à moitié couchée, à moitié assise, une jeune fille. Sa taille, si fine qu'on l'entourerait des deux mains, était serrée dans un vêtement de soie blanche brodé de fleurs d'or; au-dessus des han-ches s'enroulait une ceinture couverte d'amulettes et incrustée de pierres précieuses de différentes couleurs; là, les turquoises disparaissaient sous l'éclat transparent des émeraudes et des saphirs, et les rubis qui leur étaient mêlés semblaient couvrir de rougeur la honte des premiers et voi-

qui s'occupaient du commerce des chevaux; ils m'ont assuré qu'on devait dire Ghiray.

[1] Czatyrdach et Kikeneis, deux grandes montagnes de Crimée.

ler la vanité des autres. Au haut de sa jupe, une
veste grecque d'un rouge de sang, doublée d'hermine, telle que les rois en emploient pour la cérémonie de leur couronnement, s'entr'ouvrait des
deux côtés et découvrait un sein d'une blancheur
de neige vierge, qui se soulevait et s'abaissait
aussi légèrement que le duvet d'un cygne agité
par un zéphyr de mai. Deux rangs de perles, de la
grandeur des pois les plus gros, brillaient à son
cou ; leur belle eau semblait terne près de ce corps
plein de vie, de charmes séduisants. Elle portait
sur la tête un turban en cachemire rouge, entouré
d'un cordon de brillants ; du turban s'échappaient
des cheveux d'un noir de corbeau, doux comme de
la soie et luisants comme une toile d'araignée éclai-
rée par les rayons du soleil. Ses gracieux petits pieds
étaient chaussés de bottines rouges brodées d'or,
lacées avec une ganse de galons circassiens entre-
lacée de soie noire et dorée, et qui, à leurs extrémités, se fermaient par deux boucles de diamants ;
aux poignets, des bracelets de saphirs de Bassor,
qui, quoique beaux et de grand prix, n'étaient rien
en comparaison de sa main blanche et potelée, aussi
admirablement modelée que si elle était due au
ciseau du plus grand sculpteur. Sa figure était
pleine de fraîcheur ; elle rougissait légèrement et
ressemblait au bouton d'une rose qui va éclore ;
ses lèvres de corail entr'ouvertes laissaient voir

des dents blanches, égales, uniformes, rangées comme une troupe d'antilopes; un œil sombre, grand, surmonté de sourcils noirs et d'un tel éclat, que les éclairs qu'il lançait obscurcissaient les pierres précieuses et les étoffes de couleurs éclatantes [1]. A ses pieds était assise une jeune femme en turban bleu, simplement vêtue en nourrice; elle disait : « O ma Péri! pourquoi médites-tu ainsi? Notre père revient encore aujourd'hui; les jardins de Bakczysaraj reprendront un air de joie; comme autrefois, aujourd'hui, sous tes fenêtres, la rose attire le rossignol, son bien-aimé; sors, viens caresser de ton pied léger le gazon du sérail, les papillons bigarrés abandonneront les fleurs aux mille couleurs et voleront à toi, car tu es belle, et plus belle que quoi que ce soit au monde; tu es la reine de la beauté et des charmes. Depuis le départ du grand Dewlet Ghiray, tu n'as pas eu un moment de joie, un moment de distraction. Les voix des jeunes filles de Salhir sont arrivées à tes oreilles et t'ont trouvée aussi indifférente qu'un musulman que la mort a frappé l'est aux paroles d'un mufti; les danses et les sauts des esclaves circassiennes passaient sous tes yeux comme si tu

[1] J'ai puisé la description du costume de Zulma dans la description du costume des riches Tartares, telle que me la fit, en l'année 1829, le lieutenant Dmytrow, de la garde des Kosaks du Don.

étais de marbre ; tu bâillais même en entendant le spirituel bavardage des captives Polonaises. Belle princesse, dis : Qu'est-ce qui te peine? qu'est-ce qui te manque? Si je pouvais, j'abaisserais pour toi les cieux, pour toi, mon enfant chéri, pour toi, la perle des perles ! »

« Chère Fatmé, répondit Zulma, je ne sais pourquoi je m'ennuie ainsi, pourquoi je suis si triste depuis quelque temps. Mon père bien-aimé arrive aujourd'hui, et mon cœur ne bat pas avec la même force que, quand toute petite encore, je courais autrefois le saluer au retour de ses expéditions contre la Russie. Tout m'ennuie, tout m'impatiente ; je veux et ne veux pas ; je pleure et je ris ; mon imagination crée d'étranges fantômes, qui troublent la paix de mon âme. » Elle dit, et cacha sa figure dans ses mains, soit de honte, soit pour dérober un mystère. « Fille du puissant Dewlet, ornement de la Crimée, découvre-moi le secret de ton cœur ; pourtant devant toi est Fatmé, ta nourrice ; à ta naissance mon sein t'a donné ta première nourriture ; une mère ne presse pas son premier né sur son sein avec plus de tendresse que je ne t'ai serrée moi-même. Toi, tu n'as pas connu ta mère : à peine vis-tu le jour, que son âme s'envola aux cieux. »

« Dewlet Ghiray alors s'arrachait les cheveux, se roulait à terre de désespoir ; car il l'aimait plus que

toutes les autres femmes, plus que ses richesses
et son sceptre de khan. Gulnara, au moment
de rendre l'âme, me regarda d'un œil qui aurait déchiré le cœur le plus dur, te montra à
moi de sa main qu'elle pouvait à peine soulever, car la parole n'obéissait plus à ses pensées, à ses désirs; elle te montra, comme si
elle me priait de la remplacer près de toi. J'ai
juré par le prophète, sur le corps déjà sans vie
de Gulnara, que je ne te quitterais jamais, que
tu serais pour moi le monde, tout; que ton
bonheur me tiendrait lieu du mien, de ma vie.
Par la mémoire de ta mère, qui rendit si légèrement l'âme, qu'on aurait dit que la vie, l'existence de l'homme, ne dépend que d'un faible
souffle; par le souvenir du temps où tu pendais
à ma mamelle; par les soins que j'ai pris de toi;
par l'amitié que je te porte, petit poisson de l'Éden,
je te conjure de me dire la cause de ton chagrin,
de me permettre de soulager les peines de ton
esprit.

Zulma se leva, se précipita sur les genoux de
Fatmé, se pressa contre elle, comme un oiseau
qui se cache sous l'aile maternelle. Fatmé caressa de la main ce visage doux comme du
velours; releva ces cheveux noirs; dans l'œil
de la jeune fille brilla une larme aussi délicieuse et aussi craintive qu'une goutte de rosée au

lever du soleil sur une rouge feuille de budiak 1.

Quel tableau pour un peintre, si son pinceau réussissait à saisir l'expression des craintes timides d'une jeune fille et cette envie de découvrir la réalité de ces rêves, qui remplissaient ses pensées d'un plaisir inconnu, mais que devinait son cœur; de ces sentiments que les lèvres voudraient confier, si elles ne craignaient un blâme ou une prédiction mauvaise. Zulma tiraillait un mouchoir qu'elle tenait à la main, et cependant n'avait pas le courage de dire un mot. Fatmé, attendrie jusqu'aux larmes, dit : « Mon ange, quelle pierre a donc fermé la source de ta vie ? Le diable a-t-il jeté un sort sur toi ? Parle, ma bien-aimée, mon unique amour; quelles pensées te troublent? tu trouveras des consolations. Est-ce une faute ? je partagerai tes remords; ne crains pas de reproches; moi qui ferais tout pour toi, comment pourrais-je contre-carrer tes projets ? Si tu veux le secret, sois sûre que ce que tu diras sera mieux caché que si tu l'avais jeté dans le puits d'Alka-hira; de même que l'œil de l'homme n'en peut apercevoir le fond, ainsi les discours de l'homme ne pourront arracher ce qui sera déposé au fond de mon cœur. Raconte-moi tes peines, charmante houri. »

1 Budiaks, plantes très-élevées qui couvrent les immenses steppes de l'Ukraine. Les budiaks ont une fleur écarlate, couronnée d'un duvet blanc.

Zulma rougit et baissa les yeux ; un faible sourire parcourait son visage et se mêlait à sa pudeur enfantine, comme la pâle clarté d'une lampe au gris crépuscule du soir. « Fatmé, tu te rappelles quand mon père revint de sa dernière expédition contre les Russes, il amena avec lui un jeune Kosak, yessaoul de l'attaman; je finissais alors ma quinzième année. Mon père introduisit Orlenko au harem ; il me regardait, et son visage resta gravé dans ma pensée : je le vis une seconde et une troisième fois; il parla avec moi, mais non comme avec une enfant; depuis je vois en rêve comme son œil recherche le mien. Deux années se sont écoulées, et moi je soupire après lui. Chaque fois que je pense au jeune Kosak, mon sang coule plus vivement dans mes veines, mon cœur bat plus fortement dans ma poitrine ; un sentiment inconnu, mais délicieux, se répand dans tout mon être; moi-même je ne sais quel motif donner à tout cela? » Elle se tut et chercha une réponse dans les yeux de sa nourrice, comme un coupable devant un tribunal cherche à lire dans les yeux de ses juges quel sera leur arrêt.

La douleur s'était emparée de Fatmé; elle hochait la tête et allait parler, quand un eunuque noir entra dans la chambre et, frappant du front la terre, commença ainsi : « Princesse, fille du khan qui compte autant de tribus dans son em-

pire qu'il y a de grains de sable dans la mer
Noire, dont la renommée s'est répandue dans
toute la terre comme la parole du Prophète, qui
est au milieu des tributaires du sultan comme le
Danube au milieu des petites rivières, Mulej-Aga,
fidèle serviteur du Khan, esclave du chef de la
Crimée et du Bodziak, désire avoir le bonheur,
grande princesse, de vous présenter ses hommages [1]. — Qu'il entre ! » dit Zulma ; et elle essayait
de voiler d'un sourire les mouvements qui boule-
versaient son âme. L'eunuque se retira, après
avoir encore salué en frappant la terre de la tête ;
les portes s'ouvrirent, et Mulej-Aga entra. C'était
un vieillard d'au moins quatre-vingts ans : ses
cheveux blanchissaient comme une toile longtemps exposée au soleil et à la rosée ; il avait une
moustache et une barbe blanche, un visage encore
vert, une taille petite, mais ramassée et robuste ;
il portait une casaque verte doublée de peau de
mouton argentée, et un turban de la même couleur ; au côté, un sabre recourbé ; à la ceinture,
un kindzar et des pistolets incrustés d'argent. La
princesse se leva, fit quelques pas en avant vers
lui, et le salua en ces termes : « Ami de mon
père, mon protecteur pendant le temps de son
exil, quelle nouvelle m'apportes-tu? — Grande

---

[1] La parole, en Orient, est toujours imagée et l'expression sonore.

princesse, fille de mon seigneur et maître, auquel
j'ai appris le premier à conduire un coursier, à
manier un sabre, Dewlet-Ghiray[1] reçoit à Bender[2]
l'hospitalité de l'attaman des Zaporogues, le valeureux Orlik. Sa volonté est, belle dame, que
vous l'y rejoigniez. Grands sont ses projets,
grands sont ses mérites devant le Prophète et devant le sultan. » Zulma a rougi de plaisir. Un
voyage sourit à la jeune fille, et aussi lui sourit
l'espérance de voir le jeune Orlenko; elle ne calcule pas l'avenir, ne le prévoit pas. « Prends
place, Mulej-Aga; Fatmée, offre-lui un sorbet. —
Belle princesse, je vais aller me préparer au
voyage; le soleil doit nous éclairer dans six jours
à Bender; demain, avant son lever, nous nous
mettrons en route. Fatmée choisira les douze esclaves les plus agréables à sa maîtresse, et les effets et les riches parures; car la fille du grand
khan, par son luxe et sa magnificence, doit stupé-
fier le chef des intrépides Kosaks. Demain, avec
l'élite des hordes, je vais écarter tout danger de la

---

[1] Dewlet Ghiray fut chassé deux fois, et deux fois remonta au trône.

[2] Bender, en moldave Tigino, ville de Bessarabie, sur le
Dniester, à 57 kilom. S. E. de Kischnau; 12,000 habitants.
Bender est fameuse par le séjour qu'y fit Charles XII
après Pultawa (1709-12). Les Russes prirent trois fois Bender, en 1770, en 1789 et en 1812. Cette dernière fois elle
leur fut définitivement cédée.   (N. du T.)

perle de la Crimée; aujourd'hui, qu'Allach et le Prophète veillent sur toi ! » Il s'inclina et sortit, Toute la nuit, Fatmée emballe les riches bracelets et les effets; les esclaves vont et viennent. Zulma ne peut fermer l'œil, son cœur bat d'espérance, et sa pensée, éveillée par ces rêves d'avenir, compte impatiemment chaque moment, plus impatiemment encore elle regarde si le soleil se lève.

Avec l'aurore, les cieux de noirs deviennent gris, et le matin regarde la terre de sa face d'argent. La suite de la princesse s'est mise en route; cinq cents cavaliers tartares précèdent en courant; à leur tête sont deux mirzas, puis, traînés chacun par une paire de chevaux, vient une longue suite de chariots, tous remplis d'objets précieux : ils étaient cinquante. Au milieu, sur un long char couvert de toile grise, avance la princesse avec sa cour féminine. Après les chariots, on conduit, pour cadeaux, cent chevaux des troupeaux du khan et deux cents meutes de lévriers de Crimée. Des deux côtés, six mirzas mènent trois mille cavaliers; le quatrième mille ferme la marche. Les roues crient et grincent sur l'essieu, car le Tartare n'aime pas à voyager sans bruit, de peur qu'on ne le prenne pour un voleur [1]. Les cavaliers font caracoler leurs chevaux

[1] Les Tartares ne graissent jamais l'essieu de leurs

en criant : « Allach ! Allach ! » Le vieux Mulej-
Aga court de tous côtés à cheval ; la princesse et
les jeunes filles regardent d'un œil curieux à travers les fentes de la toile, comme un oiseau à
travers les grilles de sa cage, et tout se dirige
ainsi vers Pérékop. Sur la route, le peuple accourt en foule et regarde ; sa langue curieuse in-
terroge, son oreille avide écoute, son œil perçant
furète partout, et il retourne sous ses tentes, mé-
content d'avoir appris peu de chose ou rien.

V

De la Sicz de Czertomelik ¹ il n'est resté qu'un
monceau de pierres ; des troncs d'arbres à moitié
consumés y gisent dans la poussière ; mais il n'y a
plus aucune trace ni de place publique, ni de la cabane de l'attaman. Ils ne sont cependant pas loin
ces temps ou Kosc Horodenski ² reçut Mazeppa

roues, disant qu'ils ne veulent pas qu'on les prenne
pour des voleurs.

¹ Après la bataille de Pultawa, le général Jakowlew
entra sur les terres zaporogues, détruisit leur Sicz, située
sur la rivière de Czertomelik, qui tombe dans le Dnieper,
en face de l'île de Szczezebiewiszcza, ou était le Trésor de
l'armée. Le général Jakowlew se laissa aller à d'incroyables
cruautés, incendia la Sicz et tailla en pièces les Zaporogues qui s'y trouvaient.

² Constantin Horodenski, attaman, chef des Zaporogues,

au milieu des Zaparogues et entra en négocia-
tion avec le Suédois.—Oh! ils ne sont pas loin
ces temps où, dans la Sicz de Czertomelik, le
joueur de cymbales fit résonner son instrument
dans l'église, et où quarante régiments[1] de Kosaks
montèrent à cheval, et où leurs bataillons volèrent
vers Pultawa contre le tzar Pierre. La puissance
du temps pâlit devant celle de la main de l'homme;
ce que les hommes ont détruit en quelques jours,
le temps y eût mis des siècles.

Aucune âme n'habite la Sicz de Czertomelik;
seulement les chouettes, les hiboux, les chats-
huants sifflent, les alucos et les chauves-souris
fendent l'air de leurs ailes, les grenouilles coassent
tout à l'entour; quelquefois même un lièvre traverse les anciennes habitations des Zaporogues;
mais les hommes ont émigré au loin dans la Tartarie.

Cette nuit, des hôtes nombreux ont salué les
ruines; un grand feu flamboie, et autour, comme
un essaim d'abeilles, se pressent les Zaporogues,
agitant les bras, rarrangeant leurs czapkas, et
leurs entretiens roulent sur quelque grave sujet.

se réunit avec six mille cavaliers à Mazeppa et au roi
Charles XII.

[1] Quoique, d'après les recherches des historiens, il n'y
eût que trente-huit régiments, les Kosaks, en parlant de
leur Sicz, avaient l'habitude de dire: là-bas est Sorok
Kurenin, là-bas se trouvent les quarante régiments.

Enfin tous se sont réunis en un seul groupe. Au milieu pénètre un homme grand comme un chêne ; c'est Horoszkiewicz, porte-étendard des Zaporogues : « Hé, messieurs les jeunes gens ! vous tous mes frères, malheur aux Zaporogues ! L'attaman s'est fait Turc : j'arrive aujourd'hui même de Bender. Philippe Orlik l'attaman, chef des Kosaks, se nomme aujourd'hui Osman-Pacha. En l'honneur de ce chien de prophète, il frappe dans la mosquée la terre de sa tête ; après-demain il épouse la fille du khan de Pérékop et veut compter tous les feux de nos villages. » Alors tous s'écrient : « Maudit le renégat ! »

En ce moment un bruit de chevaux se fait entendre ; la foule se porte de ce côté : est Orlenko et Dzura qui arrivent. Les chevaux sont couverts d'une blanche couche de sueur et d'écume, les cavaliers noirs de poussière et de rosée ; les Zaporogues reconnaissent le yessaoul : « Salut frère Orlenko, salut, frère Dzura ; d'où accourez-vous ainsi ? » Orlenko descend de cheval : « Salut, messieurs les chefs ! » Et il dit d'une voix sombre : « Je reviens de l'enterrement de ma mère, » et l'un des chefs ajoute : « Mais pour les noces de l'attaman. » Les yeux d'Orlenko lancent des éclairs, sa tête se trouble, et peut s'en faut qu'il ne tombe à terre. « Ha !... et avec qui se marie Philippe Orlik ? » Horoszkiewicz répond : « Avec la fille du khan de la Crimée et du Budziak, avec Zulma aux sourcils noirs. » Mais déjà Orlenko n'entend plus; ses yeux s'obscurcissent, ses idées lui échappent, ses jambes ne peuvent plus le soutenir. Horoszkiéwicz lui verse dans le gosier une gorgée d'eau-de-vie. Orlenko revient à lui et dit : « Où est le vieux Neczaj? — Avec l'attaman, à Bender, répond l'un des Zaporogues. » Orlenko reste un instant immobile, et tous les yeux sont fixés sur lui; sa langue ne peut plus parler, mais sa figure en dit beaucoup; ses pensées s'y peignent aussi distinctement que les couleurs de la lumière dans les jets d'une cascade : le spectateur éloigné ne voit qu'une écume blanche se précipitant de haut en bas; s'il approche et regarde là où donne le soleil, il distingue facilement et les sept couleurs de l'arc-en-ciel et leur réfraction.

L'homme de pensée a une sorte de supériorité sur les gens d'action : eux ignorent ce qui se passe dans sa tête, mais il pense; c'est assez pour eux; ses réflexions peuvent leur ouvrir un champ d'action. Orlenko longtemps reste debout; on voit qu'il se livre en son âme une lutte douloureuse, violente. Enfin il murmure : « Elle l'a prédit... Que cela soit! » Et, élevant la voix, il parle ainsi : « Messieurs les chefs, et vous, mes frères ! il ne m'appartient pas de vous donner des conseils, car je suis le plus jeune d'entre vous, mais d'écouter les vôtres, de deviner vos pensées ; mais aujourd'hui , quand le peuple kosak va périr misérablement, ma langue se délie, je parlerais devant Dieu lui-même ; je vais parler devant vous, vous répéter les paroles saintes de notre père Mazeppa, lorsqu'il a dit : « Jeunes gens, d'entre vous ceux-ci servent les Lachs pour de l'argent ; ceux-là sont tributaires des blancs tzars ; d'autres vivent en frères avec les Turcs et souillent la pureté de leur foi par leur alliance avec les infidèles. Mais ne pouvons-nous pas être une nation ? Nous manque-t-il des jeunes gens, des armes, des chevaux ?... Nous avons tout comme au temps du sahajdaczny Konaszewicz. Les joncs n'ont pas envahi le lit du Dniéper ; nous trouverons des arbres pour construire nos czajkas, et les trésors du sultan peuvent s'ouvrir encore une fois pour nous. Nous chasserons au delà des steppes de Nizow[1] les reitres allemands et nous dirons aux Lachs : « Servez-nous à votre tour. » Vous avez oublié, Messieurs et frères, que l'attaman Wyhowski[2] nous a jadis commandés : il a rejeté, lui, les présents des Lachs,

[1] Ce sont les steppes les plus voisins de la mer. (N. du T.)
[2] Quand après Zborow les députés polonais parurent devant Chmielnicki , l'attaman, fier de sa victoire, leur dit de faire la paix au plus vite, sinon, ajoutait-il, pauvre Lach, quand je sauterai sur le tertre qui recouvre les cendres de tes frères, que je planerai de là sur ton pays, alors cela sera à vous, Polonais, à m'obéir.
Ces paroles ont donné naissance à un grand nombre de chansons aujourd'hui populaires.

car il ne voulait pas vendre les libertés de la nation kosake; et Mazeppa a méprisé l'amitié du grand
czar, car il ne voulait pas imposer le joug du czar
aux Kosaks, et aujourd'hui... un traître, un renégat, un infidèle, pour les beaux yeux d'une Tartare... » Là il tremble de colère : « Le misérable!
il se fait mahométan; et, pour l'or des mahométans, il veut, comme si c'étaient des esclaves Circassiens, turquifier les Kosaks! Souffrirons-nous
la honte, l'esclavage? Non! à nous le sabre, et aux
armes! » Il tire son sabre : en un clin d'œil tous
les sabres étincellent à la lumière, et, comme une
bande de diables, tous s'écrient : « Mort au traître
attaman! » Orlenko continue : « Messieurs et
frères, joyeux compagnons de la promenade vic-
torieuse de Brzuchowiecki [1] à travers la Tartarie,
recevrez-vous pour maîtresse, pour hospodaresse,
pour czarine, une infidèle dont les aïeux fuyaient
devant vos lances comme sous le vent une paille
menue, et tombaient sous le tranchant de nos
glaives comme les arbres sous la hache? Vous
qui, avec Kosc Horodenski [2], avez couvert de vos

[1] Brzuchowiecki, l'attaman chef, après la reddition de
Samek, dévasta la Tartarie en l'an 1668.
[2] Pendant la retraite de Pultawa, Horodenski, avec ses
Zaporogues, couvrait les débris des Suédois et des Ukrainiens de Mazeppa; dans la forêt Krzywa, avant d'arriver
au Dnieper, les Zaporogues accomplirent des prodiges de
valeur; Menchikof, avec l'élite de sa cavalerie et de son

poitrines votre père Mazeppa et le héros suédois, est-ce pour cela que vous avez rempli de votre gloire la forêt Krzywa, et sommes-nous campés sur les ruines de la Sicz de Czertomelik pour nous soumettre à un chien d'infidèle, à un attaman sans foi ni loi? » Alors tous s'écrient ensemble : « Jamais! jamais! Nous périrons jusqu'au dernier, mais ce chien d'infidèle périra avec nous. Orlenko, conduis-nous à Bender; tu parles comme Doroszenko [1], Dieu donne que tu te battes comme le Sahajdaczny. » Orlenko s'essuye le front, fait un signe de main : « Ah! puisque telle est votre volonté, Messieurs les chefs, eh bien! que cela soit ainsi. Il n'est pas besoin de plus de cinq sotnias de Kosaks, mais de Kosaks agiles et sur d'agiles coursiers. Avant que Philippe Orlik n'entre avec sa bien-aimée tartare dans la chambre nuptiale, je saurai lui offrir un cadeau digne d'un chien d'infidèle, d'un apostat, d'un attaman enturquisé. Mais le temps presse, vite à cheval! Dzura, amène ma jument gris-

---

infanterie, ne put rompre quelques poignées de vaillants Kosaks, qui luttaient avec autant d'intrépidité que de bonheur à pied et à cheval.

[1] Doroszenko était le plus éloquent des attamans. Le prince Dmitre Kantemir, dans son *Histoire de la puissance ottomane*, cite un de ces discours aux Kosaks; c'est un chef-d'œuvre par l'éloquence du langage et la force des arguments.

sombre. » Tous les Zaporogues courent à leurs chevaux; ils les ont déjà montés et se dirigent au grand trot vers les steppes de Bilgorod, où campait alors le gros des régiments zaporogues [1], Dans les ruines de la Sicz de Czertomelik le silence se rétablit de nouveau, et un silence encore plus grand qu'auparavant, car les chouettes et les hiboux se sont envolé, et les grenouilles de frayeur ont cessé de coasser. On aurait dit que la Sicz détruite s'était réjouie un instant de la visite de ses fils chéris et, après leur départ, s'était réfugiée dans le silence du tombeau.

VI

Philippe Orlik [2] comptait plus d'une cinquantaine d'années, mais était encore vif comme une loche d'étang, frais comme une gelée de janvier. Il avait été yessaoul près de l'attaman Mazeppa; toutes les pensées de Mazeppa, Orlik les connais-

[1] Après la destruction de la sicz de Czertomelick, les Zaporogues campaient dans les steppes d'Akerman, appelés Bilgorodiens, de Bilgorod, nom que les Kosaks donnent à la ville d'Akerman.

[2] Philippe Orlik était yessaoul près de Mazeppa; il fut nommé attaman chef après la mort d'Horodenski. Il renia sa foi, se fit mahométan, et épousa une Tartare. Les Zaporogues le déposèrent de l'attamanat, et l'un d'eux le tua de sa propre main. Voilà ce que rapporte l'histoire.

sait; l'attaman lui découvrait les plus secrets re-
plis de son âme. Philippe traitait avec les seigneurs polonais et le roi Stanislas, c'est lui qu'on
envoyait au roi de Suède et qui s'entremettait
entre Mazeppa et Horodenski. Après la défaite
de Pultawa, c'est encore à lui qu'échut l'ambas-
sade de Constantinople. Il parla au divan en faveur du roi de Suède et de l'attaman de l'Ukraine,
mais aussi ne s'oublia pas lui-même. Il gagna les
bonnes grâces du sultan et des pachas les plus
influents; et ce fut quand Mazeppa finit ses jours,
que le roi Charles XII partit en Suède pour y
trouver la mort qu'il s'attacha à la personne de
Constantin Horodenski, fut écrivain des Zaporogues; par ses présents, son beau langage, ses services militaires dans les expéditions contre les
Russes, il sut se concilier l'amitié de ses compagnons, et du Khan, alors protecteur des Kosaks
indépendants. Quelques années après Horodenski
quitta ce monde, et les Kosaks Zaporogues accla-
mèrent Orlik Attaman-chef. Le nouvel attaman
faisait souvent des incursions dans la partie de
l'Ukraine, au delà du Dnieper. Les jeunes Kosaks au service de la Russie ou de la Pologne
couraient rejoindre leurs frères les Zaporogues;
c'est alors qu'Ivan arriva de Trihury; personne ne
lui demandait sa famille, il maniait habilement
la lance, à cheval chargeait intrépidement l'en-

nemi ; l'attaman l'aima comme son propre enfant, et lui donna nom Orlenko, comme signe de son attachement pour lui ; les soldats le nommèrent bientôt yessaoul. Le jeune Orlenko portait des lettres à Bakczyseraj, accompagnait souvent Dewlet Giraj dans ses expéditions, mais ignorait ce qui se passait entre Orlik et le Khan de Tartarie ; une fois seulement, en lui montrant sa fille, Dewlet dit : « J'en jure par le Prophète, c'est une belle fille, et qui est digne même d'un Kosak zaporogue. » Orlenko rougit, passa les doigts sur sa moustache naissante, regarda Zulma dans les yeux ; elle lui répondit par un coup d'œil, et ainsi l'amour s'introduisit dans leurs cœurs. Peu de temps après Orlik changea son genre de vie, abandonna les Kosaks Zaporogues et s'établit à Bender ; il ne pensait plus aux combats, seulement il introduisait dans sa maison le luxe oriental. Les Kosaks murmuraient, mais la puissante protection du sultan et du Khan de Crimée imposait silence aux langues des chefs. A ce moment, Ivan Orlenko obtint la permission de se rendre dans l'Ukraine polonaise... Mais ce n'est pas là tout ; il n'y a que le premier pas qui coûte, le reste glisse comme sur du beurre. Orlik[1] se détacha de la foi pure du

[1] Eliasz Ilkowicz Skorupadzki, nommé par Pierre le Grand, attaman à la place de Mazeppa, était contraint de surveiller sans cesse les frontières de l'Ukraine d'au delà

Christ, et vendit son âme à Mahomet, au faux prophète ; à sa cour on vit des eunuques noirs, brûlés
par le soleil arabe, se mêler aux Kosaks ; dans son
harem, des jeunes filles des diverses parties du
monde attendaient les ordres du maître ; et, pour
comble de honte, il prit le nom d'Osman Pacha ;
et lui l'attaman des Zaporogues, il demanda en
mariage la Turque Zulma, fille du Khan de la
Crimée et du Budziak.

A la cour d'Orlik il y a grande fête, et une telle
foule qu'une épingle jetée du ciel se serait appuyée
sur des têtes et n'aurait pas touché terre. Aujour-
d'hui l'uléma a béni le mariage de la fille du Khan
de Tartarie et de l'attaman des Zaporogues. Dans
le harem a lieu un banquet magnifique ; le Khan,
le grand wizir, douze pachas, une centaine d'a-
gas, trois cents mirzas, un nombre énorme de
beys et une vingtaine de chefs zaporogues, hôtes
de l'attaman enturquisé. Les tambours et les cymbales des musulmans résonnent, et aussi les théorbes
et les luths kosaks ; les jeunes filles d'Orient expriment de leurs voix les purs sentiments de l'amour ;
les Kosaks chantent des chansonnettes un peu
libres en s'accompagnant de leurs mandolines, et
il y a sur les tables des mets exquis et dans les
coupes le vin doré de Szyraz ; quoique Mahomet

le Dnieper pour repousser les incursions d'Orlik, et surtout de son successeur Orlenko.

ait défendu les boissons fermentées, Amurat les permit[1] et un musulman presse une coupe de vin contre ses lèvres avec le plaisir qu'il aurait à presser contre ses lèvres une jeune fille géorgienne[2]. Partout règnent la joie et le contentement; une seule des accordées est triste et rêveuse, et ne veut pas écarter son voile; elle craint sans doute que l'éclat de ses yeux n'obscurcisse l'éclat des lumières qui jaillissent de vases d'albâtre. Personne ne s'étonne ni de sa timidité, ni de sa crainte; en effet, le cœur du guerrier ne bat-il pas plus fort au moment du baptême de feu? Pourquoi une faible jeune fille serait-elle plus calme au moment de son baptême de femme? Orlik, fier comme le sultan lui-même, heureux comme le plus heureux des hommes, promène un regard brillant sur la compagnie et le ramène toujours sur sa fiancée; les convives ne s'épargnent ni le boire, ni le manger; le vin comme l'opium bouillonne dans les têtes. En ce moment entre le vieux Kosak Neczaj; son maintien est orgueilleux, il ne baisse pas le front, mais regarde dans les yeux des Turcs superbes, et, s'approchant d'Orlik, il dit : « Père atta-

[1] Le prince Kantemir rappelle dans son ouvrage qu'Amurat II permit le vin aux musulmans.
[2] On se trompe communément en regardant les Circassiennes comme les plus belles des femmes; le premier rang appartient réellement aux Géorgiennes.

man, voici une lettre (et il la lui donne), le porteur
attend une attestation qu'il l'a remise. — Et d'où
cette lettre, Neczaj? » Neczaj dit plus bas : « De
Trihury, de Mme la Staroste. » Orlik pâlit,
tremble, prend la lettre et la remet dans sa poche.
« Neczaj! je répondrai demain. » Neczaj hoche la
tête : « Il n'y a plus besoin de réponse. » L'attaman l'interrompt de nouveau : « Neczaj! nous en
causerons demain... » Neczaj se retire, mais le
mécontentement se lit sur sa figure. L'attaman
voudrait se distraire, il vide coupe sur coupe et ne
peut s'enivrer, il s'assied près de sa fiancée, lui
parle... Elle ne répond rien, et lui, sa main joue
sans cesse dans sa poche avec la lettre ; il ordonne
à la musique de jouer plus fort, les musiciens
jouent à briser les cordes de leurs instruments,
mais le cœur et les pensées de l'attaman se brisent
aussi d'inquiétude; un pressentiment lui murmure
aux oreilles : un malheur est proche, et, cependant, il ne veut pas ouvrir la lettre, il craint que
la douleur n'empoisonne le jour de ses noces, il
préfère être tourmenté par l'incertitude. Les musulmans mangent des sorbets, boivent du café; les
esclaves de l'attaman ont commencé leurs danses,
il est près de minuit, Fatmé entre pour dire que
le lit nuptial est prêt. Sur un ordre de son père,
Zulma se lève, s'appuie sur l'épaule de sa nourrice; légère, agitée comme une plume, elle sort de

la salle du festin, et une larme, ou de crainte ou
de douleur, humecte son voile blanc.

Déjà Orlik lui-même se prépare à partir, tout à
coup un grand désordre se fait dans la cour; les convives se lèvent de leurs places, l'attaman se précipite vers les portes; elles s'ouvrent et entre d'abord
l'esclave Azab qui dit : « Grand pacha, la jeunesse
zaporogue est accourue te féliciter et te faire un
cadeau pour le jour de tes noces. » —Orlik dit :
« Demain! » Mais avant qu'il pût finir sa phrase,
entre Orlenko. L'attaman s'écria : « Yessaoul! c'est
toi, mon enfant? » Orlenko a un maintien menaçant, quoiqu'il veuille feindre le calme sur sa
figure, ses yeux égarés parcourent tous les coins
de la salle comme s'ils cherchaient quelqu'un, ses
lèvres se crispent si méchamment, que l'attaman
porte la main à la poignée de son sabre; alors
l'Yessaoul dit : « Notre père attaman! quoique tu
n'aies pas annoncé tes fiançailles à la jeunesse
zaporogue, eux, cependant, m'envoient te porter
comme à leur chef leurs félicitations et leurs
cadeaux.—Orlik l'interrompt d'une voix tendre :
« Orlenko! je connais ton cœur, merci à mes
frères zaporogues, demain nous en causerons; aujourd'hui fais les honneurs à ma place, car ma
fiancée m'attend. A ces mots, Orlenko rougit :
« Ah! chien d'infidèle, renégat, aujourd'hui nous
compterons ensemble. » L'attaman tire son sabre;

25.

mais Orlenko siffle et cinquante Kosaks, le sabre nu, se précipitent dans la salle. Les convives saisissent leurs armes, Orlenko leur crie : « Messieurs les pachas et vous, seigneur Khan, remettez vos épées au fourreau ! Au premier mouvement que vous faites, nous vous arrachons la vie; laissez-nous régler notre compte avec l'attaman. » Les musulmans et les Kosaks se tiennent comme pétrifiés. L'yessaoul s'approche d'Orlik : « Rends-moi ton sabre, infidèle. » L'attaman veut le frapper, mais avant qu'il n'ait levé son sabre, Orlenko tire son kindzar et avec la rapidité de l'éclair le plonge dans la poitrine de l'attaman, Orlik tombe. En ce moment le vieux Neczaj entre et s'écrie douloureusement : « Qu'as-tu fait, mon maître ! » Mais Orlenko n'entend pas, seulement il s'écrie : « Où est la fiancée? » et il s'élance par la porte du harem. Dewlet et les pachas veulent courir après lui, mais les Kosaks se placent devant les portes. Neczaj relève l'attaman blessé et le dépose sur un tapis, en disant : « Orlik! Orlik! c'est ton fils. » L'attaman r'ouvre les yeux : « Qui, mon fils? — Orlenko est ton fils. » Les Kosaks et les musulmans entourent le mourant, et personne ne désire recommencer la lutte, ni poursuivre Orlenko, si ce n'est Dewlet qui écume de rage; mais les Zaporogues entrent toujours plus nombreux dans la salle et ne laissent entrer ni sortir personne; le

Khan tire son sabre, mais on le lui arrache aussitôt, et il ne cesse de se débattre au milieu des
Kosaks qui le tiennent par les mains.

Le sang s'échappe de la blessure, Neczaj l'étan-
che, et Orlik dit d'une voix faible : « Qui? lui,
mon fils!... Orlenko!... Neczaj, prends la lettre
qui est dans ma poche. » Neczaj retire l'écrit. L'attaman revient un peu à lui, décachète, retire deux
papiers de l'enveloppe, l'un chiffonné, l'autre frais.
Orlik dit : « Que l'un de vous lise, » et l'un des
Zaporogues lut ce qui suit : « Cher Philippe! déjà
je meurs et je meurs en t'aimant; notre fils, Ivan
do Trihury, est allé chez les Zaporogues, il est près
de toi. Sois bien portant et heureux. Ta Jeanne. »
Des larmes s'échappent des yeux d'Orlik, et il dit :
« Lis plus loin. » Le Kosak déplie l'autre papier et
lis : « Moi, soussigné, je jure devant Dieu et les
hommes que je reconnais pour fils Ivan, né de
Jeanne Wyhowska, ma future épouse, je lui donne
mon nom de famille, et, dans aucun cas, je ne
renierai ma promesse.

« Simon Woronicz, Staroste de Smolensk. »

A peine finissait-il, Orlenko arrive, son regard
brille d'une joie sauvage, tous ses traits expriment
une violente émotion, il s'approche de l'attaman :
« Ha! infidèle, tu m'as arraché ma bien-aimée, je
t'ai arraché la vie; va, si tu veux goûter les plai-

sirs du mariage, elle est déjà mienne. » Orlik dit
d'une voix faible : « Orlenko ! Ivan ! ne blasphème
pas ! tu es mon fils ! lis. » Orlenko tremble en
apercevant la lettre : « C'est l'écriture de ma mère, »
et il lit... et tombe à genoux : « Père ! père ! je suis
ton meurtrier. » Orlik le prend par la main, et à
la vue de la bague d'argent, don d'une mère mourante, il dit : « Je lui ai donné cette bague, j'ai-
mais Jeanne, et elle m'aimait ; mais moi, j'étais
simple Kosak et elle nièce d'un grand attaman ;
elle sacrifia son amour à l'orgueil et épousa un
gentilhomme, et moi aussi j'eus soif d'orgueil ; je
l'aperçus à Czehryn, et je sentis que mon cœur
aimait comme autrefois. Elle me dit que Woronicz
lui reprochait son ancien amour, ta naissance,
qu'il l'insultait... Je ne réfléchis pas longtemps,
Woronicz tomba sous mes coups. Mazeppa avait
besoin des nobles Polonais, on répandit le bruit
que le staroste était mort subitement. Moi, je l'ai
tué pour l'injure faite à ma bien-aimée, à mon
enfant. Mon fils ! embrasse-moi, je te pardonne,
moi. Je ne savais pas que tu connaissais, que tu
avais vu Zulma. » —Orlenko pleure, tous sont attendris, le Khan lui-même regarde sans rien dire.
Les yeux d'Orlik s'éteignent de plus en plus, et,
au moment d'expirer, il dit : « Dieu ! pardonne-
moi... Mes frères les Kosaks, pardonnez-moi mes
fautes ; mon fils ! embrasse-moi. » Il veut l'embras-

ser et expire. Orlenko porte des regards égarés de tous côtés et les remords lui déchirent le cœur.

En ce moment entre Zulma, belle d'amour, belle d'espérances, ses cheveux sont rejetés en tresse, un voile ne couvre plus sa blanche figure, un léger vêtement entoure à peine sa taille flexible. Elle ne fait attention ni à son père ni à la foule des hommes, elle ne voit pas le cadavre, se fait jour et se jette au cou d'Orlenko. Orlenko tressaille comme un diable aspergé d'eau bénite et se rejette en arrière : « Je suis indigne de toi, je suis un parricide, » et il repousse fortement sa bien-aimée : « Femme ! tu es Satan ! tu as versé le meurtre dans mon cœur, tu as dirigé ma main au meurtre. » Elle regarde la figure égarée d'Orlenko, elle regarde le cadavre d'Orlik, pâlit, frissonne et glisse à terre; en vain son père essaye de la faire revenir à elle, en vain Fatmé et les esclaves frottent son corps, il est déjà roidi et froid comme la glace. Orlenko s'écrie d'une voix sauvage : « J'ai tué mon père, j'ai tué ma bien-aimée, je sacrifierai encore plus d'une victime avant que mon tour n'arrive. » Il s'élance dehors comme un fou, tous les Kosaks le suivent, ils montent à cheval; ils sont accourus au trot dans la ville, ils s'en retournent maintenant également au trot.

A Bender, au lieu d'une noce, on se prépare à un enterrement; et ces époux divisés de sentiments pendant leur vie, la mort les va réunir dans un même tombeau.

VII

Dans les ruines de la Sicz de Czertomelik se déploie le camp des Zaporogues. La clarté du jour brille, les couronnes de fl urs verdissent ; dans le campement des soldats, bleuissent les eaux du Dniéper, et les jeunes gens fixent leurs regards dans le steppe du côté de Budziak, et par le steppe vole un épais nuage de poussière. « Ce sont les nôtres ! » s'écrient les Kosaks, les cavaliers sortent de leur nuage de poussière et, dispersés dans la plaine, courent au galop. Le cheval gris sombre arrive le premier, sur lui Orlenko est assis comme s'il était cloué, ses regards sont durs et menaçants. « Quelles nouvelles ? » demande-t-on. Orlenko ne dit rien, seulement il tire son kindzar ensanglanté et l'agite en l'air. Derrière lui arrivent les autres cavaliers, qui racontent comment la chose s'est passée. Les chefs rangent en ordre les régiments, et annoncent l'élection d'un attaman chef ; tous lancent en l'air leur czapka et s'écrient : « Qu'Orlenko soit notre attaman ! Qu'il vive de longues années ! Il n'a pas épargné le sang de son père, il n'épargnera pas celui des ennemis. » Orlenko reçoit le bâton de commandement, attache une plume de grue[1] à sa czapka, et voulant sourire de joie, grince des dents d'une manière sauvage. Les Kosaks boivent de l'hydromel et de l'eau-de-vie, et le jeune attaman en boit aussi à pleine gorge. Les jeunes gens demandent à combattre, à piller. Le jeune attaman leur promet solennellement de les satisfaire. Déjà, Orlenko, tu n'as plus de repos dans la paix même ; du sang souille ta conscience, il faut qu'un nouveau sang lave cet ancien sang! Un meurtre t'écrase l'âme, il faut qu'un nouveau meurtre enfonce l'ancien meurtre ; un hasard aveugle lui a fait connaître l'enfer, il n'est plus temps de reculer, il vaut mieux s'embourber davantage. — La jeunesse kosake est contente du nouvel attaman, car ses yeux respirent la guerre, et une ample moisson de pillage sourit aux Kosaks.

[1] Les attamans portaient à leurs czapka une plume de grue, en signe qu'ils veilleraient à la sûreté des Kosaks comme la grue, le plus vigilant des oiseaux.

FIN.

TABLE.

	Pages.
Préface	v
Notice sur le peuple kosak	ix
I. Les fiançailles du Zaporogue.	1
II. Le tertre tumulaire	26
III. L'église de Gruzyniec	45
IV. Prions, mais battons-nous	104
V. L'expédition contre Carogrod	135
VI. Skaltozub dans le château des Sept-Tours	180
VII. L'attaman Kunicki	214
VIII. Orlik et Orlenko	242

FIN DE LA TABLE.

Paris.—Imprimé chez Bonaventure et Ducessois.

www.ingramcontent.com/pod-product-compliance
Lightning Source LLC
Chambersburg PA
CBHW070207030726
47505CB00006B/1594